你听懂了没有

戴建业 著

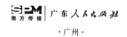
广东人民出版社
·广州·

果麦文化 出品

"何曾料到"与"未曾做到"
——写在十卷本"戴建业作品集"出版之前

三年前，我出过一套五卷本的作品系列，书肆上对这套书反响热烈，其中有些书很快便一印再印，连《澄明之境：陶渊明新论》这种学术专著也居于图书畅销榜前列。今年果麦文化慨然为我推出十卷本的"戴建业作品集"，它比我所有已出的著作，选文更严，校对更精，装帧更美。

时下人们常常嘲笑说，教授们的专著只有两个读者——责编和作者。我的学术著作竟然能成为畅销书，已让我大感意外；即将出版的这套"戴建业作品集"，多家文化出版机构竞相争取版权，更让我喜出望外。

我的一生有点像坐过山车。

中学时期我最喜欢的是数学，在1973年那个特殊岁月，我高中母校夫子河中学竟然举办了一次数学竞赛，我在这场两千多名高中同学参与的竞赛中进入了前三名。一个荒唐机缘让我尝到了"当诗人"的"甜头"，于是立下宏志要当一名诗人。1977年考上大学并如愿读中文系后，我才发现"当诗人"的念头纯属头脑发昏，自己的志趣既不在当诗人，自己的才能也当不了诗人。转到数学系的希望落空后，我只好硬着头皮读完了中文系，毕业前又因一时心血来潮，误打误撞考上了唐宋文学方向的研究生。何曾料到，一个中学时代的"理科男"，如今却成了教古代文学的老先生，一辈子与古代诗歌有割不断的缘分。

从小我就调皮顽劣，说话总是口无遮拦，因"说话没个正经"，没少挨父母打骂。先父尤其觉得男孩应当沉稳庄重，"正言厉色"是他长期给我和弟弟做的"示范"表情，一见我嘻嘻哈哈地开玩笑就骂我"轻佻"。何曾料到这种说话方式，后来被我的学生和网友热捧为"幽默机智"。

我长期为不会讲普通话而苦恼，读大学和研究生时，我的方音一直是室友们的笑料，走上大学讲坛后因不会讲普通话，差点被校方转岗去"搞行政"。何曾料到，如今"戴建业口音"上了热搜榜，网上还不断出现"戴建业口音"模仿秀。

1985年元月，研究生毕业回到母校华中师范大学后，为了弄懂罗素的数理逻辑，我还去自学高等数学《集合论》。这本书让我彻底清醒，不是所有专业都能"从头再来"，三十而立后再去读数学已无可能。年龄越大就越明白自己的本分，从此便不再想入非非，又重新回到读研究生时的那种生活状态：每天早晨不是背古诗文便是背英文，早餐后不是上课就是读书作文，有时也翻译一点英文小品，这二十多年时光我过得充实而又平静。近十几年来外面的风声雨声使我常怀愤愤，从2011年至2013年底，在三年时间里我写了四百多篇文化随笔和社会评论，因此获得网易"2012年度十大博客（文化历史类）"称号。澳门大学教授施议对先生、《文艺研究》总编方宁先生，先后热心为我联系境外和境内出版社。当年写这些杂文随笔，只想发一点牢骚，说几句真话，何曾料到，这些文章在海内外产生了相当广泛的影响，博得"十大博客"的美名，并在学术论文论著之外，出版了系列杂文随笔集。

或许是命运的善意捉弄，或许是命运对我一向偏心，我的短处常常能"转劣为优"，兴之所至又往往能"歪打正着"，陷入困境更屡屡能"遇难成祥"。大学毕业三十周年时，我没日没夜地写下两万多字的长篇纪念文章，标题就叫《碰巧——大学毕业三十周年随感》。的确，我的一生处处都像在"碰巧"。也许是由于缺少人生的定力，我一生都在命运之舟上沉浮，从来都没有掌握过自己的命运，因而从不去做什么人生规划，觉得"人生规划"就是"人生鬼话"。

说完了我这个人，再来说说我这套作品。

这套"戴建业作品集"由三部分组成：六本学术专著和论文集，两本文学史论，两本文化社会随笔。除海外出版的随笔集未能收录，有些随笔杂文暂不便选录，已出版的少数随笔集版权尚未到期，另有一本随笔集刚签给了他家出版社，部分文献学笔记和半成品来不及整理，有些论文和随笔不太满意，有些学术论文尚未发表，业已发表的文章和出版的专著，只要不涉及版权纠纷，自己又不觉得过于丢脸，大都收进了这套作品集中。

每本书的缘起、特点与缺憾，在各书前的自序或书后的后记都有所交代，这里只谈谈自己对学术著述与随笔写作的期许。

就兴趣而言，我最喜欢六朝文学和唐宋诗词，教学上主要讲六朝文学与唐代文学，学术上用力最多的是六朝文学，至于老子的专著与庄子的论文，都是当年为了弄懂魏晋玄学的副产品，写文献学论文则是我带博士生以后的事情。文学研究不仅应面对作品，最后还应该落实到作品，离开了作品便"口说无凭"，哪怕说得再天花乱坠，也只是瞎说一气或言不及义。我在《澄明之境：陶渊明新论》初版后记中说过："古代文学研究的真正突破应当表现为：对伟大的作家、伟大的作品、重要的文学现象、著名的文学流派和社团，提供了比过去更全面的认识、更深刻的理解，并作出更周详的阐释、更缜密的论述。从伟大的作家身上不仅能见出我们民族文学艺术的承传，而且还可看到我们民族审美趣味的新变；他们不仅创造了永恒的艺术典范，而且表现了某一历史时期精神生活的主流，更体现了我们民族在那一历史时期对生命体验的深度。"虽心有所向,但力有未逮,研究伟大作家和伟大作品,既需要相应的才气,也需要相应的功力,可惜这两样我都不具备。

差可自慰的是,我能力不强但态度好,不管是一本论著还是一篇论文,我都希望能写出点新意,并尽力使新意言之成理,即使行文也切记柳子厚的告诫,决不出之以"怠心"和"昏气",力求述学语言准确而又优美。

对于文化随笔和社会评论,我没有许多专家教授的那种"傲慢与偏见"。论文论著必须"一本正经",而随笔杂文可以"不衫不履";论文论著可以在官方那里"领到工分",而随笔杂文却不算"科研成果"。因此,许多人从随笔杂文的"无用",推断出随笔杂文"好写"。殊不知,写学术论文固然少不得才学识,写杂文随笔则除了才学识之外,"还"得有或"更"得有情与趣。仅仅从文章技巧来看,学术论文的章法几乎是"千篇一律",随笔杂文的章法则要求篇篇出奇,只要有几篇章法上连续重复,读者马上就会掉头而去。

我试图把社会事件和文化事件视为一个文本,并从一个独特的文化视角进行审视,尽可能见人之所不曾见,言人之所未尝言。如几个月前北京大学校长林建华念错字引起网络风波,我连夜写下一万两千多字的长文《"鸿鹄之志"与网络狂欢—— 一个审视社会心理的窗口》,在见识的深度之外,还想追求点笔墨趣味。近几年我从没有中断过随笔杂文的写作,只是藏在抽屉里自娱自乐,倒不是因为胡说八道而害怕见人,恰是因文章水平偏低而羞于露脸,像上面这篇杂文仅给个别好友看过,没有收进任何一本随笔集里。

我一生都对自己的期望值不高,"何曾料到"最后结局是如此之好,而我对自己的文章倒是悬得较高,可我的水平又往往"未曾做到"。因此,我的人生使我惊喜连连,而我的文章却留下无穷遗憾。

自从我讲课的视频在网上广为流传以来，无论在路上还是在车上，无论是在武汉还是在外地，无论是男性还是女性，地不分南北，人不分老幼，总有粉丝要求与我合影留念。过去许多读者喜欢看我的文章，现在是许多粉丝喜欢听我讲课。其实，相比于在课堂上授课，我更喜欢在书斋中写作，我写的也许比我讲的更为有趣。

我赶上了互联网的好时代，让我的文章和声音传遍了大江南北；我遇上了许多好师友好同事，遇上了许多好同学好学生，遇上了许多好粉丝好网友，还遇上了许多文化出版界的好朋友，让我有良好的成长、学习和工作环境。我报答他们唯一的办法，是加倍地努力，加倍地认真，写出更多更好的作品，录下更多更好的课程，以不负师友，不负此生！

戴建业

2019年4月15日

枫雅居

新版附言

　　这是我的第五本散文随笔集。出版两年多来，收获了读者的许多赞美，得到了网友的许多鼓励，对他们我一直心存感激。

　　上海文艺出版社的第一版，版式是大16开，字数约30万字，共有400多页。就散文随笔而言，这部头看起来十分笨重，读者读起来也心情沉重。趁广东人民出版社再版之际，我和编辑商量拿掉部分内容，使它看上去轻盈灵巧，读起来也轻松愉悦。

　　我喜欢读散文，也喜欢写散文和译散文。力争在散文写作上突破自我，尽可能译出优秀的英国散文，我要以好的作品来报答读者的厚爱。

2023年5月2日

自序

这本随笔集的题材真是"五花八门",从师缘书缘到爱情婚姻,从品味生活到人物剪影,从社会关怀到旅游见闻……我想用优美机智的语言,和朋友们聊聊自己求学、交友、谋生、婚姻、旅游中的酸甜苦辣,但愿我自己聊得尽兴,也希望朋友们读得开心。用我讲课的口头禅来说:"你听懂了没有?"

写论文要"不苟言笑",读论文也得"正襟危坐"。就个人兴趣而言,我更喜欢读随笔,也喜欢写随笔,偶尔还翻译一点随笔,因为写随笔可以任心而谈,读随笔容易会心而笑,随笔不只像诗歌那样有情,而且还比诗歌更为有趣。

读文学经典的偶触之思,谈学术著作的一得之见,我总想在有识之外,还能尽可能聊得有味。书中的社会人生、爱情婚姻、生活场景和自然风景,我也都是把它们当作特殊的"文本"来解读,力图从独特的人文视角,尽可能见人之所不曾见,并用轻松俏皮的文字,尽可能言人之所未尝言。我不太欣赏沉闷的文章,希望每篇文章化沉重为轻松,出严肃以诙谐。法国作家罗兰·巴尔特的《符号帝国》(*Empire of Signs*),从符号学的角度来审视日本文化，将日本的建筑、包装、筷子、鞠躬、文具等等，统统视为别具一格的文化符号，并用别具一格的精粹散文加以表现，薄薄一册小书，寥寥二十多篇小品，有哲学的深邃，有诗歌的凝练，有散文的优美，从运思到体式都令人耳目一新。另外，我也特别喜欢英国小品，培根《随笔集》中老辣透辟的诛心之论，兰姆《伊利亚随笔》中不动声色的冷幽默，昆西《一个英国吸食鸦片者的自述》中纡徐委婉的文笔，伍尔夫《普通读者》中优雅从容的韵致……无一不让人心醉。为了深得英国小品的神髓，我从读中文译文进而去啃英文原文，自己还试译了不少英国小品。每次写散文随笔的时候，我都有一种东施效颦的冲动，可惜效颦的结果常是"画虎不成反类犬"。

当然，其中不少文章为读者喜欢，在社会上也有相当广泛的影响，我这才有勇气将它们结集出版。如《妻子永远是丈夫最美的风景——在儿子儿媳婚礼上的致辞》，仅仅"今日头条"的微头条中，一天的阅读量都有一千多万人次，还有无数人转发和点赞。作家李弯弯还专门发了《戴建业在儿子婚礼上的致辞，值得每一对夫妻一起学习》的赏析文章。在"谈情说爱"这一组文章中，还有《"谈"恋爱》《再"谈"恋爱》《何苦单身》《面对自身——谈"性"》等，我反复强调爱情是人生的高峰体验，人们应该尽情地享受"男欢女爱"，就是福柯《性经验史》中所说的"快感的享用"。在"男欢女爱"中个体生命亢奋激扬，只有每个人生命都高度激扬，我们的社会才蓬勃向上。集中还有些文章不那么丢人，如《人生难道只是一场赛跑？》《故乡无此好湖山——"部分青年重返北上广"随想》等，这些文章写起来无比畅快，古人有言"人间乐事莫过于作文"，谁说不是呢？

集中收录了一组为朋友们写的书评，有的写于十几年前，如《在兼善与独善之外——评周光庆〈中国读书人的理想人格〉》，有的则是草于几个月之前，如《"出家"与"回家"——评张三夕教授的〈在路上〉》，有的是应朋友之托，有的是自己一时起兴。不管是写于什么时候，不管出于什么缘由，都是自己觉得这些著作值得评论，我才会去给它们写书评。每次给朋友写书评前，我都要细读这些作品，无论赞美还是批评都发自内心——赞美不是无原则的恭维，批评也自有其根据和标准。遗憾的是，同门刘明华兄的《唐代文学与文化论集》，是一本很有分量的论文自选集，但因论域涉及文学与文化两个方面，该著的书评至今仍未完成。我给同行朋友们写书评，一是因为对其人十分熟悉，读其书也就特别可亲，二是为了更深入地了解身边的朋友，黑格尔说"熟知并非真知"，读其书是从"熟知"到"真知"的捷径，这样更便于自己"取长补短"。通常给朋友写书评容易只说"好话"，而我写起书评来可是"六亲不认"，不管是好评还是差评，都只求自己是否心安，并不管对方是否满意。

"文章千古事，得失寸心知"，其实只是作者的自负，作者自己点头的文章，说不定读者反而摇头。卖瓜的谁不说自己的瓜甜？可瓜到底甜不甜，还得买家说了才算。

"自序"不能写成了"自夸"，打住！

戴建业

2019年5月19日晚

枫雅居

目录

教育杂谈

五味杂陈

翻译小品

闲话人生

爷们

美国犹太裔心理学家弗洛姆有一部名著《逃避自由》，大意是说，人们对自由的态度近似"叶公好龙"，说起来大家都向往自由，骨子里却都逃避自由，因为自由意味着自我选择，而自我选择就得自我担当——要想享受自由的快乐，就得承担自由的责任。

同样，那些天天把"热爱生活"挂在嘴边的人，他们可能又更希望能逃避生活，因为官场过于险恶，商场极其狡诈，学界已成江湖，日子实在艰难。

陶渊明临死前的绝笔《自祭文》说："人生实难，死如之何？"这与今天说的"活得累"或"亚历山大"是一个调子，看来古人也不是我们想象的那般轻松。古今都有人因不堪其苦而逃离，有的弃官归隐，有的远离商场，也有的淡出江湖……

逃避外在的险恶易，摆脱内心的痛苦难。

用叔本华的话来说，生命过程就是欲望、骚动、痛苦、满足，满足之后马上又有了更大的欲望，更强烈的骚动，更深沉的痛苦，更加难以满足的贪婪……这种周而复始的循环就是生命，它是生存意志自身的内在本性。可见活着就意味着欲望和痛苦，生命力越旺盛的人其痛苦也越深。只有真正的强者才敢"与狼共舞"，他们在与痛苦的搏杀中越战越勇敢，在与命运的较量中越来越刚强，这样的人生就是人们所仰慕的"彪悍人生"，这样的人就是人们所敬重的"爷们"。

"爷们"的本质是笑饮生命的苦酒，笑对人生的成败，生命因其"彪悍"而深广，人生因为"爷们"而坦荡。

在中国古代诗人中，最为"爷们"者非李白莫属。李白是唐代诗坛上横刀立马的英雄，他单枪匹马在心灵的王国中纵横驰骋。这位精力弥满、才情奔涌的天才，不乐于也不屑于"吟安一个字，捻断数茎须"，"兴酣笔落摇五岳，诗成笑傲凌沧洲"才是他的创作方式。清人说"他人作诗用笔想，太白但用胸口一喷即是"，文字就是他笔下的千军万马，强烈的激情就是他驱动的滚滚洪流。李白诗中常常一些宏大的意象，冲撞着另一些同样宏大的意象；一种猛烈的激情，冲击着另一种同样猛烈的激情；一种强烈的意念，排斥着另一种同样强烈的意念；他像匹脱缰的烈马从情感的一极，突然跳跃到情感的另一极。他时而淹没在愤怒的大海，时而又被逼上绝望的悬崖，时而又登上风光旖旎的峰顶，只有生命力极其旺盛的诗人，才会在心灵深处形成这种凶猛的海啸。我们来看看他如何面对人生的《行路难》：

> 金樽清酒斗十千，玉盘珍羞直万钱。停杯投箸不能食，拔剑四顾心茫然。欲渡黄河冰塞川，将登太行雪满山。闲来垂钓碧溪上，忽复乘舟梦日边。行路难！行路难！多歧路，今安在？长风破浪会有时，直挂云帆济沧海。

一会儿是"停杯投箸不能食，拔剑四顾心茫然"的苦闷和迷惘，是"欲渡黄河冰塞川，将登太行雪满山"的阻碍与绝望，一会儿又是"闲来垂钓碧溪上，忽复乘舟梦日边"的追求与希冀，刚露出一线前途光明的希望，马上又堕入了"行路难！行路难！多歧路，今安在？"的怒吼和彷徨，最后又从迷茫彷徨中挣扎奋起，以"长风破浪会有时，直挂云帆济沧海"的高唱入云收场。这种相互对抗的意绪，这种紧张骚动的激情，使诗情诗境酷似大海的惊涛拍岸，给人以头晕目眩的震撼。

李白极度亢奋的生命激扬，不可一世的傲兀狂放，出人意表的想象夸张，深刻地表现了我们民族处在鼎盛时期伟大的民族活力。再看看李白身边那些朋友兄弟，那"白日依山尽，黄河入海流"的开阔境界，那"欲穷千里目，更上一层楼"的远大追求，那"会当凌绝顶，一览众山小"中目空一切的气概，还有那"痛饮狂歌空度日，飞扬跋扈为谁雄"的张狂荒唐，更有那"可怜锦瑟与琵琶，玉壶清酒就娼家"的轻狂放荡，使我们更深刻地理解那个时代的"爷们"，更深切地感受恢宏、雄强与浪漫的时代精神。李白及身边那伙兄弟全是高声大气的"爷们"，找不到一个今天这种嗲声嗲气的"娘炮"。这帮"爷们"逢山开道，遇水筑桥，迎敌冲锋，携友醉倒……他们孕育于民族血气方刚的盛年，闯荡于"海日生残夜，江春入旧年"的春天。

到一个时代激情消尽而民气消沉的时候，"平安是福"就开始走俏，"知足常乐"就开始吃香，"难得糊涂"就开始时髦。

为什么大家热衷于这些玩意儿呢？

人们的生命力已经萎缩孱弱，没有半点"万里可横行"的豪情，没有丝毫"长风破浪会有时"的自信，一遇坎坷就胆战心惊，一见波澜就哆嗦退缩，于是就希望生活像一潭死水，波澜不惊才是人生的福惠。既不能纵横商场，又不敢承担风险，一生与成功、富贵、风光绝缘，于是便琢磨如何苟且偷生。"知足常乐"的意思是说，连吃狗屎也香喷喷，连住狗窝也睡得甜，连捡破烂也很有趣。我最讨厌全民热捧的人生格言——"难得糊涂"，它的潜台词是要告诫人们：遇事别分是非，见人别说真话，逢上只赔笑脸，受辱绝无怨言，总之，活得像猪那样平静，活得像狗那样开心，无知无欲、无是无非、无爱无恨……

唉，我还能说什么呢？

2018年9月26日

枫雅居

品味生活

一

阅读文学作品，要是只了解作品的"意思"，却没有品尝出作品的"意味"，那不管你背了多少诗文，仍然只是个文学的门外汉。有些读中文系的学生，其实对文学并无浓厚的兴趣，迫于课程的考试压力，又不得不死记硬背一些古代诗歌，可他们背书的时候完全是和尚念经，有口无心，虽然应付了老师的考试，自己对这些诗歌却一无所得——既没有尝到一点"诗味"，又没有真正深入"诗境"。如果你要他们分析某首诗歌，他们马上就能罗列文学史上的甲乙丙丁，马马虎虎背出教科书上给出的所谓的"诗意"：这首诗反映了劳动人民的疾苦，那首诗揭露了统治者的罪恶，另首诗抒写了对祖国的热爱，如此等等。你再要他们谈谈某诗歌的艺术特点，他们的回答不是浪漫主义就是现实主义，那更是让你哭笑不得。一说到哪首诗的"诗味"，他们就会一脸茫然。

要想细腻地感受诗文的美感，你就得细细咀嚼和回味诗语、诗艺、诗风和诗境，一直到你能分辨不同诗歌艺术的精粗、风格的异同、格调的雅俗、境界的高下，这才算是尝出了一点诗的"味道"。

不想再和大家兜圈子了，况且我的这个包袱也甩不响，明眼人一看就知道，本文的开头和我国很多电影、电视剧同样低能，看了开头就能猜出结尾——我要说的无非是读文字写成的书必须咀嚼品味，"读"生活写成的这本大书更得要咀嚼回味；没有尝出文学的味道大不了只是个"半文盲"，没有尝出生活的味道可就是个"生活盲"了，而"生活盲"比"半文盲"更可怕，它表明你这一生算是"白活"了。朋友们注意，这里所说的"白活一生"，与人们感叹的"虚度此生"，用语相近而语意实远，二者说的其实是两码事："虚度此生"是指没有在一生中干出惊天动地的名山事业，"白活一生"说的是活了一生，却没有尝到半点人生的滋味，这样即使一百岁的老寿星，在我看来也只能算几岁的小孩——他的心理年龄可能还停留在非常幼稚的阶段。

二

不喜欢喝酒的人，所有美酒入口后都是一个味道，只觉得咽喉烧得难受，哪分得出什么酱香型、清香型和浓香型？不会喝茶的人，觉得所有茶都是苦的，哪能分清什么龙井、君山、铁罗汉和冻顶乌龙？同样，活成"生活盲"的人，对人生的滋味十分麻木，即使有点感觉也非常粗糙，哪怕经历过人生的酸甜苦辣，也不能真正品咂出酸甜苦辣的味道。

多年前，看过英国 H. 尼克松爵士的一篇回忆文章《Then and Now》，该文认为，只听广播上如何说，只看报纸上如何写，你对自己的时代只会有一些空泛的认知，在何时、何地（what time, what place），你对何事、何物（what matter, what thing），有何思、何感（what think, what feel），这些才是时代的切身感受，这些感受才让自己的时代有血有肉。

可惜，正如尼采在《论道德的谱系》中埋怨的那样："我们总是在途中奔忙，像天生就有翅膀的生灵，像精神蜂蜜的采集者，我们的心所关切的事只有一桩，那就是把某种东西'搬回家'。至于生活本身，即所谓的'经历'，我们之中有谁足够认真地对待过它？"现在大家都在紧紧张张地挣钱升官，或匆匆忙忙地买房买车，在这样浮躁的社会里，谁还能深刻地体验自己的时代，谁还能细心地品味自己的生活，谁还能慢慢咀嚼自己的"经历"？这种人对自己生活的时代没有任何感受，好像他们不是生活在自己的时代里，从本质上讲这类人没有属于自己的时代，时代在他们的大脑中是一片空白。

从个人的爱情、婚姻、失败、成功、欢乐、悲哀，到时代、社会、风尚，都要用心去体会、感悟与回味，要像品香茗似的慢咽细咽，才能尝到它的清香与滋味，要是大碗大碗一气咕噜地驴饮，茶喝光了还没有尝出一点味道。

三

感受自然美是我们"生活"的重要组成部分，也是我们快乐的重要源泉，可许多人不能体验这一快乐，有的是没时间，有的是没心境，有的是没素养，有的可能兼而有之。不少朋友虽然到过风景名胜地旅游，可惜名胜风景与他们一生无缘。他们跟着旅游公司到风景名胜地，每人沿着一成不变的线路，听着千篇一律的解说，拍了大体一致的照片，留下彼此相似的印象，这哪叫欣赏风景，只能算跑马圈地。乘兴而去，败兴而归，许多人感叹名胜地不可不去，但切不可再去。为什么花钱买来了败兴呢？因为他们根本没有欣赏到美，完全是跑到那儿去挨宰受罪。旅游公司的目的是为了赚钱，能简省就想法简省，旅游点也是为了赚钱，在规定时间内尽可能接待更多的人，所以每个游客都像流水线上的零件，规定了时间，规定了线路，规定了景点，他们只在景点的流水线上转了一圈。

那么，不跟团旅游是不是就能细腻感受自然美呢？未必。我就职的华中师范大学就在桂子山上，每到中秋时节满山丹桂清香扑鼻，可很少有教授和学生赏桂闻香。老师匆匆忙忙上课，又匆匆忙忙回家，他们时时刻刻放不下的是项目、论文、填表，连上课都成了他们的副业，哪还有心思去欣赏丹桂？而学生好像对桂花也没有多少兴趣，他们或沉迷于游戏，或痴情于手机，或缠绵于爱情，却少有人沉醉于桂花。老师、学生都"眼中有桂心中无桂"。这满山桂花之于师生，恰似满桌佳肴之于厌食者，满宫后妃之于宦官，激不起他们半点兴趣和欲望。

即使有钱有闲有心，也不见得就能欣赏自然美景。虽然李白说过"清风朗月不用一钱买"，可要是没有"耳得之而为声，目遇之而成色"的感受能力，我们就不能感受"清风朗月"的美，"清风朗月"也就不属于我们，恰如附庸风雅的富翁拥有各种善本藏书，却不能与这些珍贵藏书在精神上相遇，书永远只是他们书房的装饰品，不可能丰富他们的精神世界，不可能提升他们的审美品位——藏书外在于这些俗不可耐的富翁。

感受自然和欣赏艺术是品味生活的重要方面，但我们必须具备相应的素养，自然和艺术才会向我们"芝麻开门"。就像欣赏京剧需要具备一定的艺术修养一样，领略自然美同样得有较高的素养。只有向内发现自我的人，才能向外发现自然，往通俗处说，一是要具有较强的"自我意识"，二是要有细腻的审美感受能力，三是要有丰富的情感体验。

天天身在桂子山中，年年总闻桂子花香，却从没有人写出李清照《鹧鸪天》那样绝妙的桂花词来：

暗淡轻黄体性柔，情疏迹远只香留。何须浅碧深红色，自是花中第一流。梅定妒，菊应羞，画栏开处冠中秋。骚人可煞无情思，何事当年不见收。

这倒不能全怪文字表达能力低下，致使心中全有而笔下全无，要怪就怪自己麻木粗俗，是我们本就没有对桂花独特细微的体验，我们是一伙"自然盲"，入于桂花丛中却无动于衷，看不出桂花何以为美。人们对外在世界的感受，受到自己内在世界的制约，自己内在的世界十分贫乏，眼中的外在世界必定十分枯燥。我们精神世界一片荒芜，如何能领略外面世界的精彩？假如我们心灵深处生机勃发，身外的一切便无不诗意盎然，看看杜甫《水槛遣心》中当年的成都郊外：

去郭轩楹敞，无村眺望赊。澄江平少岸，幽树晚多花。细雨鱼儿出，微风燕子斜。城中十万户，此地两三家。

杜甫眼中的成都郊外真美不胜收，有"无村眺望赊"的敞豁，有"澄江平少岸"的平旷，有"幽树晚多花"的宁静优美，更有"细雨鱼儿出，微风燕子斜"的生意盎然，要是我们身临其境，看到的肯定只有荒凉、落后、死寂。宋代有位诗人中秋那天心情糟透了，他见到的中秋明月也是满脸愁容："月亮似寡妇，苍苍无颜色。"

"你的对象就是你本质力量的确证，你的对象就是你本身"，谁说不是呢？

四

不懂得欣赏自然美也就罢了，很多人甚至还"食不知味"。《中庸》中孔子就曾感叹说："人莫不饮食也，鲜能知味也。"同样我们许多人虽然还活着，可未必就能品味生活，告别人世时还有人没尝出"生活"的滋味。正像有些人吃饭囫囵吞枣一样，有些人一辈子都活得糊里糊涂。

人们所说的"饱经沧桑"，就是指尝遍了人生的"酸甜苦辣"。可是我们今天的父母特别不想让孩子吃苦，为孩子代劳，为孩子攒钱，为孩子相亲，还要为孩子照看孙儿孙女，更可悲可笑的是因为怕女儿受罪，有些母亲恨不得为女儿代孕。谁都知道偏食的害处，它会造成身体严重的营养不良，可多数人却没有意识到把孩子装在生活的蜜罐中，不仅让后代感受不到生活的幸福甜蜜，反而会使他们对生活产生厌倦情绪，使他们的精神贫乏倦怠，使他们意志薄弱而气量狭小。

希望孩子一生幸福，一生平安，但愿这只是父母们的一厢情愿。"一生幸福"并不可喜，"一生平安"更不可能。假如一生既"平安"又"幸福"，那真是人生最大的不幸，因为，"一生幸福"的人感受不到幸福，"一生平安"的人也不会觉得"平安"，他们会觉得这一切都理所当然，自然对这一切也就完全"无感"。

我们"50后"的人对生活的体验，与"80后"、"90后"、"00后"大不一样。我出生不久就遇上了自然灾害，上学不久就遇上了"文化大革命"，中学一毕业就遇上了"上山下乡"，结婚生子时又遇上了"计划生育"，变化真是极为迅速。我十六七岁那年，下放到我们村的一位武汉知青给我送了个苹果，由于我家乡不产苹果，这是我第一次见到苹果，当然也是第一次吃到苹果。当时我觉得苹果是人间的至味。在吃苹果的前后，我还知道了天下有种好吃的东西叫芒果。谁料到几十年之后，我儿子小时候苹果和芒果都不爱吃，他嫌苹果没啥味，说芒果有怪味。这使我感到困惑而又愤怒，为了让他吃苹果和芒果，我没少劝，更没少吵，可越劝越吵他越是逆反。根子在他妈妈从小就逼着他吃这吃那，他小时候吃水果是"完成任务"，水果下肚还没有尝到果味，久而久之对果味就"无感"了。

光是对果味"无感"也就罢了，要是对生活的酸甜苦辣全然"无感"可就糟了。一个对人生百态都无感的人，怎么可能热爱生活？从未尝到人世间生活的滋味，怎么可能不厌世？

五

当然，对人生酸甜苦辣全"无感"的毕竟不多，那些习惯了衣来伸手、饭来张口，听惯了"幸福的花儿心中开放，爱情的歌儿随风飘荡"的年轻人，对甜蜜和顺境虽然无感，对痛苦与挫折却格外敏感，稍有痛苦或偶遇挫折便六神无主。他们没有直面惨淡人生的勇气，也没有挑战命运的强悍，对失败的痛苦通常是回避、麻木和遗忘，因而他们并没有真正尝出失败和痛苦的"滋味"。撕开自己滴血的伤口，袒露自己内心的创痛，承认自己暂时的失败，只有生命的强者才会这般壮烈。

加西亚·马尔克斯在《霍乱时期的爱情》中说："趁年轻，好好利用这个机会，尽力去尝遍所有痛苦，这种事可不是一辈子什么时候都会遇到的。"而我们有些父母恰恰相反，他们尽力不让孩子去尝任何痛苦，更希望孩子一辈子不受苦，这使我们的后代处在顺境时不会尝到痛苦，处在逆境时又不敢去承受痛苦。没有"尝遍所有痛苦"，又如何能感受各种幸福？害怕跌入失败的深渊，又如何能登上成功的绝顶？

不妨以中唐诗人孟郊为例。孟郊不受许多人待见，可他一生像坐过山车，因而体验过人生的大悲与大喜。由于孟郊经常在诗中写到挫折、失败、穷困、丧子，从古至今，喜欢读孟郊诗的读者不多，喜欢孟郊其人的朋友更少，连豁达的苏轼对孟郊也不以为然，他在《读孟郊诗》中说："人生如朝露，日夜火消膏……何苦将两耳，听此寒虫号。"孟郊在科场上连年失利，在官场上又久沉下僚，在晚年更有丧子之痛，他经历了自己时代的所有苦难，他来到这个世界好像就是为了经受折磨，就是为了承受苦难，但孟郊是一位敢于面对人生苦难的强者，是一位不向命运低头的勇士。科场失利时他控诉社会不公，一贫如洗时他以诗歌哀号，老来丧子后他以泪洗面，但他从没有被贫穷击倒，从不与社会同流合污，更没有向命运低头就范——久困举场使他面目枯槁，《下第东南行》一诗说：

失意容貌改，畏途性命轻。时闻丧侣猿，一叫千愁并。

头次落第他痛苦得五内俱伤：

晓月难为光，愁人难为肠，谁言春物荣，岂见叶上霜。雕鹗失势病，鹪鹩假翼翔。弃置复弃置，情如刀刃伤。

——《落第》

《再下第》一诗更写得心如刀绞：

一夕九起嗟，梦短不到家。两度长安陌，空将泪见花。

在唐代，考进士图的不是可有可无的虚名，而是书生实实在在的人生出路。没有考上进士，古人就叫没有"功名"，没有"功名"，不只是没有

"名",可能还没法"活"。从他的《长安羁旅行》来看,古代势利眼也许和现在同样多,孟郊两次落第后可没少受人们的白眼:

> 十日一理发,每梳飞旅尘。三旬九过饮,每食唯旧贫。万物皆及时,独余不觉春。失名谁肯访,得意争相亲。

这样我们就能理解他《登科后》的狂喜:

> 昔日龌龊不足夸,今朝放荡思无涯。春风得意马蹄疾,一日看尽长安花。

许多人觉得熬到五十岁才考上进士,不值得这么得意忘形,"议者以此诗验郊非远器"。"远器"就是恢宏的器度,通常用来形容承担大事或成就大业的人物。孟郊偏偏讨厌"装"和"作",不稀罕人家把他看成"远器",更不想假"装"超然淡定。科场落第就沮丧落魄,一举登科就"春风得意",既品尝过失败的苦汁,也痛饮过成功的喜酒,既遭受过世人的白眼,也得到过知音的称赞,这就是他真实的人生,这就是他真切的体验,这就是真实的孟郊!

只要尝遍了人生的百味,哪怕再苦再累再倒霉,人生如此,值!

2018年9月22日
枫雅居

人生难道只是一场赛跑？

邻居家一个正在读高二的男孩，今年期末考试门门成绩在班里都名列前茅。这小子性格开朗外向，看看暑假前后几天他那模样，走路简直像跳舞，开口就像唱歌，眼睛、眉毛、鼻子、头发无一不露出笑意，你要是不明白什么叫"喜上眉梢"，此刻他那张脸就是这个成语最生动的写照。

放假头一天他就要求爸爸妈妈犒劳一下——让他和同学们一起到黄山玩几天。没有想到他爸爸听到这种"非分之请"，刚才那张笑脸马上就变成了苦相："你明年就要高考，离高考的日子还不到十一个月，现在正是你人生的关键时期，才考好了这一次，尾巴就翘到天上去了。再说，现在考得好有什么用？是骡子是马要到高考场上见分晓——吃完就到书房用功，别他妈胡思乱想。"妈妈也在一旁帮丈夫说话："爸爸是为了你好，你这学期和上学期各考好了一次，妈妈都给你记着啦，等你明年考上了名牌大学，我们就几次成功一起庆祝，让大家喜上加喜！"钱都在爸妈口袋里，儿子眼看是去不成黄山了，他一脸春意随之也换成了满脸秋霜："妈，'喜'既不能相加，又不能相乘，几次'喜'加在一块还不是一次'喜'，你还能弄成'喜'的立方不成？舍不得花钱，就别忽悠人！""爸妈什么时候舍不得在你身上花钱？是怕你玩野了，心收不回来，影响了明年高考成绩。妈妈从来就说话算数，今年这一次算妈妈欠你的，明年考出了好成绩妈加倍奉还。"

邻居父母与儿子的这则对话，大概不是特例而是通例，至少有很大的代表性，对话内容蕴含了我们长期信奉的生活准则——

1. 即使有了乐事也不能马上行乐，"及时行乐"在三四十年以前，还被说成是"地主资产阶级荒淫腐化的生活态度"，比今天包"二奶"至少要可耻十倍以上（顺便说一下，今天包"二奶"还被许多人视为成功人士的标志），现在它仍然是个贬义词，说一个人"及时行乐"就和说一个人"破罐子破摔"一样，等于宣判这个人的人生态度非常消极颓废。

2. 一个人要到功成名就的时候，才能大张旗鼓地庆祝胜利，才能心安理得地享受快乐，才能悠然自得地品味幸福。

这两点既有紧密的联系，各自又强调了不同的侧面：第一点是从消极方面进行禁止，提醒人们不应该如此如此，譬如，不能一有机会就去享受，过一种消极颓唐的生活；第二点是从积极方面进行鼓励，告诉大家应该如何如何，如应当尽量推迟自己逍遥快乐的时间等。

现在我觉这两条"全无是处"，它禁止的正是必须倡导的，它鼓励的恰恰是应该否定的，也就是说，它禁止了好的东西，鼓励了坏的东西。这种生活准则万变不离其宗：怎么干能让你不快乐，它就要求你必须怎么干！

我很多痛苦经历都与这种病态的人生态度有关，假如能追溯到这种生活信念的倡导者，我一定要到法院去起诉他，要他赔偿我的精神损失！也正是由于信奉这种人生态度，我也让我的儿子没有享有一个快乐的童年，幸好儿子宽宏大量，原谅了我的"残忍"，否则，只要他向法院告我从心理上和精神上虐待儿童，我至少要受几年牢狱之灾。

小时候父亲告诉我说："披一张狗皮易，披一张人皮难。"父亲一生什么事都没有干成，只有这句话说得相当漂亮，它形象地揭示了人生残酷的真相。就我的阅读范围所及，好像这句话的版权当归父亲。做人的确比做狗难，狗不知道什么叫尊严，它饿了以后还可以吃屎，而人则不吃嗟来之食，有尊严才使人成其为人。正是要有尊严地活，人才比狗活得累，更比狗活得难。父亲不仅希望他的儿子过上有尊严的生活，而且希望他们能够干出点名堂，他一直相信苦干可以改变命运，世界上没有白吃的午餐，流了多少汗水便能换来多少收成，因此，他是"持之以恒"的铁杆执行者——当然，他是要求我和弟弟持之以恒，事实上他自己并没有贯彻到底。要有尊严地生活，要干出点什么名堂，这些积极的人生态度都没有什么错，以苦干改变命运，以汗水换来收成，对于我们这些没有背景的人来说，好像也是人生的"硬道理"，可就是这些积极态度和硬道理，把我"花季雨季"的青少年岁月熬成了一锅黄连汤。父亲为人向来有点偏激，要有尊严，就要有成绩；要有成绩，就得持续苦干；要持续苦干，就不能随便休闲。于是，在父亲的词典中，"快乐"的意思就是"堕落"，"休闲"的本意就是"罪恶"，积极的人生态度一推向极端就成了人生的灾难。我小时候读书，读得不好要"将功补过"，读得好要"再接再厉"，总之，不管读得好不好，都没有好日子过，生活简直就是望不到尽头的苦海。说实话，当时医学要是像现在这样发达，我一定会偷偷摸摸地找医生把自己变成一条狗。我觉得人真的是比狗苦多了，而且也没有狗生活得有趣，农村的狗没有主人跟着，想到哪里去玩就到哪里去玩，自己还能给自己做主。本来我那时就特别贪玩，而且又特别讨厌学习，学习成绩自然从来也没有让父亲满意，既然干得好干得坏生活都没有盼头，我就经常恶作剧地捣蛋和偷懒，所以我也就经常挨打挨骂。

　　我从来没有怀疑过父亲对我的"好意"，也从来不认为"过有尊严的生活"和"干出点名堂"有什么问题，但他的"好意"却结出了苦果，"没有问题"的生活目标最终在每一个生活环节中都成了"问题"。

父亲是我小时候最大的"阶级敌人"，要不是碍于情面，"文革"中他在台上挨斗的时候，我也可能冲上台去揍他一顿，可是当我也成为父亲以后，对他的大部分做法有了"理解之同情"。看来，要吸取父亲的教训很难，我像父亲一样也怕自己儿子将来一事无成，怕他将来不能过上幸福而有尊严的生活，所以我也像父亲一样要求儿子"持之以恒"，同样也把休闲当成了懒惰，把行乐视为堕落。儿子的童年几乎是我童年的复制，只是他没有"批斗"过老师，而是不断被老师"批斗"，儿子上大学前就曾埋怨说他没有幸福的童年。他的童年真的非常单调，不说也罢。

我和父亲严格要求后代都是出于"好意"，过"有尊严的生活"和"干出点名堂"都没有问题，为什么"好意"办成了坏事，"没有问题"的地方却成了"问题"？

为了寻找答案，我们先看看周边人们的教育和生活。现在流行一个非常混蛋的人生信条——"不要让你的孩子输在起跑线上！"这害得千千万万的父母和准父母，让孩子刚刚受精的时候就开始接受教育，还在妈妈胎中就受到折磨，牙牙学语的时候就学习外语，有条件的父母恨不得小宝贝一开口就会说七种语言。上幼儿园后开始学钢琴、小提琴，学围棋、象棋、国际象棋，学绘画、唱歌，学英语、法语、日语、韩语，学打羽毛球、游泳，李娜打网球红了以后又要学打网球，韩流最盛的时候还得学跆拳道……为了不让孩子输在起跑线上，一刻也不能让孩子清闲，一秒钟也不允许孩子喘息。孩子不能闲着，父母自己也不能闲着，孩子不能喘息，父母更不能喘息。中国的父母也许是世界上最有"奉献精神"的父母，从当上父母那天起就铁了心告别幸福，所做的一切都是为了孩子，为了孩子将来的尊严，为了孩子将来的幸福，为了孩子将来的成就，为了孩子将来能第一个冲到人生目标的终点……

这就是问题之所在：我们的父母全都把人生当成一场赛跑，当成一场冲刺，所有过程毫无意义，一切努力都是为了第一个冲到终点。为了实现这一人生目标可以牺牲一切人生的过程——为了实现生命目标的尊严，可以忽视生命过程的尊严；为了最后那一刻的幸福，宁可赔上一辈子的幸福！最后，这一生活信念的结果极其荒谬：为了尊严而失去了尊严，为了幸福而牺牲了幸福。

把人生当作一场赛跑，那么我们就会只看结果而不重过程，一生都在为达到终点而拼命，片刻喘息就怕自己掉队，稍一松懈就于心不安，整个人生就像上紧了的发条和绷紧了的弦。上小学不能轻松快乐，要考个好初中；上初中不能轻松快乐，要考个好高中；上高中也不能轻松快乐，要考个好大学；上了大学后要出国，出国后更要发奋读书，毕业进公司、研究所后又得拼命冲刺，要冲到同事的最前头……

很多人其实一生就是在为最后那一刻做准备，他们没有真正"生活"而只是在"准备"生活，他们从来没有"享受幸福"而只是在"储蓄幸福"。你可能经常听到身边的同事说：等我退休后再去旅游，退休后再去学照相，退休后再去……如果人生的一切快乐要等到退休以后才能享受，你说人生还值得活下去吗？退休之前为什么不能干这些呢？不行，如果退休之前就享受生活，你在赛跑队伍中肯定就要掉队，还有可能被挤出竞赛队伍，甚至可能不得不放弃竞赛，不管是哪种情况都标志着你的人生全盘皆输，所以大部分人一旦开始起跑，就要硬着头皮跑下去，哪怕是最后一个到达终点。

"不要让你的孩子输在起跑线上"，说明这场人生竞赛所争的不是知识与智慧，而是地位与名利。世界上的财富从性质上可分为两种：物质的和精神的。对精神财富的竞争只有赢家没有输家，因为知识和智慧可供人类共享——学姐背熟了李白诗歌，并不影响学妹也能背熟，即使产品开发的竞争，也不具有任何排他性，美国公司开发出了新产品，可能还激发日本公司开发出更新的产品。但权力和名利具有独占性，一个国家国王只有一个，争夺国王的游戏最残忍、最血腥，天下姓李就不姓朱，成则为王败则为寇，要么全赢要么全输。小到一个中小学也是一样，"校长"的位置你先占了，我就只好给你拍马屁，连干瞪眼都可能被炒鱿鱼，所以台面上的较量和台面下的算计都异常激烈。名誉和金钱同样如此，任何一场比赛都极少有两个冠军，在财富总量固定的情况下，你捞的钱多就意味着我捞的钱少，所以只有对权力和名利的竞争才有输赢，所以孩子一生下来你就害怕他们输掉了比赛。

让你的儿女在人生的起跑线上，就开始为权、为名、为利冲刺，事实上你一开始就已经把儿女当作争权夺利的工具，表面上看是为了他们的幸福，骨子里何尝不是为了你自己的幸福？摧残儿女的身心让他们冲刺名校，好像是为了让他们出人头地，实际上何尝不是为了自己脸上有光？在父爱母爱"无私"的面纱下，掩盖着父母的功利与自私，让儿女一出生就争名争利，使他们成了自己名利赛跑中的"接力棒"。大多数名利场上的"掉队者"，却要儿女成为名利场上的赢家，自己连中专也没考上，却希望儿女考北大清华。一旦儿女没有给自己脸上争光，没有给自己带来什么"好处"，就一方面自己垂头丧气，一方面埋怨儿女"不争气"。

把儿女当作争权夺利的工具非常自私，把自己当作争权夺利的工具则非常愚蠢。试想一下，自己一生的意义和价值，要是只在于争夺身外之物，如财富、荣华、权势等，你的人生马上就陷入荒谬可笑的境地：如果这些东西没有得到，生命就没有任何意义和价值可言，你的一生将被失败感所折磨；如果如愿得到这些东西，你的生命同样也失去了存在的意义，因为你活着就是为了追逐这些东西，这些东西既然已经到手，还待在世上不成了多余的人吗？把人的一生当作一场争权夺利的赛跑，最后不是人生的倒霉鬼，就是人世的行尸走肉。

在这场争权夺利赛跑中的掉队者、落伍者、退出者，都成了人生的倒霉鬼。有的是由于实力不济，有的是由于时运不佳，有的是由于大彻大悟，这些人后来都参加了"及时行乐"的大合唱。列子也许要算"及时行乐"的领唱者，《列子·杨朱篇》中提出"为欲尽一生之欢，穷当年之乐，唯患腹溢而不得恣口之饮，力惫而不得肆情于色，不遑忧名声之丑，性命之危也"。由于难以猎取名利便鄙弃名利，由于赛跑掉队便退出竞赛，由于对人生绝望便挥霍人生，汉乐府《西门行二首》之一就是这种心理的真实表现：

出西门，步念之：今日不作乐，当待何时？夫为乐，为乐当及时；何能作愁怫郁，当复待来兹？饮醇酒，炙肥牛，请呼心所欢，可用解愁忧。人生不满百，常怀千岁忧。昼短而夜长，何不秉烛游？……人寿非金石，年命安可期；贪财爱惜费，但为后世嗤。

代代都有"及时行乐"合唱团，《名士传》载："刘伶肆意放荡，以宇宙为狭。常乘鹿车，携一壶酒，使人荷锸随之，云：'死便掘地以埋。'土木形骸，遨游一世。"《世说新语·任诞》说晋朝张翰同样放纵任性，宣称"使我有身后名，不如生前一杯酒"。可是，"今朝有酒今朝醉"的人毕竟极少，"且极今朝乐，明日非所求"是诗人的兴到之语，你千万别把它当真。连蚂蚁也知道为冬天贮备食粮，更何况我们懂得"未雨绸缪"的人呢？谁还敢忘了老祖宗孔夫子的古训——"人无远虑，必有近忧"？如果明天就没有米下锅，今天还能不急不忙悠然自得，那你不是上帝就是魔鬼。对我们这些普通人来说，恰恰是对"明朝"的考虑决定着今朝的行为。

在这点上还真的是"东海西海，心同理同"。了无趣味的德国哲人海德格尔，提出过一个相当有趣的观点：人类的时间与宇宙的时间恰好相反，宇宙时间是"过去"—"现在"—"未来"的线性绵延，人类时间则是"未来"—"现在"—"过去"的逆向行程，人总是着眼于"未来"，立足于"现在"，再参考"过去"。

这么说来在我们一生中，从来都是"倒着走"的，是"未来"在指挥"现在"，"现在"的每一个行动都是服从于"未来"：几岁的小孩为了将来有"远大前程"，被迫中止与同伴快乐的游戏，而去背诵那些枯燥乏味的英语单词；二十岁的年轻小伙就开始节衣缩食，攒钱为自己买"养老保险"；一个学者为了自己几千年后的"永垂不朽"，舍弃了现在人生所有的世俗幸福；一个创业者为了将来的富有，宁愿承受眼前非人的折磨；一个政客为了日后爬上受人仰慕的高位，宁可现在干尽下贱卑鄙的勾当，为了以后别人给自己下跪，宁可现在自己给别人下跪……总之，所有这一切都是用现在的痛苦，换取未来的幸福，我们的一生都是在"为了……而……"这个连词中度过的。大家就像寓言中那个赛跑的兔子，为了达到自己理想的终点，一生连喘息的机会都没有，一生都在冲、冲、冲，一直冲到人生的终点——火葬场。

我们一生都有自己或大或小的志向，我们的行为都有自己或多或少的目的。学生立志拿诺贝尔奖，士兵立志当将军，商人立志发大财，这些人生志向都很宏大，人生的目标也很积极，可一旦走向极端，这些志向和目的就成了人生的桎梏。人生的志向和目标，本来是为了实现人生的自我价值，人在追求它们的过程中获得自身的满足和快乐，可一旦我们完全忽视生命过程的满足和快乐，只把最后目标看成生命中的"唯一者"，我们就成了争权夺利的奴隶，我们的生命就成了为名、为权、为利的一场赛跑，生命随之也成了争名、争权、争利的工具，原本是人生快乐源泉的东西，很快就成了我们痛苦的祸根。

但要我们完全放弃人生的志向，既不可能更不可取——人们的志向有远大与渺小之分，有高尚与卑微之别，但几乎没有谁毫无志向；假如真的已经没有任何志向，他必定情无所寄，力无所施，他人生的唯一任务就是如何消遣人生，如何打发一生的漫长时光，人生就成了他沉重的负担，他就会感受到人生的苍白、乏味、无聊，那样的人生真是生不如死，更别说什么幸福和快乐了。快乐就像接吻，只有偷来的才香。的确，幸福只是勤劳的副产品，快乐更是汗水的结晶。只有在大闷热天里走进清凉世界，你才会觉得爽快无比；只有在辛勤劳动之余去旅游休假，你才会体验到轻松快乐。要是到处都很清凉，你就会体验不到清凉的爽快；要是天天都在外地旅游，你在旅游中就绝不会感受到轻松快乐，旅游反而会成为你烦人的包袱。

有了人生目标，我们的人生可能成为实现这些目标的苦役和奴隶；没有人生目标，我们的人生必然又烦闷和无聊。

人生难道只是两堆草料之间的驴子？

如何化解人生这种两难的宿命？

我自己是一个人生的惑者，困惑之余便偶发奇想：我们何不抛弃人生是一场赛跑的荒谬观念，把人生当作一次漫长的旅游？

把人生看成一场争权夺利的赛跑，你会害怕输在起跑线上，更会害怕输在赛跑的终点，你一路冲刺更会高度紧张，跑在赛跑队伍后面固然要拼命追赶，跑在队伍前面也害怕被别人赶超，这必然导致人生的禁欲主义，人生"中途"的任何休整都必须禁止，"中途"的任何庆祝都是"及时行乐"，为了最后取胜就得赔上一生的快乐、幸福乃至生命。这样的人生真是生不如死，难怪庄子把死亡看成人生的"至乐"，难怪列子认为人的一生能开口而笑者不过几时而已。

如果换一种眼光，把一生当作一次漫长的旅游，我们的人生就将呈现出大不相同的景观，我们对生命也将有全新的体验。旅游中大家虽然有一个目的地，但到达目的地既非旅游的唯一目的，更非重要的目的，因为旅游真正的目的就是寻找快乐，就是放松心情，就是感受新奇。只要能获得这些体验，人们并不太在乎是否到达了原定的旅游点，有时原定的旅游目的地你可能觉得"不过如此"，而往返途中领略到的景象倒让你终生难忘。

人生要是像旅游一样，大家就会更加关注生命的过程，谁还那么在意生命的结果呢？

在人生的旅游途中，我们不用担心被人赶超，只要条件允许随时都可以"及时行乐"——"阮宣子常步行，以百钱挂杖头，至酒店，便独酣畅，虽当世贵盛，不肯诣也"（《世说新语·任诞》）。独自酣畅却不诣权门，只求人生适意而无半点俗念，这也许就是"魏晋风度"。人生既然是一次漫游，就不妨"左顾右盼"，随时留恋沿途的"美丽风景"——当年王子敬的人生何等从容："从山阴道上行，山川自相映发，使人应接不暇。若秋冬之季，尤难为怀。"（《世说新语·言语》）人生游程中既然不在乎最后的结果，自然也用不着那么功利——"王子猷居山阴，夜大雪，眠觉，开室，命酌酒。四望皎然，因起彷徨，咏左思《招隐诗》。忽忆戴安道，时戴在剡，即便乘小船就之。经宿方至，造门不前而返。人问其故，王曰：'吾本乘兴而来，兴尽而返，何必见戴？'"（《世说新语·任诞》）兴起即使雪夜也驾船前往，兴尽就是到了门前也不入而归，没有任何功利算计和得失考虑，兴之所至才是行为的真正原因，往返都是因为任情适性，王子猷的人生才富有诗意，用现在已经滥俗了的话说，这才叫"诗意地栖居"。

这里我打算"冒天下之大不韪"，为"及时行乐"做点辩护。说"冒天下之大不韪"有点过甚其辞，"及时行乐"很像臭豆腐，嘴上谁都在咒骂它，心里谁又都很喜欢它。世人都只知道中国人喜欢存钱，其实中国人最喜欢存的东西是"快乐"。我们不主张马上消费金钱，更不提倡马上"消费"快乐。有了钱总是存起来等到办大事时再使用，有了喜事也总是等大功告成时再庆祝，好像快乐也和金钱一样，存起来不仅可以保本，还可以利滚利似的，要把所有的喜事加起来"喜上加喜"。我们不消费金钱和不消费快乐，不是我们天生不喜欢花钱，天生就讨厌快乐，深层原因是对自己没有底气，对未来缺乏自信，以及对人生的错误观念。有了乐事就应该好好乐一乐，不要老是等着"上面"或师长来奖励自己，自己犒劳自己既能体验到奋斗的乐趣，又能增强自己的自信心。再说，人生的每一阶段有每一阶段的乐子，小孩的快乐大人无法体验，青春初恋与黄昏恋"味道"不同，中年的快乐更不能等老来才去消受。

以爱情为例，一个满脸皱纹的老人，无法体验青年人爱情的欢乐。有些人在花季雨季时压抑了爱情的萌动，到青年时期又拼命读本科、硕士和博士，直到三十多岁还没有谈过恋爱，有些人甚至错过了一生的幸福。一生既没有爱过别人，又没有被别人爱过，这是一种残缺不幸的人生，任何事业也不能弥补爱情的残缺。"谁家今夜扁舟子，何处相思明月楼"，青年的恋情能让你感到生活充满了阳光，能让你品味人生的美酒，也能让你激起奋斗的激情与冲动。可我们的父母总劝后代"以事业为重"，好像爱情是事业的天然仇敌，一旦有了爱情，必定丢了事业——要么吃鱼，要么吃熊掌，上帝不可能让你享受了美好的爱情，又让你有成功的事业。假如上帝真有这样的安排，那对中国真是莫大的福音。现在我国两性比例严重失调，十几年后约有四千多万男性青年要当光棍，估计几十年后诺贝尔奖全由这些光棍包揽，就像我们今天包揽全部乒乓球奖牌一样。只可惜，现在的诺贝尔奖获得者中，绝大部分都是已婚人士，华人获奖者中好像也没有一个单身，人家杨振宁八十二岁时还娶了一位二十八岁的年轻妻子。

那些会玩的人极有可能也是会干的人，事业与快乐并非"势不两立"，而且还可能"白头偕老"。只把最后的结果看成人生唯一目的，把人生看成一场激烈赛跑，恰恰可能实现不了自己的人生目的，有几个诺贝尔奖获得者是为了获奖才去搞科学研究？ 2010年诺贝尔物理学奖得主、英国曼彻斯特大学安德烈·海姆教授，2000年就曾获得美国《大众机械》杂志评选的"搞笑诺贝尔物理学奖"，对于他来说，科学就是诙谐，研究就是游戏。他常常"从一个研究课题跳到另一个研究课题"，明知这样做有极大的难度，而且会影响原先的研究，但他认为"值得这样做。比起一辈子研究同一领域，寻找一些意想不到的东西更有意思"。他不断改变研究课题，是因为这样做"更有意思"，这样做更好玩，最后结果从来不是他的第一选项，获诺贝尔奖更不是他的人生目标。科研只是海姆教授人生的旅游，改换课题就是寻找新的景点。据说，现在旅游也时兴"过境游"，"见缝插针"的过境游，能给游人带来意外的惊喜，意外的喜悦可能弥补对目的地的失望。

把人生视为一场赛跑，人生过程便毫无价值，最终结果才是唯一考虑，于是，达不到目的必然极其痛苦，达到了目的又会十分失望；把人生当作一次漫游，时时都有应接不暇的美景，处处都有新的刺激，不仅可以从容到达自己预定的胜地，还能悠闲地饱尝生命旅程中的快乐。

是"把人生视为一场赛跑"，还是"把人生当作一次漫游"，不过是换一个角度看待人生，妙境只在自己意念的一转换间，人生的陷阱转眼就成为人生的福地。

2011年8月22日

枫雅居

食不知味

权和钱是两种怪物，大家一方面咬牙切齿地诅咒它，一方面又削尖脑袋追逐它；一方面深切地厌恶它，一方面又卑微地跪拜它。在社会价值的天平上，有的人为了得到它，愿意搭上自己的幸福，愿意赔上自己的性命！

难怪，很多人一生除了权与钱之外，对任何其他东西都没有浓厚的兴趣，对其他目标都没强烈的激情；除了所有动物都具备的那点性本能外，他们甚至没有任何别的冲动。环顾四周，有权无权的都在为权力奔波钻营，穷人富人都在为金钱忙碌操心。别说政坛上的倒霉鬼和商场上的穷光蛋，就是那些炙手可热的高官和披金挂银的大款，也常常为此而失去了人生起码的欢乐，因此没有能力去享受人生的基本乐趣。

《礼记·礼运》载孔子的话说："饮食男女，人之大欲存焉。"孟子也说过"食色，性也"的话。看来孔孟这两位老人家是把食与色当成人最基本的生理需求，我估计没有多少人会对此提出异议；孟子还说"口之于味也，有同嗜焉"，这个说得有点绝对，至少我个人不敢苟同。就地域而言，喜欢甜味的江浙人与喜欢麻辣的四川人就没有什么"共同语言"；就社会地位来说，高官、大款和农民工也"说不到一起"。农民工劳累一天之后，在马路边随便找家大排档，随便挑一两样便宜菜，就能有滋有味地美餐一顿，而显贵和富豪天天都是"座上客来，尊中酒满"，顿顿都是美味珍馐，但他们却闻不到酒香，尝不出菜味。一些高官和大款们每次用餐，不是他们陪别人，就是别人陪他们。名义上虽然是"吃饭"，可吃饭的目的是为了陪人，吃饭反而变成了陪衬。高官们吃饭喝酒主要是搏感情拉关系，大款们吃饭喝酒主要是签合同、谈生意。权力场上早有"感情深，酒满斟""感情好，喝醉倒"等流行语，商场同样有"大单生意酒席上谈"的说法。

对于某些高官和大款而言，他们"办公"就是吃饭，反过来说，他们吃饭也就是"办公"。你想想看，吃饭一旦变成了"办公"，吃饭就从享受变成了负担，从人生乐趣变成了人生痛苦。白居易一千多年前对此就感触很深，他在《自感》一诗中说：

宴游寝食渐无味，杯酒管弦徒绕身。宾客欢娱童仆饱，始知官职为他人。

对宴游寝食完全腻味，对杯酒管弦极度厌倦，人生的一种享受变成了一种折磨，难怪他喟叹"始知官职为他人"了，所以他在五十岁那年就《自问》道：

黑花满眼丝满头，早衰因病病因愁。宦途气味已谙尽，五十不休何日休？

宋朝名相王安石主持朝政时，据说也完全品味不出酒香和食味。有一次，他们全家到友人家做客，贵客临门自然菜肴丰盛，可王安石只吃自己面前的两道菜，离他远点的菜几乎没有动过筷子，那时又没有现在这种桌面可以自转的电动餐桌，没多久他面前的两样菜就吃得精光。细心的女主人以为王安石最喜欢这两样菜，暗暗记下这两道菜名，第二次请他做客时将这两样菜做成双份。王安石夫人得知个中缘由后，笑得快要合不拢嘴："你们有所不知，我家相公多年为国操劳，长期以来寝食无味，吃饭不过是为了果腹，什么菜到他口里都一个味道，不信，你今天将另外两道菜放在他面前，他照样还是只吃自己面前的两道菜。"女主人按王夫人说的那样摆菜，果不其然！

不过，王安石这位杰出的政治家和文学家，我对他一直心存敬意与钦佩，包括他的政敌也称他"视富贵如浮云"。他一生敢作为也有担当，是政坛上少见的那种硬汉，相信他食不知味或许真的是由于为国过度操劳，不似当今的衮衮诸公一生就忙于贪权、贪钱、贪色，还要绞尽脑汁偷偷摸摸地携款外逃。他们的一生提心吊胆像是做贼，这种极端病态的人生，根本无法享受正常的人生乐趣，更别提享受口腹之乐了。

在权力可以寻租的社会环境里，商人要想一夜暴富，企业家要想成为大款，就得先把自己口袋里的钞票暗暗掏给极少数人，然后才会有更多人把他们口袋里的钞票纷纷掏给你，也就是说，你先要给别人送钱，以后别人才会给你送钱。经过这许多复杂的利益交换后，换来了人们艳羡的权与钱，却失去了人生最基本的乐趣——变得食不甘味。一个弱智用膝盖想一想也能明白，这是一种绝对的赔本买卖。

贪官、显宦、富豪、大款，权力与金钱毒化了他们的人生，但这些人毕竟只占社会中的极少数，大家在讨伐他们的时候不妨反躬自问：自己对权与钱的态度比他们又好得了多少呢？至少我本人在他们面前，没有多少道德上的优越感，不过是五十步笑百步，只是程度稍有不同而已。两千多年前，司马迁在《史记·货殖列传》中就曾慨叹："天下熙熙，皆为利来；天下攘攘，皆为利往。"过分功利的人生态度，不仅在毒化着贪官大款，也在毒化着我们每一个人，它使我们没有办法感受到人生的乐趣，没有办法品尝出生活的滋味。

老祖宗孔子在《中庸》中就感叹说："人莫不饮食也，鲜能知味也。"朋友，你食"能知味"吗？你吃饭还香吗？

2011年8月10日

枫雅居

她们想把自己卖个好价钱

昨天我谈到病态人生之一——食不知味，但吃喝只是人类最基本的物质需求，要是连这种口腹之乐都不能品尝，更复杂、更精微、更高尚的精神生活，可能就更难以感受和品味了。

爱情肯定是人生最甜美、最幸福的情感体验，从《诗经》中"将仲子兮，无逾我墙，无折我树桑，岂敢爱之，畏我诸兄"的热烈纯真，到李白《长干行》"妾发初覆额，折花门前剧。郎骑竹马来，绕床弄青梅"的青梅竹马，再到杜甫《月夜》"香雾云鬟湿，清辉玉臂寒"的夫妻恩爱；从李商隐《无题》"春心莫共花争发，一寸相思一寸灰"肝肠寸断的相思，到杜牧《惜别》"多情却似总无情，唯觉尊前笑不成"缠绵悱恻的分别，再到韦庄《思帝乡》"春日游，杏花吹满头。陌上谁家年少足风流？妾拟将身嫁与一生休。纵被无情弃，不能羞"的痴情果决，我国从古到今不知有多少文学作品歌颂爱情的圣洁伟大，赞美爱情的甜蜜幸福。

外国的爱情文学作品更是数不胜数，许多千古流传的爱情绝唱，表现了人类对爱情细腻深刻的体验。有一位不太出名的爱尔兰诗人妥默斯·麦克东那，曾有一首不太出名的爱情诗《爱情残忍爱情甜》，是一颗久被埋没的爱情诗中的珍珠——

爱情残忍爱情甜——
残忍又甘甜，
情人断肠到相见，
断肠到相见——
断肠到相见，相别肠又断——
残忍的甜蜜，最甜蜜的肠断！

爱情盲目爱情尖，
盲目而又尖。
心中勇敢言辞腼腆——
勇敢又腼腆——
勇敢又腼腆，回头又勇敢——
勇敢是甜蜜，腼腆是肠断。

　　以上译文来自郭沫若《英诗译稿》，个别地方我做了重译。目前我还
没有找到一种译文能曲传原文的神韵，下面是该诗的英语原文：

LOVE IS CRUEL, LOVE IS SWEET

Love is cruel, love is sweet —
Cruel sweet,
Lovers sigh till lovers meet,
Sigh and meet —

Sigh and meet, and sigh again —
Cruel sweet! O sweetest pain!

Love is blind — but love is sly,
Blind and sly.
Thoughts are bold, but words are shy —
Bold and shy —
Bold and shy, and bold again —
Sweet is boldness, —shyness pain.

　　我之所以特别喜欢这首诗，是因为它写出了纯真爱情的千般滋味：既甜蜜又痛苦，既盲目又机巧，既勇敢又羞涩，既肝肠寸断又思念绵绵……没有深深感受过爱和被爱的人，断然写不出这种爱情的甜酸苦辣。如今，恋爱中的青年男女，由于过多的现实考虑和利害算计，牵手婚姻殿堂之前，甚至还要进行双方的财产公证。你看看这种恋爱场面有多滑稽：一边在忙着准备马上结婚，一边又盘算着将来如何离婚。这样，新人们一方面没有痴爱对方的激情，一方面也感受不到对方的痴情，恋爱中没有了心灵的颤动、生命的激扬、付出的幸福，没有了温柔与羞涩、盲目与勇敢，没有了男女双方爱的醋意与柔情，彼此不过是走完了习俗规定的各种"恋爱程序"，压根儿就没有品尝过爱情的滋味。

　　如果说，对那些不能品尝饮食滋味的人，大家可能深表同情，对那些没有品味过爱情滋味的人，大家也许十分难过，那么，对那些拿爱情做交易的人，大家肯定极度厌恶和鄙视。

　　可悲的是，愿用青春换金钱的人偏偏不少。近几年上海、广州、武汉等大城市，差不多年年举办"财富相亲会"，差不多次次"相亲会"男女进场的门槛都很高——男方要顶级富豪，女方须超级漂亮。所谓"相亲"不少其实是招"小三"和觅"二奶"。过去"二奶"、"小三"都怕见阳光，当别人的"二奶"，做人家的"小三"，都是羞于启齿的丑事，父母要是知道了一定埋怨家门不幸。听说现在"小三"公开在网络上炫富，"二奶"乐于在人前晒幸福，还有二奶现身说法列举当"二奶"的六大理由。

据说当"二奶"和"小三"还要签合同，详细规定"每周性生活的次数""懂得逢场作戏的技巧""与本人合法妻子和谐相处的本事"等。网上批评这些女孩是出卖自己的尊严和人格，这种批评实在是抬举了她们，这些女孩根本就没有什么人格和尊严，她们出卖的是自己的肉体。说白了，"二奶"、"小三"与坐台"小姐"本质上完全一样，区别只在于"二奶"、"小三"是把自己卖给一个男人，坐台"小姐"是把自己卖给许多男人。但"二奶"和"小三"都觉得自己卖出了高价钱，所以她们比"小姐"更加神气，她们有自己的人生哲学："宁可坐在宝马里哭，也不愿坐在自行车上笑。"这个时候，谁要是还唱《天仙配》中《夫妻双双把家还》，不是居心不良借古讽今，就是自己精神出了毛病。她们连自行车都不想坐，怎么会"你耕田来我织布，我挑水来你浇园"呢？连普通公寓也不想住，"寒窑虽破能避风雨，夫妻恩爱苦也甜"不是痴人说梦？

"二奶"、"小三"对人们过去信奉的爱情观念，进行了彻底的颠覆：这个世界上根本没有什么爱情，只有男女之间的肉体交易。过去的爱情是两性灵与肉的结合，现在的一些男女都没有灵魂了，所以"爱情"就成了两性肉体的苟合——一个是将钱买青春，一个是将青春卖钱，而且双方都必须按合同进行交易。面对人们有关"堕落"的指责，一个"二奶"在网上振振有词地为自己做了辩护："难道还要我捧着金饭碗，到处讨饭吃？傻逼！"

真的，她们在"情场"上实现了"自我价值"——将自己的青春美貌，卖了个大价钱！

"春蚕到死丝方尽，蜡炬成灰泪始干"，这些对爱情痴情执着的诗句，突然变成了黑色幽默；"曾经沧海难为水，除却巫山不是云"，这些爱情的忠贞表白，也被人改成"曾经大款难为婿，除却金钱不是人"。

前不久，看到一幅猫狗亲热的照片，猫狗这些动物好像是在嘲讽我们人类的爱情，当时我就在照片后面写下了自己的感想："你不得不承认：猫猫狗狗比我们人类的爱情，要高尚得多，要纯洁得多，它们发情后根本没有考虑过对方是官二代还是富二代，根本没有计较过对方有多大住房有多少存款。只要能和自己心爱的'它'在一起接吻亲热，它们在宝马里可以幸福地笑，在自行车上也可以幸福地笑。今天，过分的功利让我们连动物的本能也丧失殆尽。"

当然，这说的是气话，我想还是有许多人喜欢听《夫妻双双把家还》，深厚的夫妻恩爱才能带给我们安宁和幸福，才能保证两性生活的甜蜜与纯真，所以我每次听到这支歌就感到非常温暖——

"树上的鸟儿成双对，绿水青山带笑颜……"

2011年8月10日

枫雅居

雅量与矫情

在中国要做到"人情练达"，比获得瑞典的诺贝尔奖还难。譬如，仅仅是何时何地才能表现出高兴的神色，以及如何把高兴神色表现得恰到好处，像我这样的人一辈子也学不会，所以在人生的舞台上一辈子就"演"不像。哭不能是由于悲伤，笑也不能是因为喜悦；该哭而不哭，那就是哭不得其道；不该笑却大笑，那就是笑不得其时。即使有了值得高兴的事，也不能马上就把高兴写在脸上，要是"喜形于色"人家就说你为人轻浮，要是面露笑颜人家就会骂你"满罐不荡半罐荡"。

我恰恰就是喜欢"荡"的那种"半罐子"。

小时候我一遇到点喜事就手舞足蹈，一小有成绩就得意忘形。读小学二年级的时候"文化大革命"刚刚开始，那时在学校里好像还能够读点书，一次在学校大会上我受到校长表扬。对于我这种顽皮的学生，能够得到校长的表扬，比今天女孩子被刘德华拥抱过还要疯狂。一放学我就屁颠屁颠地"飘"回家，还没有进门就激动得大叫，想让对我失望至极的父母高兴高兴，当然也想再得一次父母的表扬。没承想父亲一见我那个样子，就狠狠地"赏"了我一巴掌，打得我脸上火辣辣地发烧，从大叫马上变成了大哭。父亲还骂我是"半罐子"，是"轻骨头"，并骂我成不了"大器"。我挨父亲的打是家常便饭，但只有这次挨打觉得最委屈、最伤心，有时挨打是由于做事偷懒，有时挨打是由于在家里偷钱，有时挨打是由于耍赖调皮，这些打多少还算"事出有因"，可这次挨打竟然是由于"受表扬后心情特别高兴"！

对父亲这次无理的打骂，我至今都没有办法原谅他，也至今看不出他对在何处。小孩受表扬后兴冲冲地回家报喜，为什么就成了"轻骨头"？高兴了就大叫大笑、又蹦又跳，这大概是小孩的天性，如果有喜事还要像个闷头鳖，那肯定违反人之常情，干了一件得意的事就舒心地大叫大笑的孩子，为什么日后就成不了"大器"？当然，我倒是应验了父亲的判断，的确没有成什么"大器"，没有在事业上混出什么名堂，没有在仕途上弄个一官半职，甚至在家里也只是个"副家长"，但这与我干件快意的事就十分快意毫无关系。

率真外向容易冲动而成就大业者，在历史上和现实中比比皆是。李白接到皇帝诏书时已人到中年，"仰天大笑出门去，我辈岂是蓬蒿人"——你瞧他那忘乎所以的样了！《列宁在1918》中列宁讲演的神气，远非"手舞足蹈"所能形容！当做出了人类重大的发明时，很多科学家都激动得全身颤抖；当写出了杰出的乐曲、伟大的诗歌和小说时，不少音乐家和作家都泪流满面。按我们传统的做人标准，这些人都是"器小易盈"，都失之轻浮而不沉稳！这就是我们所推崇的做人准则——

有了喜事，定要满脸苦相，不然便是轻狂；取得成绩，务必低眉落眼，否则便无器量！

按这种准则做人只有两种结果：要么虚伪矫情，要么压抑郁闷。我们来看看历史上最有雅量的典型：

谢公与诸人围棋，俄而谢玄淮上信至，看书竟，默然无言，徐向局。客问淮上利害，答曰："小儿辈大破贼。"意色举止，不异于常。

——《世说新语·雅量》

　　东晋太元八年（383），前秦苻坚统兵百万南下入侵，东晋前方"诸将败退相继"。敌军很快进于淮肥，东晋朝廷急忙加升谢安征讨大都督，国家存亡全系于谢安一人。面对虎视眈眈的压境强敌，谢安却召集亲朋好友观看自己与侄儿谢玄下棋，谢安的棋艺本来劣于谢玄，但此时谢玄由于忧虑国事却败在叔叔手下，谢安当即以谢玄为前锋迎战苻坚。前方鏖战方酣之际，总指挥谢安仍在京城下棋，"俄而谢玄淮上信至"，谢安"看书竟，默然无言，徐向局（即面向棋局接着下棋）"，这几句写谢安的沉着镇定可谓力透纸背。在军情如火的当儿还有心思与人下棋，已显出他的从容不迫，淮上大军前锋送来了军情报告，他看后竟然"默然无言"，又慢慢接着与对手下棋，旁边观棋看客按捺不住"问淮上利害"，他又只是轻描淡写地回答说"小儿辈大破贼"，似乎这是不足挂齿的小战，即使大胜也不值一提。你看看他"意色举止，不异于常"，敌寇方盛时他全无惧色，强敌溃败后又了无喜容，处处都不失其镇定自若的大家风度，难怪时人和后人无不仰慕其"雅人高量"了。

　　淝水之战不仅决定着东晋国家的安危，甚至也决定着汉民族的命运，当然更直接决定着他个人和家庭的成败兴衰，谢安何曾不知道它的重要意义呢？淝水之战的巨大胜利，把他的政治生命推向了顶峰。《晋书·谢安传》交代这局围棋"既罢，还内，心喜甚，不觉屐齿之折，其矫情镇物如此"。他在人前装得一副无所谓的样子，等回到内室时激动得把屐齿折断了还不知道，可见他是狂喜到了何种程度，这才是他真实的本能反应。他在人前"不异于常"的"意色举止"，全部是矫情的结果，用现在的话来说，都是他在公众面前作秀。他的"高致"，他的"雅量"，原来只是在人们面前精彩的表演！不过，他"演"得非常逼真，"秀"得也很可爱，不像今天有人在农民家里表演得那么肉麻，那么让人讨厌。

历史上另一个被人称道的人物是刘备，史书上说他能做到"喜怒不形于色"，而且他的"亲民"戏也演到了家，所以刘皇叔千百年来备受尊崇；而他的死对头曹操则真性未泯，常在僚属和妻妾面前坦露真情，从来不掩饰自己的喜怒哀乐，不掩饰自己的猜忌狡诈，所以阿瞒受尽了人们的唾骂。无论是文才还是武略，无论是为人品性还是历史贡献，刘备都无法与曹操相比，但是刘备擅长伪饰，曹操不善于矫情，致使人们总是给刘备唱赞歌，不断给曹操泼脏水。这种做人的价值取向，弄得满街都是皮笑肉不笑的伪君子，养成一批又一批矫情善变的小人。

另外，要求人不能"喜形于色"，严重压抑了人的本能，扭曲了人的个性。如果既没有攀登过欢乐的绝顶，又没有跌入过痛苦的深渊，我们就不可能走进存在的深度；如果有喜事不敢露齿，遇悲哀不能皱眉，我们就不可能有豪迈奔放的个性；面面都要圆通，处处都得矫饰，我们就不可能有热血沸腾的激情；没有对生命的深度体验，没有豪迈奔放的个性，没有热血沸腾的激情，我们又怎么可能让自己的生命充分激扬，我们又怎么会有波澜壮阔的人生？

高兴了，何不开怀大笑？悲伤了，何不号啕大哭？何必矫情，何必伪饰，装什么"高致"，要什么"雅量"？即使成不了什么"大器"，至少还可以做一个"真人"！

2011年8月14日

枫雅居

挑战命运！
——李娜澳网夺冠杂感

李娜澳网夺冠的一刹那，不仅让我们看到了李娜的美丽，感受到了网球的魅力，更让我们看到了人的潜力，体验到了生命的壮丽！

今夜，属于李娜！

美联社称李娜是澳网最老的女冠军。对于一个普通人来说，三十二岁尚属青年，而对于一个女性网球运动员来说，三十二岁无疑要算老将。正是这位年近三十二岁的网坛老将，在这次澳网比赛中一路过关斩将，打败一个接一个年轻的挑战者，力挫群雄之后捧起达芙妮杯。赛场上要数她一个人年龄最"老"，赛场上也要数她一个人笑到了最后，你看她捧起冠军奖杯时笑得多么灿烂、多么香甜。

这是李娜第三次打进澳网决赛，前两次都功亏一篑，饮恨而归。尤其是去年那次决赛失败叫人刻骨铭心。她在半决赛时横扫名将莎拉波娃，决赛第一盘同样顺风顺水，打得卫冕冠军阿扎伦卡心慌意乱，我们每一个观众都看得血脉偾张，每一个人都觉得已经胜利在望。哪知命运女神有意和她捣蛋，到第二盘时她突然摔倒，接着又第二次摔倒，解说员说她肌肉拉伤。身体的意外受伤，影响了她的手感，更挫伤了她的士气，球迷们又眼睁睁地看着她与冠军失之交臂，有人唉声叹气，有人感叹唏嘘，有人伤心饮泣。想想李娜那时已经三十一岁，估计大多数人和我一样，以为李娜从此永远与澳网冠军无缘。我一直觉得人生的成败取决于偶然、机遇、碰巧，毕业三十周年我写的那篇随感就叫《碰巧》，李娜第二次摔倒时更让我相信"天命"。

弱者"认命"，强者"抗命"！

第二次澳网决赛打得如此晦气，但李娜本人却毫不泄气，她在稍后的颁奖仪式上发誓说："我知道我不年轻了，但还是要说，我期盼着明年再来。"今年，她不仅来了，而且赢了！这次她出色地演绎了中国"事不过三"的成语，创造了网球的历史，创造了多个世界第一：第一个年龄最大的女性澳网冠军，第一个亚洲澳网冠军。她让人想起公元前四十七年凯撒大帝在小亚细亚吉拉城大获全胜后的名言："我来了！我看见了！我征服了！"

连她决赛时的对手斯洛伐克姑娘齐布尔科也输得心服口服："我真的很喜欢她，我觉得每个人都喜欢她的幽默感，她是一个伟大的球员，一个伟大的冠军。李娜此役总是可以接回我的一发，我全场比赛都处于被动，这不是我的比赛风格，这就是为什么她是更优秀的一方的原因。"她不只是在球技上打败了对手，也在精神上征服了对手。

就像国际女子职业网球协会（WTA）主席兼首席执行官斯黛西·阿拉斯特所说的那样，李娜是中国当之无愧的"国家英雄"。李娜是中国当代伟大的球员，李娜本身就是不朽的传奇，李娜本人就是一首完美的诗篇，她用不着任何人的赞美。

命运从没有眷顾过李娜，她三十二年的人生跌宕起伏，时而被推到成功的绝顶，时而被抛进失败的深渊。十几年前她出走国家队，甚至决心告别网球，与自己的恋人姜山回到家乡武汉，准备像许许多多的武汉市民那样，一起挣糊口的活命钱，一起吃一辈子热干面。去年法网提前爆冷出局后，她还与媒体和球迷闹出了"三叩九拜"事件，低潮时更萌生退役的打算。

但李娜没有退役。就像她从来不在上司面前低三下四一样，李娜也从来不向命运"三叩九拜"。她生来就是为了向社会的体制挑战，她生来就是为了与个人的命运抗争！在新教练卡洛斯的调教下，她又鼓起了重夺澳网冠军的勇气，又充满了对胜利的强烈渴望。

通常，在一次次失败之后，我们普通人容易丧失自信，变得意志消沉，李娜在一次次失败之后，却更加坚忍、更加强大、更加自信。

通常，年龄越长便暮气越多，我们往往人还没老心就老了，李娜在网坛上的运动年龄已经老了，但她心理上却变得越来越"少"。

通常，在大赛或大考之前，我们往往极度心虚和紧张，李娜过去也是一样不能扛住压力，以致决赛的时候发挥失常。这次整个比赛她真像是脱胎换骨，她说自己"在巡回赛多年征战，我越来越有经验，而且学会始终不要放弃"。你看她决赛前接受采访是那样轻松，决赛第一局即使与对手比分上十分胶着，她在精神上也从没有半点焦灼。

老子早就说过："胜人者有力，自胜者强。"你要想战胜别人，首先就得战胜自己。作为一名网坛老将，李娜战胜了自己内心的怯懦，战胜了自己身上的暮气，战胜了自己心中的魔鬼，只有这时，她才真正走进生命的深度，真正成为人生的强者，真正变为网坛上的王者。

李娜不仅以她的球艺、力量、强悍征服了全世界，她还以自己的幽默、机智、才情逗笑了全世界！听听李娜刚才的澳网颁奖感言，你就知道什么是真正的幽默。与李娜的自嘲式幽默比起来，我们近些年春晚的所谓幽默小品，那只能算无聊的贫嘴。她的幽默来于她对自己才智的自信，她的从容来于她精神上内在的强大。

李娜澳网三进决赛，并最终夺得冠军，既成就了她人生的辉煌，更留给了我们许多宝贵的启示——

如果你不能战胜别人，那是因为你还没有战胜自己；如果你自己从不放弃，命运就绝不会把你抛弃。

2014年1月26日深夜

武昌

谈情说爱

"谈"恋爱

对于青年学生在学校谈恋爱，社会、学校、家庭一般都不太鼓励，不加干涉和限制就算是难得的开明。社会要求他们胸怀大志，学校要求他们学好专业，家长更是望子成龙望女成凤，很多父母都告诫儿女"以学业为重"。二三十年前我念大学的时候，谈恋爱的情侣分配工作时都要受到变相的惩罚，不是将恋人们棒打鸳鸯散，就是将他们分到"祖国最需要的地方"去。现在学校变成了睁一只眼闭一只眼——鼓励肯定是不愿，限制又完全不能，只要不出事大家都装作没有"看到"。父母倒是想管可管不着，想"看"又"看"不到。

如今大学里的恋爱有点像荒地上的野草，没有人浇灌栽培也没有人肆意践踏，完全是一种自生自灭的状态。大家可能以为恋爱就像野草，春来草自绿，何必费人工。其实，"被人爱"虽有天然魅力的成分，但大多数情况下必须经由"求爱"才能得到，一见钟情的恋人毕竟很少，而追求不仅需要努力还少不了技巧；"爱别人"并非出自人的天性，如何表达爱意更有个学习的过程。在我们这个社会里，"被人所爱"既没有得到父母和他人的赞赏，"爱别人"又没有得到人们的激励，以至于很多年轻人既没有"被人爱"的魅力，又没有"爱别人"的动力，因而，既没有被别人爱过，也不知道去爱别人。

在这一点上，我们社会的长官和长辈似乎比不上孔夫子开明。在中国古代伟大的思想家中，我最喜欢孔夫子——"喜欢"当然是指情感上的和趣味上的，孔夫子为人从来就不装腔作势，从来不像后来道学家那样装出一副"崇高"的模样，比如他老人家说："未见好德如好色者。"这句话既坦诚又近情。令德出自修养，美色得自天然；令德让我们敬重，美色让我们激动。孔夫子比我们更懂得人性。让人激动不已，让人魂不守舍，这样的"好事"谁不"爱"呢？什么"胸怀大志"，什么"以学业为重"，在这样的"好事"面前再"重"也重不起来。男女恋情出于人们本能的内驱力，任何人都禁不住、堵不绝，而且也没有必要去禁和堵，在大学里只知道恋爱而忘记读书的现象十分少见，甜美的爱情反而是驱使人们去拼搏的强大动力，比那一句干巴巴的"胸怀大志"更能激励人。

我觉得青年人在大学里应该疯狂地读书，痴情地恋爱。就像春天里的绿树和青草，吸取阳光，吸取雨露，这个年龄的青年人也应该通过学习丰富的知识，提升自己的品位，通过与异性的交往丰富自己的情感，通过与同性的交往而成熟起来。被人所爱固然高兴，能爱别人同样幸福。没有被别人爱过，其人生遗憾和残缺；不知道爱别人，其人生则自私而冷漠。被别人爱需要自己有魅力——或人格的，或外貌的，或智力的；爱别人需要自己具备多方面的素质——有境界，有胸怀，有爱心。不管是被别人所爱还是去爱别人，都需要无私地付出，不懂得付出的人，就不会被人爱也不会爱别人。

情侣们月下携手，雨中漫步，是人类社会最美丽的风景，要是没有这道风景线，高耸入云的高楼，宽阔笔直的马路，堆积如山的财富，不仅马上都黯然失色，而且人类的一切活动也都失去了动力，甚至人类的一切活动都归于消亡——没有恋情，哪来人类？谁说谈恋爱的青年没有"胸怀大志"呢？

杜甫曾在《秋兴八首》中描写唐代长安的少男少女说："佳人拾翠春相问，仙侣同舟晚更移。"可见唐代青年春天里也谈恋爱，而且谈得昏天黑地，天黑了还不想回家。年轻时要是不来一场昏天黑地的恋爱，那将是我们终生的遗憾。

朋友们，春天来了，谈恋爱去！

2011年3月7日

枫雅居

再"谈"恋爱

几个月前，曾写过一篇《"谈"恋爱》的短文，所以将这篇文章名为《再"谈"恋爱》。今天夜里再谈"恋爱"实属偶然，是由于刚才看到《成都商报》的一条官方微博——

> @成都商报：总有一种执着让我们泪流满面：五十年前，一对青年男女相爱了。爱情却遭到女方家庭反对。女孩含泪离去，对男孩说：你等我，我会给你写信的。男孩常往收发室跑，生怕错过女孩的信。可这一等，就是一辈子。男孩终生未婚，退休后仍在收发室义务派送信件。他，叫杨忠渭，四川大学水利水电学院退休教授。

看着微博所附照片上白发银鬓的杨忠渭老人，我心里感到非常难过。我觉得杨先生这种爱情不值得提倡，这不是执着而是心理不健全，我一点也没有泪流满面。很多评论都是一边倒的颂扬，可是作为一个男性，我们有谁愿意当杨忠渭呢？如果我的小孩是类似的男人，我会告诉他这是一种心理疾病。如果类似的男人是我家的准女婿，我会告诉女儿这样的男人没有出息。爱一个女孩，在没有收到她任何音信的情况下，等她两三年可以，等她五年就须考虑考虑，等她六年就有毛病，搭上一辈子不是傻子就是疯子。当然，要是知道她的音信，并知道她还爱着我，即使不结婚也愿意守候她一辈子，那就是个值得称道的"情种"或"情圣"。我希望自己和所有人过正常、健康的生活，拼命学习和工作，开心地享受人生和爱情。杨忠渭老人连柏拉图式的爱情都算不上，因为他与原来恋爱女友早已不是两地相思，更没有两相厮守，还要每天跑收发室去等对方来信，一直等到胡须比雪还要白，这不是爱情而是无奈，不是执着而是偏执。对于一个开朗健康的人来说，爱情不是人生的全部，所爱的人也不能是人生的唯一，假如把爱情看成人生的全部，这个人最后一定没有爱情——爱情之花既需要事业来浇灌，也需要友情来衬托；假如把所爱的人当成人生的唯一，这种爱会成为被爱者的沉重负担——爱一旦成为负担，爱情之花马上就会枯萎。

爱情中的单相思在短期内是一种心灵的颤动，一种痛苦的甜蜜，一种美好的憧憬，但真正的爱情需要彼此的唱和，需要灵魂的碰撞——既要痴情地去爱别人，也要感受到别人痴情的爱。黑格尔说伟大的爱情就是两个生命融为一体，在爱中失去"你"和"我"的同时，又获得了新的"你"和"我"。杨忠渭老人一辈子天天跑收发室，我们对着大山喊的时候还能听到回声，而他等了五十多年还听不到任何音信，任何一个人在这种情况下，心灵的甘泉都将完全枯竭，最后跑收发室不是因为有爱，而是因为一无所有的空虚，因为天长日久的无奈。

我不愿意过这种感受不到爱的"爱情"生活，以《总有一种执着让我们泪流满面》为题，我觉得《成都商报》有点煽情。有一位名为"对岸的古槐"的网友表示了不同意见："可我，分明被这份执着感动了。这样的人，难道不是越发珍稀么？精神的东西，没法用秤衡量。"还有一位叫"摩珂迦叶阿诺陀"的博友气急败坏地骂我说："人家都能当你爹了！还给你做女婿？积点口德吧！给点安慰就这么难？在你眼里有善的东西吗？"

我觉得这里没有什么"精神力量"，更没有什么"善的东西"。相反这恰恰是生命力萎靡的表现，于人于己都无善可言。

十几年前，我校有一位女研究生爱上了师兄，由于不能得到她认为人生"唯一"的"爱情"，她偷偷喝下了大量安眠药，幸好被室友及时发现，否则后果不堪设想。这位女研究生至今仍然单身，而她所爱的师兄早就做了父亲。这位女生读书很有灵气，性格却颇多缺陷，她守候的并不是爱情——人家根本就没爱过她，这不是由于误会——把人家的友情当作爱情，就是因为自欺——她无意或有意地用假象安慰自己。

我前天在一条微博中曾说过："在今天这个社会中，权力才能掠夺爱，房子才能赢得爱，金钱才能买到爱，男女双方，既没有爱别人的激情，也没有值得别人爱的魅力，所以彼此从来没有勇气爱别人，也从来没有被别人爱过；大家既没有爱的能力，也没有爱的对象。只有算计，只有买卖，没有激情，没有冲动，这就是今天的爱情，这也是今天的和谐。"今天的爱情的确太多功利，但不能因此就讴歌杨忠渭老人的人生选择。功利的爱情没有爱，杨忠渭的生活同样没有爱。当爱情的电池已经不能发电，而且已经无法充电的时候，我们男同胞就应该像常言所说的那样"抖擞精神"，女同胞更应该像宋词中说的那样"把芳容整顿"，再去寻找自己的"梦中情人"或"真命天子"，去追求自己心目中的"白天鹅"或"白马王子"，人的一生要永远保持旺盛的生命激情。

赞美杨忠渭式"爱情"的朋友，谁愿意拥有他那样的"爱情"呢？

2011年8月27日

枫雅居

女婿给岳母家最贵重的聘礼是什么？
——戏仿"贞操是女孩给婆家最贵重的陪嫁！"

上海市人大代表、上海电视台《新老娘舅》栏目的嘉宾主持柏万青声称："贞操是女孩给婆家最贵重的陪嫁！"贞操作为一种道德规范，充满了对女性的歧视和侮辱，由于"贞操"的要求一直就是对女性而言的，从来没有要求男性对另一半讲贞操。请问柏万青女士：你要求男性拿什么最贵重的聘礼给岳母家？

如果两性之间没有平等，任何有关两性的道德都是歧视和偏见，讲"贞操"就是这种歧视和偏见的典型体现。凭什么要女性对男性讲贞操，而男性却可以无拘无束任情放纵？爱情本来就包含着占有欲和排他性，爱情的双方在任何一种道德规范面前都应该平等。"贞操"应改为"忠贞"，"忠贞"是对夫妻和情侣双方的一种情感契约和道德要求。

没有处女膜的女孩同样可能是一位贞洁的女性，当她觉得自己深爱的这个人原来是个混蛋，或者发现与自己的情趣和志向完全不同，哪怕和他有过性生活也要分开，这反而证明她是一个敢爱敢恨的女孩，是一个有主见的当代女性，这也不影响她在未来的爱情生活中保持贞操，不影响她与未来的爱人长相厮守。当然，一个比较传统的女孩要是自己也很看重生理的"贞操"，愿意将自己的第一次献给将来和自己牵手走进婚姻殿堂的"傻小子"，而且这样做感到幸福和骄傲，我同样为这样的女孩鼓掌。但这样的守"贞"不是把它作为送给婆家的"陪嫁"，而是守着自己心中的那一份神圣，守着自己的心境安宁与道德戒律。男性和女性对爱情是否"忠贞"，与他们此前是否有过性生活毫无关系，只有同时与几个异性厮混才是缺德。我们说一个女性"水性杨花"，说一个男性"拈花惹草"，是指他们在情场上逢场作戏，只知发泄兽性而不知什么是爱情，这种人不值得别人爱也不会爱别人。爱情的终点有性爱，但有性爱不一定就有爱情。总之，拥有处女膜既不能证明现在爱情的忠贞，也不能保证未来爱情的幸福。

我反对对女性单方面苛求"贞操"，这并不是在鼓励两性之间放纵。虽然孟老夫子早就说过"食色，性也"，成熟健康的青年男女之间有性要求和性冲动，就像要求饮食一样是再自然不过的事情，但"食"和"色"不完全一样，"美食"可以一人独享，"美色"则涉及男女双方，要对自己和对方负责，尤其是男性应该对女性负责。从美国女权主义的结果来看，性放纵受害最深、最多的往往是女性，这是女性生理条件决定的。女性的自爱应表现在精神和生理两个方面，涉足爱河的过程中要保证自己在精神和生理上不受伤害，要充分估计自己心理和生理的承受能力。有些年轻女性婚前与恋人生理接触时既不懂生理上的保护，而且比较传统的女孩还容易产生罪恶感和焦虑感。

从柏万青女士呼吁"贞操是女孩给婆家最贵重的陪嫁！"来看，她把"贞操"这一对女性的歧视性要求，作为理所当然甚至天经地义的戒律，却从来没有问一问：单方面要求女性守住"贞操"是否公平？

不仅柏万青女士是这样，我们每个人的心灵都常常成为传统陈腐道德的受害者，我们每个人内心有很多束缚自己的禁忌，有很多捆绑自己精神的绳索，有很多禁锢自己心灵的教条，我们很少问一问自己：社会、单位、他人凭什么要求我必须这样做？要求我这样做的理由是什么？我这样做了以后会有什么样的后果？

还是以柏万青女士为例，在声称"贞操是女孩给婆家最贵重的陪嫁！"之前，她作为一个女性不妨问一问自己：我们女性为什么要把"贞操"当作"陪嫁"送给婆家？有处女膜这份"陪嫁"的女性是否可以在爱情市场上"卖个好价钱"？没有处女膜的女孩难道人格和感情上就是个穷光蛋？难道未婚女性一享受过性生活就要低人一等？我们男性也可以就这件事情进一步追问：我们为什么如此看重女孩的处女膜？把处女膜看得那么重要的男性是不是自私而且自卑？一个女孩在认识我之前为什么不能享受性爱？当我们要求面前的女性是个处女的时候，我们自己是不是个"童子"？凭什么要求一个女性在和自己谈恋爱之前就为自己守"贞操"？

一个从不反省的人肯定愚蠢，一个从不反思的民族肯定落后。大众如果都不习惯反省和反思，如果遇事没有一点怀疑的理性态度，全社会就容易偏执、狂热和盲从。

当大多数人都疯狂的时候，少数清醒者就肯定要被当作疯子。

2011年4月1日

枫雅居

何苦单身

在很多人心目中，觉得不能感受大自然的美，既不是自己的过错，也算不上什么大事，欣赏自然美又不能当饭吃。可要是没有细心地品味爱情婚姻，甚至从没有尝过什么是爱情婚姻的滋味呢？这可是大家公认的"终身大事"呀，对吧？说来沮丧，许多朋友恰恰把这一"终身大事"视为自己的人生儿戏。他们不是闪电似的结婚又闪电似的离婚，就是糊里糊涂地凑合着过一生，一直到死也没有"读懂"自己的枕边人。

没有"读懂"自己的枕边人，就没有真正品尝出爱情婚姻的滋味，这比吃完了饭还说不出饭菜味道更为滑稽。对于爱情与婚姻，某些方面我相当传统，某些方面又比较现代。"个人问题"上，我向往"同居长干里，两小无嫌猜"的爱情，但在现代社会这种爱情即使有，也得到深山老林里去找，在大都市中基本上是"爱情神话"。另外，在同学、同事、同行中能遇上意中人也很幸运，有相同或相通的兴趣、职业、才能、关切，在相互欣赏、相互切磋、相互批评、相互弥补中，两人携手从人生的旭日东升迈向夕阳西下，老来臻于人生的至境和事业的高峰，如宋代的赵明诚与李清照，现代的钱锺书与杨绛、程千帆与沈祖棻等，当然这类"神仙眷侣"可遇而不可求。此外，或者一见钟情，或者经人介绍，或者通过网恋，只要彼此关爱、扶持、体贴，我认为都算是理想的爱情和婚姻。

至于有些夫妻曾经海誓山盟，后来却半路分手，只要牵手是出于真爱，最后分手又事出有因，而且没有给双方和后代造成多大的伤害，这只能说是留下遗憾，绝不能说是婚姻悲剧。春天里那些鲜艳的花朵，并不是朵朵都能结出硕果，但它们装扮了盎然春色，谁还会说"纷纷开且落"的百花可悲呢？

当代还有不少爱情并不指向婚姻，男女只想两情相悦的厮守。我和太太领结婚证时要交十元"工本费"，听说现在领结婚证是全免费。但结婚的人越来越少，只同居不结婚的爱情也越来越时髦，越来越被人接受甚至欢迎。同居者包括不少都市中的热恋青年，也包括许多黄昏恋中的老人。我一好友在上海工作的女儿，与男友已经爱情长跑多年，他们在上海还买了房子，可他们的千金现在仍没有要结婚的意思，将来好像也没有要结婚的打算，这可急坏了好友的夫人，但乐坏了他们的女儿和女儿的男友。我想，只要他们能饱尝爱情的甜蜜，他们的父母虽然免不了催促、埋怨，我这个叔叔倒是愿意送上祝福。一边是麻木或冷漠的夫妻，一边是长期同居、热恋的情侣，你愿意选择哪一种生活？

生命不过就是一个过程，幸福不过就是一种自我体验，而爱情便是人生的高峰体验。两性灵与肉的结合，给双方带来片刻的销魂，爱情使尘世的男女瞬间进入了天堂。英国哲学家罗素说："我追寻爱情，因为爱情给我带来销魂，这种激情是如此强烈，使我经常宁愿牺牲生命中的一切，换取这几小时的销魂。……因为在爱情的结合中，我看到了天堂神秘的缩影。"离婚可能是某一次爱情的终点，可能是另一次爱情的开端，但它绝不是爱情的终结。一生从来没有爱过别人，又从来没有被别人爱过，那才是人生最大的悲哀。没有爱情的人生就像一口废井，生命之源完全枯竭，那里没有涟漪，没有冲动，没有激情……

我一向鼓励自己的研究生要谈恋爱，青年时期不来一场昏天黑地的爱情，此生多少就有点缺憾。许多"人生导师"常告诫年轻人说，等自己成熟一点后再谈恋爱，人生会少走许多弯路。我认为这些说法纯属胡说八道。自己怎样才算"成熟"？又如何才能"成熟"？正因为他们不成熟才要尽早恋爱，恋爱是专治不成熟的灵丹，热恋中的恋人自然而然就学会了宽容、忍让、理解和奉献。"专家"所说的"成熟"就是"老练世故"，就是工于盘算、计较。老练的确不会走弯路，盘算的确不会让自己吃亏，但一旦有了老练和盘算，爱情立马就跑得无踪无影，老练世故是爱情天然的敌人。爱情的准确定义应当是：相互的牵肠挂肚，彼此的无私奉献，双方的魂不守舍，此时此刻，"弯路"恰是正道，失去便是获取。只有那些血气方刚的纯真青年，才会不顾一切爱得惊天动地：

> 春日游，杏花吹满头。陌上谁家年少足风流？妾拟将身嫁与一生休。纵被无情弃，不能羞。
>
> ——韦庄《思帝乡·春日游》

一个老练的人哪能像这样豁出命来？一个世故的人哪能如此决绝？一个计较的人怎会以身相殉？"妾拟将身嫁与一生休。纵被无情弃，不能羞"，这哪像是男女花前月下的恋爱？分明是勇士决战之前的破釜沉舟，是完成人生重大使命的义无反顾！在那些爱情专家眼中，这无疑是不计后果的轻率，是对自己不负责任的鲁莽，是年轻人一时幼稚的盲目冲动。爱情专家们对老练世故无一不精，唯独不懂什么是爱情，他们倒是没有盲目鲁莽，同时他们也没有一往情深。

爱情包含灵魂之爱与肉体之爱，灵肉浑然一体才能叫作爱情。有情而无性是神，有性而无情是兽，灵肉相融才是人。可是，名人和专家总喜欢贬斥性而高扬情，柏拉图就鼓吹精神恋爱，苏联心理学家也鼓吹无性欲爱情，这统统是病态或变态的爱情观。我们来听听德国大哲学家黑格尔的爱情高论："爱情要达到完美境界，就必须联系到全部意识，联系到全部见解和旨趣的高贵性。"他的爱情不仅要"联系到全部意识"，还要"联系到全部见解和旨趣的高贵性"，我的天，爱情要真的弄得这么深奥复杂，我宁可去读艰深晦涩的黑格尔著作，也绝不愿意去马路上谈情说爱。

性欲是爱情的必要条件，没有性欲就没有爱情，灵魂之爱使性爱得以升华，但剥离了性爱就不能叫作爱情，无性爱情就像无性婚姻一样属于病态。古今一直在将性污名化、丑恶化，今天的性道德甚至比古代还要虚伪。古代士人公开谈论性，公开书写性，如秦观的"无端天与娉婷！夜月一帘幽梦，春风十里柔情"，黄景仁的"玉钩初放钗初堕，第一销魂是此声"，都是向世人公开自己的一夜情，并把一夜情写得如此优雅美丽。唐代著名诗人元稹在《会真诗》中更大胆地描写自己与崔莺莺的性爱过程："转面流化雪，登床抱绮丛。鸳鸯交颈舞，翡翠合欢笼。眉黛羞频聚，朱唇暖更融。气清兰蕊馥，肤润玉肌丰。无力慵移腕，多娇爱敛躬。汗光珠点点，发乱绿松松。"阅读这一类性爱诗歌，你对英国作家劳伦斯对性的论述会有更深的认同："其实，性和美是一回事，就像火焰和火是一回事一样。如果你憎恨性，你就是憎恨美。"

哪怕没有心灵的契合，仅仅是性爱也不肮脏，只要不违背社会的人伦道德，只要属于成年男女的你情我愿。你看元稹在性爱中全身心地投入，"鸳鸯交颈舞，翡翠合欢笼""汗光珠点点，发乱绿松松"，双方一时的忘情、颤抖，驱走了孤独，涤尽了烦恼，释放了压力……别把自己装得好像不食人间烟火，享受男欢女爱是对人性的尊重。

当然，这里我绝不鼓励一夜情，相反，我特别看重爱人之间的奉献和责任，女性在性爱中要学会自我保护，男性更要学会呵护女性，我只是反对男女恋爱中的禁欲主义。"杨家有女初长成"的父母，性爱成了家中第一大禁忌。

著名演员濮存昕曾对友人说，他正在美国读书的女儿年满二十五岁，女儿离家时他特地在她行李箱中放了一盒安全套。濮存昕是一位有责任心的慈父，是我们这个现代社会的文明人！在二十一世纪的今天，还要求自己早已成人的女儿守身如玉，这会使女儿在恋爱中退缩胆怯，还会使女儿成为待字闺中的剩女。这里想郑重劝告家有千金的父母，你家的宝贝有权享受性爱的快乐！今天的男孩如果还要求女孩是处女，那他就不配享有现代的爱情，他应跑到非洲的原始部落中去恋爱！我一直讨厌古代的"贞节"观，因为它充满了对女性的歧视和偏见。儒家的"贞节"观片面要求女性贞节，贞节却从来都不是针对男人。男人可以在外面吃喝嫖赌，却强行要求妻子对他守节，天下竟然有这种荒唐的贞节观！古代竟然还有那么多贞节牌坊！

更让人难以容忍的是，八十多岁的名人可以再婚，二十七八的小伙却不能做爱。由于独特的户籍制度，许多青年农民工形同"鳏夫"，只身在相隔几千里的外乡打工，而妻子留守家中又酷似"寡妇"。年轻男女无法满足基本的生理需求，对那些在工地上以命换钱的农民工来说，享受性爱是一种奢侈，"品味生活"更是一种讽刺。当然，许许多多的中老年的性生活更为可悲，越是健康便越有创造的活力，越有创造的活力也就越有性的渴求。可这些中老年人的儿女，对自己父母的性生活完全无知，甚至这些中老年本人，对自己的性需求也"欲说还休"，由于传统文化的束缚，有些人还"一说便羞"，于是，大多数人的性需求都只好压抑，真是有泪只得往肚里流。

另外，今天大都市里有很多剩男剩女，我自己的少数优秀硕士生、博士生也至今仍然独身。有些不负责任的写手瞎编一些烂文，胡说那些单身女孩如何自由如何独立。就我所熟悉的单身知识女性而言，单身并非她们主动选择的结果，而是她们不得不接受的无奈——有的是择偶标准略有偏差，有的是婚恋观有待校正，有的是个人事业心太强，有的是单位里男性太少，有的是早年所遇非人。她们都是早年东挑西选，没想到最后把自己给"剩"了下来。我觉得她们应该随时调整自己的择偶标准，"宁缺毋滥"是极端荒谬的婚恋观。

今天国人只是在乎别人是否羡慕自己的生活，却不在乎如何去品味自己的生活，他们的一切努力只是要"做给别人看"，而他们争来的一切与他们自己毫不相干。有人觉得，男人成为大官或大款，女人嫁给大官或大款，那才是人们眼中的人生赢家。女孩想嫁给大官或大款，甚至愿意嫁给比古董更加年老，也比古董更加值钱的富翁，认为人生可以少奋斗几十年。她们觉得自己这是赚了，但在我看来她们却是赔了，如花似玉的姑娘为了金钱，嫁给七老八十的富翁，她们不是少奋斗了几十年，而是少活了几十年——一嫁给富老头，就成了人家的奶奶，不仅没有享到男欢女爱的幸福，而且也没有"生儿育女"的欢乐。她们的"幸福"就是有人供养，她们的乐趣就是在人前招摇。真正的爱情超越年龄，热恋的男女没有老少之分，但为了钱而嫁给老翁不算爱情，它本质上就是一次色相交易，她们和妓女的唯一区别只在于：妓女是把自己卖给许多男人，她们则是把自己卖给一个男人——而且还是一个老男人。

擅长写格言的法国著名作家拉罗什富科说："真正的爱情世上只有一种，而模仿出来的爱情却有千种万种。"名人大多数不是真疯就是假疯，所以名人老是喜欢说一些疯话，山寨的爱情固然有千种万种，"真正的爱情"也绝非一种。朋友们，只要是真心相爱，你们想怎么爱就怎么爱，只有爱得死去活来，人生才得大自在。

2018年9月26日夜

枫雅居

面对自身

——谈"性"

这是一篇仓促的命题作文，起因是香港《文汇报》的一位编辑，前天约我谈谈有关性观念的问题。

我过去虽然喜欢读爱情诗词，也在课堂讲这一类文学作品，但很少系统地关注青楼文学。这倒不是我假装正经，任何一个健康的成人，谁不曾因爱情而神魂颠倒？但以往研究青楼文学的学术著作很少有理论深度，加之这种话题在课堂上谈多了会"擦枪走火"，不是给人浅薄低俗的印象，就是予人诲淫诲盗的把柄，所以在课堂上，我只敢碰那些"健康"的爱情文学，避开所谓轻佻的艳情作品，总之，是在"保险"的范围之内"谈情说爱"。七八年前读到福柯的《性经验史》，这本书真让人眼界大开，原来诗人可以把性描写得十分美，理论家也能把性论述得非常深。可惜，要把性分析得如此深透，我既没有福柯那样的思辨才能，在当下中国也没有这样的社会环境。

性也许是人类最强大的一种内驱力，它可能鞭策一个人拼搏向上，也可能驱使一个人强奸杀人。以往一说到强奸，人们就会想到男性淫棍，昨日从网上得知，3月，美国和俄罗斯法院先后判处几位女性强奸罪。今天又从网上看到，化名"小关"的农民工二代，长得又帅气又强壮，从小随父母在城里长大，回农村根本不会种田，在城里又没有办法就业，迫于生计只好去当"鸭"。据美国性学专家一项调查结果显示，超过二分之一的已婚女性，在一生中都有一次或多次婚外情。可见，性对女性也有极强的驱动力，只是社会和文化长期压抑了她们这种本能，压抑一旦放松或解除，她们对性事同样有强烈的渴望，嫖娼并非男人所独有，女性同样也愿意掏钱买春，不然，从古至今谁养活了那些吃软饭的男人？

躲在虚拟的网络世界里，男女可以从灵到肉都"一丝不挂"，但一回到现实世界中，女孩可能还要去修复处女膜。这暴露了社会在性事上的不平等，也揭示了我们在性道德上的虚伪。我们常以"男盗女娼"骂世风败坏，可在现实生活中，只许"男盗"，不许"女娼"，所以男子要求女方是"处女"，但很少女孩要求男方是"童男"。去年3月，上海市人大代表、上海电视台《新老娘舅》栏目的嘉宾主持柏万青声称："贞操是女孩给婆家最贵重的陪嫁！""贞操"只是单方面对女性的要求，从来就没有要求男性讲"贞操"，因此它不是性道德而是性歧视。进入文明社会以来，人类社会一直都是男权社会，强调男女平等还是晚近的事情。男性掌控了绝对的话语权力，"贞操"就由性歧视变成了性道德，久而久之，不仅男人认为它"天经地义"，连女性也觉得它"理所当然"，即使在电视上如此前卫的柏万青女士，也把"贞操"看作女性出嫁"最贵重的陪嫁"，不难想象男人顽固的处女情结。性虚伪和性歧视一样随处可见。某些有钱有权的人"二奶"成群，暗地里是贪官荡子，公开场合都装正人君子。广州、上海等开放城市搞性产品展销，都取名为"性文化艺术节"，一定要把"性"与"文化"和"艺术"扯在一起，否则光秃秃的"性"就不能提上台面。这反映出一种病态的性观念——从骨子里有些人还是觉得性很邪恶，性很丑陋，必须要"文化"来掩饰，必须用"艺术"来遮羞。

在灵与肉中，人们总是高扬"灵"而贬斥"肉"，"灵"与"肉"的内在张力，在宋代理学家那里上升为"天理"与"人欲"的对立，并提出"存天理，灭人欲"的极端命题。"人欲"中，要数"食欲"和"性欲"最强烈，也要数"食欲"与"性欲"最重要，更要数对"食欲"和"性欲"贬损得最厉害，嘲讽食欲旺的人"好吃"，咒骂性欲强的人"好色"。人们常把好吃好色的人骂为猪，《西游记》中的猪八戒受尽了奚落，因为他贪吃和贪色两样都占全了。虽然有些人贬损所有"人欲"，但对"性欲"的诅咒最为严厉，对"性欲"的道德最为虚伪，对"性欲"最容易失去平常心。尽管"好吃"也是个同义词，但饿了可以喊要吃饭，渴了可以喊要喝水，性饥渴却没人敢喊"要做爱"，因为在某些人心目中，食物与人的生存相关，而性欲则与淫荡相连。闹着喊"想吃饭"被视为身体健康，公开扬言"想做爱"肯定被当作要流氓。

一方面把性欲看得十分丑陋，一方面又对性事有旺盛的渴求，这导致在性事上出现病态，要么是极度的性压抑，要么是极度的性放纵，而且压抑与放纵常常在同一个人身上表现出来——最严重的压抑过后，便是最恣肆的放纵，就像饥肠辘辘的饿鬼最容易暴饮暴食一样。压抑也好，放纵也罢，本质上都是由于觉得性很邪恶、很丑陋。可以偷偷摸摸"做"爱，但羞于大大方方"谈"性，因为觉得此事"一说便俗"，可谁都对它又未能"免俗"。这样，人们心中对性事都有浓厚的兴趣，可大家嘴上对性事又都遮遮掩掩，北宋理学大师程颢、程颐兄弟，对性的态度就很有代表性。史载，他们兄弟俩有一次到朋友家赴宴，宴会上有语娇声颤的陪酒女郎助兴，弟弟程颐见此马上攒眉拂袖而去，兄长程颢则怡然自得、尽兴而归。第二天程颐为此责怪兄长，兄长的辩解很有意思："昨天，我座中有妓，但心中无妓；你书斋无妓，却心中有妓。"其实，弟弟一脸正经固然大不近情，哥哥的借口同样也十分可笑。他们兄弟二人对歌妓的态度虽大不相同，但心灵深处都觉得妓女卑贱，都认为性事丑陋。

性很长时间都与丑、贱、鄙、俗连在一起，直到现在，很多人对性仍然只是偷窥而不敢正视，只是亵渎而不能欣赏，只是轻薄而不知尊重，只是审丑而不会审美。

对性理论上的拒绝和贬斥，是人类精神结构分裂的结果。性本能内在于我们的人性，对性的拒绝就是拒绝我们自身，对性的贬斥就是理性对我们感性的羞辱，对性的禁欲就是我们对自身的放逐。从这种意义上说，二十世纪六十年代西方的性解放，本质上就是人类对自身的解放，也是人类从理论和实践上对自身的接受和肯定。当然，性压抑的矫枉过正就是性放纵，这是长期性压抑的钟摆效应，性解放将消除人类长期以来灵与肉的紧张，并最终实现灵与欲的和解与和谐。

被马克思誉为人类"健康的童年"的古希腊，对性的态度同样也十分健康，从普通百姓到伟大哲人，都十分自然地谈论性和探讨性。东汉以前我们先人对性的心态也很阳光，《汉书·艺文志·方技略》中，载有大量"房中术"一类书籍，如何提高性质量，如何增加性快感，我们古人做了许多极有价值的研究，而且写了许多相关的科学著作，研制了像今天伟哥一类的壮阳草药。这些书籍还入藏秘阁，近似于我们今天的国家图书馆。六朝人还能以正面眼光看待性，梁陈宫体诗用绮靡浓艳的语言和圆转柔美的声调，描写女性的容貌、举止、情态，与女性相关的物象、环境、氛围，并没有表现传统意义上的爱情，只是将女性身体作为一种审美对象，如她们的轮廓、身材、香肌、美目、隆鼻、秀发、蛾眉、纤指等。诗人带着欣赏的眼光进行穷形尽相的描摹，进入诗中的意象无疑是古人眼中最性感的部分，如：

佳丽尽关情，风流最有名。约黄能效月，裁金巧作星。粉光胜玉靓，衫薄拟蝉轻。密态随流脸，娇歌逐软声。朱颜半已醉，微笑隐香屏。

——萧纲《美女篇》

绛树及西施，俱是好容仪。非关能结束，本自细腰肢。镜前难并照，相将映渌池。看妆畏水动，敛袖避风吹。转手齐裙乱，横簪历鬓垂。

——庾肩吾《咏美人》

诗中有对形体美的激赏，更有对异性的性吸引，笔致虽然轻盈，诗意绝不轻薄，语言尽管香艳，格调并不艳俗。南朝民歌中对性的表现更为直露：

宿昔不梳头，丝发被两肩。婉伸郎膝上，何处不可怜？

——《子夜四时歌》之三

开窗秋月光，灭烛解罗裳。含笑帷幌里，举体兰蕙香。

——《子夜四时歌》之四

秋夜凉风起，天高星月明。兰房竞妆饰，绮帐待双情。

——《子夜四时歌》之六

南朝民歌绝大部分是情歌，主要表现都邑中士女的恋情，这种恋情又很少是礼教所认可的夫妻恩爱，更多是少男少女初涉爱河的激动，可能还有为道德所不容的艳情，它们把男女性爱写得缠绵、热烈而又放纵。"婉伸郎膝上，何处不可怜"的调情撒娇，"含笑帷幌里，举体兰蕙香"的娇艳香体，"兰房竞妆饰，绮帐待双情"的性爱表白，挑逗却不失纯真，坦荡但不涉淫亵。

唐朝人对性也很少禁忌，即便诗圣杜甫也写艳情诗，李白诗更都"不离醇酒妇人"，从不隐瞒自己的艳遇，如《陌上赠美人》："骏马骄行踏落花，垂鞭直拂五云车。美人一笑褰珠箔，遥指红楼是妾家。"风流才子元稹更以优美的笔调描写性爱："戏调初微拒，柔情已暗通。低鬟蝉影动，回步玉尘蒙。转面流花雪，登床抱绮丛。鸳鸯交颈舞，翡翠合欢笼。眉黛羞频聚，朱唇暖更融。气清兰蕊馥，肤润玉肌丰。无力慵移腕，多娇爱敛躬。汗光珠点点，发乱绿松松……"晚唐杜牧还公开宣称"十年一觉扬州梦，赢得青楼薄幸名"。宋代那位风流浪子柳永更把市井小民的男欢女爱写得十分逼真：

> 欲掩香帏论缱绻。先敛双蛾愁夜短。催促少年郎，先去睡、鸳衾图暖。　须臾放了残针线。解罗裳、恣情无限。留取帐前灯，时时待、看伊娇面。
>
> ——《菊花新》

可见，古人在性观念上更健康，在性实践上更坦诚。宋明理学高扬严峻的道德主义以后，逐渐将性与"下流"画上了等号。中华人民共和国成立后的前三十多年，在极"左"思潮影响下，性行为越来越被妖魔化，只要欣赏色和享受性，一律都被斥为荒淫邪恶和腐化堕落，稍涉爱情和艳情的文艺作品，全部都被打成"黄色读物"，在家里看三级片也属于"流氓行为"。

一方面强加给性否定意义和反面价值，另一方面人们又离不开性，这使大家永远摆脱不了罪恶感，做爱不是享受而是罪过，越是生命力旺盛的人，越觉得自己罪孽深重。如果只知道对性进行审丑，人们就无法肯定自己，也不可能欣赏异性，男权社会尤其容易导致作践女人；如果认为性下流污秽，我们就只有偷情而没有爱情。

只有赋予性以肯定的意义，才会有高尚的性道德；只有赋予性以正面的价值，才会有健康的性行为；只有给性创造宽松的舆论环境，才会有宽容的性意识。

接受性就是接受我们自己，肯定性就是肯定我们自身，健康的性行为是灵与肉的交融，是人类快感的高峰体验，是人类力与美的生动展示，是人类最富于激情的"形体艺术"，也是人类自身美的极致——

"夜月一帘幽梦，春风十里柔情。"

2012年4月8日

台湾屏东教育大学

妻子永远是丈夫最美的风景

——在儿子儿媳婚礼上的致辞

尊敬的各位来宾：

这里有双方家庭的亲人亲戚，有我多年的同学同事，有武汉各大学的同行朋友，有和我一起共同成长的弟子，还有香港卫生署前负责人关锡耀先生及其夫人，有复旦大学我多年的好友李又顺编审，万分感激你们在百忙之中来参加我儿子与儿媳的婚礼，来分享我们两家的荣耀！

在这个大喜的日子里，我尤其要感谢亲家——国家重型轰炸机优秀飞行员、空军某部负责人朱德银先生和谢忠凤教授，感谢他们养育了美丽聪慧的女儿！感谢李又顺先生热心牵线搭桥，成就了这份美好的姻缘！

今天，我们家娶进了贤淑秀美的儿媳，并将见到"落叶成荫子满枝"的人生美景，我和太太感到无比幸福。俗话说，不是那个家的人，就不会进那家的门。不仅儿子与安奇一见钟情，我太太见到她也满心欢喜，他们的叔叔婶婶也对她十分中意，安奇是我们全家的掌上明珠。

这里我要特地叮嘱新郎新娘，爱情不只是短暂的两性吸引，更是相互长期的包容，双方天长地久的关爱。从来没有爱过别人，又从来没有被人爱过，无疑是人生最大的不幸。双方既要学会奉献，也要懂得感恩。人们可以量身定制自己的鞋子和衣服，但无法量身定制自己的太太或丈夫。夫妻来自不同的家庭，双方都有不同的个性，差异可能造成相互冲突，也可能变为相互补充，关键要看能否接受这种差异，能否欣赏不同的个性。是爱情让你们迈入婚姻的圣殿，但是婚姻并不仅仅只有爱情，它更多地意味着承诺和责任。父母今后只是你们生活的配角，你们要共同面对生活的艰辛，共同分享拼搏的快乐，共同用汗水去浇灌自己生命的年轮。

我还要特地提醒新郎，"好男人沿途都有好风景"纯属一派胡言，妻子永远是丈夫"最美的风景"。有些异性远处看优雅迷人，走近相处可能难以容忍，因此，在婚姻上绝不能相信"在野党"，要切记"妻子还是自己的好"！对于我们两家长辈来说，你们小两口的恩爱，便是我们两家的"晴天"。

谢谢大家！

2018年6月23日

枫雅居

教育杂谈

彪悍的人生更需要理由！
——辽宁两届高考状元刘丁宁复读择校随感

刘丁宁去年作为辽宁省文科状元考进名校香港大学，并且获得了七十二万元全额奖学金。据《QS世界大学排名》，从2010到2013年，香港大学连续三年被评为亚洲第一，世界大学排名在第二十二至二十三位之间，这个排名机构是世界三大知名排名机构之一。状元、名校、全奖，不仅任何一个普通家庭的考生，即使一个"官二代""富二代"考生，只要有这三项中任何一项也都会喜出望外，而刘丁宁竟然将所有好事都收入囊中，这让无数"学渣"们除了钦佩还是钦佩。

没想到她到香港大学入学一个多月后就退学，又回到了母校本溪市高中复读。这一爆炸性新闻让许多人从"惊喜"变为"惊异"，从"羡慕"变为"惋惜"。放弃这么好的大学，选择前途未卜的复读，这种做法真让内地大多数家长和考生觉得匪夷所思。据本溪市高中校长李玉成介绍，刘丁宁放弃香港大学的理由是："她选择回到本溪高中复读，主观上是她想追寻更纯粹的国学，觉得到北京大学中文系更适合自己对学业的追求。"她退学和复读的这个理由，估计会让不少读书人困惑不解。

谁曾料到，刘丁宁几个月之后又让所有人惊奇：今年她又成了辽宁省文科状元！刘丁宁不顾外人疑惑与非议，顶住了复读难以想象的精神压力，用自己的考试成绩再一次向世人证明了自己！一次考中状元就是个奇迹，两次夺魁简直就是神灵附体！难怪各大网站都在感叹："彪悍的人生不需要理由！'学渣'们，一起颤抖吧！"看到刘丁宁相关报道后，很多正在高考泥途中跋涉的高二学生纷纷五体投地："女神，我跪了！"我也立即发了一条微博表达自己五味杂陈的心情："放弃那么好的港大，放弃那么高的奖学金，再重新复读一年，再浪费一年生命，为的是'追求更纯粹的国学'，还认准了只有北大中文系才能学到这种'纯粹的国学'——姑娘，你叫我说什么好呢？"

的确，刘丁宁真不知叫我说什么好！我一遍遍追问自己：对她的追求和选择是赞叹和欣赏，还是困惑和叹息？可能都是，又都不是。

去年7月《新快报》一篇名为《当状元毕业十多年后，他们在干什么》的报道说："从今年已经确认的情况来看，金融、经济、管理仍然是状元们的主要专业去向。据调查报告显示，1977至2012年，中国各省市自治区高考头名选择就读经济学和管理学的人数最多。"状元们大学毕业后大多数都留学海外，最后绝大多数都流失海外。可见，多数状元选择专业不是冲着钱（金融、经济）就是冲着官（管理），相比之下，刘丁宁立志学国学实在是超尘脱俗，"追求纯粹的国学"更是不食人间烟火。她有自己的追求，有自己的兴趣，更有自己的坚守，小小年纪就愿做传统文化的"麦田守望者"，这使她像滚滚浊流中的一泓清泉，谁见了都会由衷欣赏和赞叹。

更让我欣赏和赞叹的是她情绪的平静、内心的强大和发挥的稳定。复读生都要承受普通考生双重的压力，高考状元复读更要承受多重压力，像我这种承受力不强的人可能要崩溃，何况她还是一个小姑娘。我对刘丁宁的定力无比惊叹。一次考中状元也许是运气，复读又考中状元可是实力——包括她的学习能力和心理调节能力。

可是，对报纸上所说的她"追求纯粹的国学"，"她认定只有北大中文系才有最纯粹的国学"，我在赞叹之余又充满狐疑和困惑。首先，什么是"国学"，学术界一直还在争论，对它内涵与外延的界定至今仍莫衷一是。我国古代虽然很早就有"国学"一词，可那时的国学就是太学，即朝廷兴办的最高学府，后来也指书院讲学藏书之所，而今天我们大家所说的"国学"，大致是指以儒学为主体的华夏传统文化学术，它涵盖了古代经、史、子、集。清以前没有人将传统学术称为"国学"，"国学"是与"西学"相对而言的，它是西学东渐以后的产物——因"西"而有"东"，对"他"而称"我"。没有西学这一强势文化的参照，肯定就没有"国学"这一名词。其次，什么是"纯粹的国学"更是人言言殊，我本人对"纯粹的国学"也是一头雾水。古代学术向有汉学宋学之争，经学内部又有今文古文之别，仅仅就古代学术而论，到底哪种才算"纯粹的国学"？自从五四以后，尤其是1949年以后，大陆学者中还有多少学人在治"纯粹的国学"？去年一位老学者还在为"三礼已成绝学"痛心疾首。最后，在香港大学读书就是"浪费几年时间"，只有上北大中文系才能学到"纯粹的国学"，我不知道刘丁宁姑娘这种想法是米源十帅长的告诫，还是经由她搜集资料后的个人判断，抑或她自己在香港大学念书后的负面感受。有些网友也认为大陆是学"国学"最好的地方，北大更是学国学的圣殿。在这一点上本人孤陋寡闻，虽然北大中文系有不少优秀学者，但我不清楚他们系里谁在教"纯粹的国学"。

今天《环球时报》发表署名单仁平的文章《北大港大各有千秋都值得尊敬》，文中把刘丁宁"从港大退学及重考北大"，说成是"她完美实现了对个人规划的调整，展示了在学生阶段对人生选择的驾驭能力"。我觉得这篇文章的说法过于夸张，更看不出刘丁宁退学复读有什么"完美"。此文容易对正在冲刺高考的学生形成误导，让更多人放弃已经录取的名校而去复读，重新复制刘丁宁"对个人规划"的"完美""调整"。前年报载一名被一本大学录取的考生复读，他发誓要圆自己的"清华梦"，后来没有听到这名同学的下文，八成是他仍然"梦断清华"。

刘丁宁同学始终没有吐露退学港大的隐衷，社会上有各种各样的猜测：也许是她不太适应那儿的学习环境，也许是她不太习惯南方的湿热气候，也许主要原因是她有很深的北大情结。刘丁宁在去年7月26日参加湖南卫视"天天向上"节目时，就已经流露出了想离开香港大学的想法。她在节目中充满激情地说："五院（北大中文系）的老师同学们，等我来，我一定会回来的！"这是深情的告白，更是坚定的誓言。她尚未入学，就准备退学，学习环境和南方气候的种种猜想不攻自破。我们来听听她高中母校校长李玉成的介绍："刘丁宁曾展示过自己的背包，里面有一沓的北大明信片。有在北大读书的亲属送的，还有自己曾去北大时买的，她还特意邮寄给自己。可想而知，北大对她来说，是多么神往的一个地方。这回，她用实力告诉大家：北大的明信片可以随时买了。"我能理解刘丁宁的北大情结。由于内地考生过去很长时间大学选择的单一，加之官方和社会长期的舆论导向，对于内地的考生来说，尤其是对于农村乡镇的考生来说，北大和清华不仅是世界上最好的名牌大学，也是他们心目中的精神圣地，上北大清华不是上学而是朝圣。接到了北大和清华的录取通知，不少地方至今还要敲锣打鼓上门报喜，各地高中还要为被北大清华录取的考生张贴大红喜报。考上北大清华就像古代中进士那样光宗耀祖。由于过深的北大情结，她可能没有诚心学习如何适应港大全新的学习环境，也可能没有认真考察到底哪里最适合学习"国学"，更没有去深入思考什么是"纯粹的国学"。

刘丁宁选择退学和复读是她的自由，现在她更是"求仁而得仁"，实现了自己最大的心愿。不过在我看来，她复读的理由有点盲目，退学的选择更有点草率。是不是像她说的那样"只有北大中文系才有纯粹的国学"

暂且不论，以复读的方式重考北大中文系是一着险棋。假使"万一"考试失手呢？在高考分数公布之前，谁能担保她就能进北大中文系呢？当然，事后的结果证明她"彪悍的人生"没有"万一"，但对于普通考生而言，复读可是充满了"万一"和"危机"。

在香港大学是不是一定就学不好"国学"呢？刘丁宁同学好像没有拿出复读的劲头去尝试。内地名校和香港大学都有好老师，但就师资的整体水平而言，香港大学的师资力量无疑有较大的优势，更不用说它那国际化的学术氛围，它那可以自由探究的学术风气，它那与国际接轨的课程设置。就内地各名牌综合大学来看，北大、清华、复旦、南大、浙大、武大、中大等学校，很难说有多大差别。内地各大学的公共课用的都是全国统一教材，讲授大体统一的内容，任何上课教师都不敢甩开教材"离经叛道"。各种人文科学和社会科学的专业课，也是用教育部颁定的教材，现在还开始用中宣部的"马工程教材"。差别主要表现在各任课老师的课堂发挥，有的老师讲得生动，有的老师讲得死板，如此而已。内地各大学与香港大学的差别，则主要体现在不同的办学理念和不同的培养目标上。刘丁宁同学即将如愿上她心仪已久的北大中文系，以她复读表现出来的过人毅力和定力，但愿她四年下来能真正学到"纯粹的国学"。

《环球时报》那篇名为《北大港大各有千秋都值得尊敬》的文章，声色俱厉地对那些批评内地高等教育的人说："这些人真正要打的恐怕不仅仅是这些大学，而是同这些大学有着千丝万缕联系的国家主流的一切。"这未免就有点上纲上线了，内地大学的同行们在一起谈起我国现在的高等教育常免不了"唉声叹气"，可没有几个人想到要去否定"国家主流的一切"。作者单仁平先生这样危言耸听，不知道是他在存心吓自己，还是他在有意吓别人。这里避开香港大学和内地大学的优劣这个危险话题，我个人既不想对北大表示"尊敬"，也不想对港大表示"尊敬"，世上大概只有

《环球时报》的笔杆子才会去"尊敬"一所大学。可单仁平先生称"刘丁宁放弃港大七十二万元奖学金的优厚条件，重选北大"这一举动，"代表了高考领域的辉煌，她对无数考生来说，是个正面形象"。我认为这种说法是在误人子弟，它可能在考生中造成可怕的后果。

对于《环球时报》这篇妙文，北大张颐武和中国青年报社曹林反应大不相同。微博"@张颐武"大声叫好："说得很客观，这选择不证明哪个学校更好，但证明她对自己的设计是成功的。她当然有选择的权利，而且她证明了有能力完成自己的选择，这就值得赞赏。骂她非常无趣，她证明学得好的也愿意选择内地的高校，而且这几年的状元选内地高校的越来越多了，说明有些瞎起哄对真有本事的没用。"微博"@中青报曹林"却是批评否定："环球评论胡言乱语，丝毫不讲逻辑。前半段说了，这考生弃港大而选北大，完全是个人选择和个性原因，后面论证却以这种个人选择为论据，反击对内地教育体制的反省与批评。一个考生放弃港大而选北大，内地教育体制就没问题了吗？评论员TM逻辑在哪里。我学生如果把评论写成这样，必须负分。"张、曹二人谁说得更加在理读者自有公断，我倒是认为不能把刘丁宁复读重选北大这一行为政治化，将它作为内地高等教育"值得尊敬"的佐证，更不能把刘丁宁退学复读树为"正面形象"，这会坑害无数内地的考生。

复读是一种有害身心的举动，更是一种浪费生命的行为，除非别无选择，考生还是不要做出这种愚蠢选择。刘丁宁只能作为一个极罕见的特例，每年每省的高考状元只有一个，连中两次状元的更只有刘丁宁一人。古代一千多年的科举也没有谁连中两次进士，更没有谁发疯到中进士后还考进士。第一次考试失手选择复读是无奈，第一次考得很好还要选择复读是轻率。

在世界上很多发达国家，各个同一级别的大学之间可以转学。假如北大和港大之间学生可以转学，刘丁宁同学不必浪费一年青春，更不必用复读来进行人生的赌博。我觉得国家应该考虑在"985"和"211"等同一级别大学之间，让各个大学的学生能够自由转学，各个学校相互承认学生已修的学分。这样，每个大学生有了更多的选择，每所大学办学会更加精心，否则，大学就会变成空城甚至死城。

刘丁宁同学连中状元，完成了她在中学阶段的"彪悍人生"，祝愿她以后给大家更多诧异和惊喜！不过，至今我还为她放弃港大感到惋惜，以复读的方式来圆自己的北大梦更让人后怕。在人生的关键时刻，每一步都将决定自己人生的高度，每一步都将影响自己未来成就的大小。可能一失足而成千古恨，也可能一步顺便一帆风顺。"彪悍的人生"更需要理由，若是没有清醒的理由，这样的人生越是彪悍，人生的结局就可能越是悲惨。我从没有认为刘丁宁的选择有什么"完美"，更没有觉得她的选择需要"复制"，而且她的选择也不可能被他人"复制"；"学渣"们不能把她作为自己仿效的"正面形象"，既无须在她面前"颤抖"，更不必在她跟前"下跪"。

2014年6月26日

枫雅居

必修还是选修？

——高等教育杂谈之一

这是一篇命题作文。最近，中国人民大学将大学语文从必修课改为选修课，这门一直被人冷落的课程，一时成了人们议论的热门话题，有人拍手称快，有人叹气摇头，《中国社会科学报》记者请我就此谈点意见。

大学语文和当今中国许多其他教育问题一样，真是说来话长，而且无从说起。对于各大学当局来说，大学语文成了名副其实的鸡肋，弃之不忍，食之无味；对于多数大学生来说，大学语文的确是可有可无，有它不为多，没它不为少。它是给中文专业以外其他专业开设的公共课，无论是开设这门课的校方当局，还是各专业的大学老师，抑或上这门课的大学生，好像谁都没有把这门课当回事。东方网载，"在不少高校教师眼中，大学语文课不过是'小儿科'，教学甚至不必使用教材，老师在课堂上尽情发挥，学生在台下记好笔记即可"。据中国人民大学管教学的负责人讲，大学语文是人大最不受欢迎的课程之一，连续多年的学生评价都是倒数第二。

大学语文这门课程不受欢迎，自然有教师、教材等方面的原因，但不能排除它不受学生重视这一因素。退一万步讲，即便是大学语文让人乏味，大学英语可能更让人反胃。读中国古典诗词或外国戏剧小说，总不至于比记英语单词更烦人吧？但学生谁敢对英语说"不"？校方谁敢将英语改为选修？连中山大学中文系金钦俊教授也认为，"大学语文这门课程并非绝对必要"，"英语是中国走向世界的工具，不能放松"。这也许是官方、教师、学生、家长的共同心态。十年前我到新加坡讲课才知道，这个华人占多数的小国，华人早已将自己的母语变成了英语，华语在那里是"不成功者"的语言。如今，国内哪所大学不在喊国际化？哪个同胞不希望"走向世界"？尽管绝大多数大学只有书记、校长、处长才能做"国际漫游"，绝大多数大学教师和毕业生只能"走向神州"。昨天中国新闻网载《中国精英阶层新思路：生个美国娃全家移民》，其实中国底层虽然没有"生个美国娃"的能力，但他们并非没有"全家移民"的梦想。从社会精英到普通百姓的这种价值取向，导致国人对母语自轻自贱的态度。事实上，学生学英语并没有什么兴趣，之所以还在坚持学习，一是怀着"走向世界"的"崇高目的"，一是要想拿文凭就得过英语四级的官方压力，另外，还有要想免试攻读研究生就必须过英语六级的这道门槛。

官民重视英语和轻视汉语都是出于功利，部分人可能有随大流的从众心理，部分人是由于必须通过考试的压力。学英语也好，学汉语也罢，学习目的一经扭曲，学习方法也会变形，学习效果自然很差。

我们很少问一问：从幼儿园到大学学了一二十年英语，到底多少人在后来的工作和生活中使用到它？又有多少人在后来的工作和生活中会使用它？到底多少人学英语后"走向了世界"？我们更很少问一问：汉语作为我们的母语，对于我们的生活和智力有什么影响？母语不好又会有哪些害处？

俗话说"船小好掉头"，新加坡华人统治者发现洋人的英语，在世界上比老祖宗的华语更加有用，马上关掉以华语教学的南洋理工大学（重开后的南洋理工大学以英语教学），将新加坡的工作语言变为英语，让英语成为所有新加坡人的母语，这等于说他们在语言和文化上重新认祖归宗。现在新加坡年轻华人在公众场合和私人场合，工作和交流都以英语为主，他们思考、交流和工作语言都是英语，很多人说华语比我说英语还难听。英语现在几乎成了世界语，全球百分之九十以上的信息都通过英语传播，所以，新加坡统治者这种做法没有什么不对，新加坡华人不喜欢学汉语没有什么不好，不懂得祖宗文化也没有什么遗憾，不知道孔子、老子、《易经》、《尚书》，他们国家的经济不是照样繁荣昌盛？新加坡人不是照样生活得十分快乐幸福？

可在我们大陆的年轻人从呱呱坠地到上学读书，汉语"天然"地就成了我们的母语，即使"文化大革命"期间天天破"四旧"，也没有想到要把祖宗的"旧汉语"破掉，那时候大学除外语系以外，其他专业反而都砍掉了英语课。汉语既然是我们的母语，白天说话，夜晚做梦，大会上慷慨陈词，恋爱时绵绵絮语，直至与对手辩论吵架，与情人打情骂俏，用的都是不招人待见的汉语，更不用说我们的思维和感受都离不开汉语了。除非像新加坡华人那样牙牙学语就说英语，只要汉语成了我们的母语，它就会影响到生活、智力和情感的每一个层面。

2011年《西安晚报》一篇报道说，北京大学微电子学研究院教授张海霞，拿着理工科大学生的文稿越看越生气，这些作业没有几篇是语言通顺的，诸如"硬件方便的更换更是方便至极"，"实现友好化的语音控制"……一篇比一篇惨不忍睹。张教授感叹"这语文都怎么学的？！""于是，张海霞在网络论坛上疾呼：'救救语文教育，救救我们的中华文化。'"我倒没有张海霞教授那么目光远大，还想着要"救救我们的中华文化"，我现在想到的是我们语文这么差，怎样才能"救救我们自己"？

北京大学理工科学生写不通作业，普通大学理工科学生的语文水平更可想而知，又岂止是理工科学生如此？文科大学生的语文水平又能强到哪里去？甚至中文系不少大学生也写不通句子。纸上的句子写不通顺，交谈中自然就会说话不清，连话也说不清楚的人，难道能够有清晰的思维？

英国哲学家洛克将语言的功能分为"民事的"和"哲学的"："对于语言的民事用途，我指的是由文字而进行的思想和观念的交流，像可以用来进行公共谈话，进行一般事务的交往和为了社会生活的便利……对于语言的哲学用途，我指的是用它们来传递事物的准确的概念，表述一般的命题，表达毋庸置疑的真理。"洛克说的就是语言的交际功能和思维功能。

先来谈谈汉语在我们交际中的作用。虽然年轻人交谈时偶尔也来一句"OK"，再见时偶尔用到"Bye Bye"，但大家主要还是用汉语进行交流。人们以为自己天生就会交流，没有上过大学的人谁不会说话？十分遗憾，恰恰有很多大学生不会说话，他们和人交流不是词不达意，就是表述含混不清；不是语言乏味，就是谈吐粗俗——你一张口就暴露了你是什么样的人。要想不满足于像动物那样"有了快感你就喊"，要想能够委婉生动地表情达意，除了学好语文之外别无他法。

再来看看汉语对我们思维的影响。杜威有本教育学名著《我们怎样思维》，其中有这样几章论及语言与思维:《理解：观念和意义》《理解：概念和定义》《语言和思维训练》。西方语言学家和心理学家研究语言与思维关系的成果更是多得不可胜数。我们必须通过语言来进行思维，同时思维又必须经由语言来表达——语言不仅是我们思维的工具，而且还是我们思维的载体。怎样做到既思维严密又表达准确呢？最有效的途径不外乎逻辑训练和语文学习，其中尤以语文学习最为基础。思维和表达最基本的单位当然是词汇，词汇有些十分具体，有些则极为抽象，比如，梨树—树—木本植物—植物—生物，这些词一个比一个抽象。要准确掌握这些词的内涵和外延，还要了解这些词意义的演变和歧义，这样我们就不会混淆它们在不同历史时期的含义，在不同语境中所表达的意义，准确理解是严密思维的前提。做到思维缜密还得掌握大量词汇，教育学家和语言学家将我们记住了的词汇，分为被动和主动两种：被动词汇就是那些读到或听到时自己能认识和听懂，但思维和写作时不会主动用到它的词汇，这些词汇其实是些半死的词汇；主动词汇就是那些不经过刺激也能从大脑中蹦出来的词汇，这些词汇才是自己思考和表达的"生力军"。被动词汇只能与我们"混个脸熟"，但用起来并"不听我们指挥"。可见，词汇贫乏我们无法思考，只有被动词汇我们也难以思考深入。

关于汉语词汇的问题常常被人忽视。在学英语过程中用力最苦、耗时最多的就是记单词，因为单词太少就不能读懂和听懂。尽管一遍遍地查词典，一遍遍地死记硬背，有些单词还是"很不听话"，前面记了后面又忘了。由于掌握英语单词来之不易，难怪有些人以自己记得很多英语单词自豪和自傲。可是，有谁曾像记英语单词那样下死功夫记汉语词汇呢？不认识英语单词我们知道随时查词典，不认识汉字我们通常都是靠猜、靠蒙，好像学习汉语不必着意于识字，以为认识词汇的多少不影响自己的汉语水平，用心识字的人可能还会引来嘲笑。可我们古人读书都是从识字开始，做学问也是从识字奠定根基。刘勰在《文心雕龙》中说："夫人之立言，因字而生句，积句而成章，积章而成篇。"清代大学者戴震在《与是仲明论学书》中也强调识字的重要性："由字以通其词，由词以通其道，必有渐。"当然，不能像有些人死记英语单词那样识字，要在具体的篇章语境中认识字，在不断写作中学会用字，在思考中把死字变为活字，把那些被动词汇变为主动词汇。

除了交际和思维功能外，大学语文还能培养学生细腻敏锐的审美感受能力，尤其是熟悉各种文体基本特点和文体风格。大学期间学习大学语文不像中学学语文那样为了备考，主要应引导学生品味优美文风，模仿典范文体，特别是掌握学术论文的特质与规范。

弄清了大学语文的功能，就容易给大学语文定位。我觉得大学语文的教学目的，应该主要限定在语言、文体、文风三个方面。语言这一层面着重于语言表述达到准确生动，运用语言进行思维达到严谨缜密，以及对汉语语言美感具有敏锐感受；文体侧重于各种文体的特点与风格，特别是论说文体的规范和写作要点；文风侧重于各种语言风格的品味和欣赏，各种文体风格的细腻辨析，甚至从数学论文中也能感受它那简洁单纯的美学特征。

一门两个学分的大学语文课，显然不能承受"救救我们的中华文化"的重任，也不可能靠它来"复兴我们的母语"，因为中华传统文化的衰微和我们母语的冷落，有其复杂的历史与现实原因，中华传统文化如果真的值得复兴的话，也需要全体国人的共同努力，一个穷教师怎么可能挽狂澜于既倒？但是，既然命中注定汉语是我们的母语，大学语文虽然不能让"我们的母语"复兴，但它可能让大学生由欣赏自己的母语，进而热爱自己的母语，并最终学会自如地使用自己的母语。大学语文在定位时要谨守自己的本分——语言的审美与使用、文体的规范与模仿。让大学语文越俎代庖什么都干，它将什么也不可能干好；对它寄予过多不切实际的希望，它只会给人们带来深深的失望。

没有必要将大学语文与大学英语拿来比较，更没有必要由此而自怨自艾。对于那些既有才华又有雄心的青年来说，掌握英语绝对十分必要。哪怕是从事中国古代文史哲研究，一个二十一世纪的学者要是只能阅读汉语，那将是一件十分遗憾的事情。不过，假如说今天大学语文教学很糟，那么大学英语教学效果更糟。一个青年从小学到大学学了一二十年英语，可能有百分之八十以上的大学毕业生，既不能说，也不能听，又不能读，更不能写，学生时代花时间最多的是英语，毕业以后最没有用的也是英语。我认为最为迫切的是改进英语的教学方法，英语不能再像现在这样教，更不能像现在这样考，同时也没有必要让所有层次、所有专业的大学生都学英语，都考四级。研究型大学的学生英语应当必修，其他大学生，大部分专业可以作为选修，有些学校和某些专业的学生甚至可以免修。有些学生学了多年英语，最后英语成了无所用之的屠龙之技，这是个人生命和教学资源的双重浪费。不管是什么层次的大学和专业，英语的四六级考试应当尽快取消，这种考试除了浇灭学生学习英语的兴趣和热情外，它的唯一好处就是让极少数人可以获取大量钱财。如果说大学语文与大学英语有什么瓜葛的话，我觉得一个中国大学生，你越是会欣赏和使用母语，你就越能学好英语，因为你能发现这两种语言的相通与相异，你对这两种语言的特点就会有更细致的分辨，对这两种语言的美感也会有更细腻的体认。我还要提醒青年大学生的是：如果你是用母语来感受和思考的话，没有学好自己的母语将使你的感觉比较迟钝，使你的思维难以严谨，使你的思想没有深度。一个连母语也不会说、不会写的人，要是能够"走向世界"，那才是世界奇迹！

最后我想谈大学语文教学方法的改进。从事大学语文教学的老师正在忍辱负重，他们在校方、同事、学生的忽视乃至轻视中艰难前行。但我还是要说目前的大学语文教材和教学的确需要改革。目前使用的大学语文教材与高中的语文教材十分雷同，所以人们调侃它是"高中四年级语文"，很多教师的教学方法也与高中语文老师没有两样，还是背景介绍、中心思想、艺术特点那老一套。不同专业的大学语文必须有不同的范文，有不同的特点，比如经济学专业的大学语文，可以选讲凯恩斯的《就业、利息和货币通论》，选取部分章节侧重讲它的写作特点与优点，讲它的行文、论证、结构，让该专业的学生可以借鉴和模仿。哲学系的学生可以给他们讲叔本华和罗素的文章。这几个人既是本专业的大家，也都是写文章的高手。

把大学语文重新定位以后，它兼备工具性、实用性和审美性，除中文专业外的所有大学生都应作为必修课，让大学生通过这门课程的学习，感受母语魅力，提高思维能力，掌握专业学术论文的写作规范与技巧。这一方面要求教大学语文的教师具备宽广的知识结构、敏锐的审美能力、高度的教学技巧；另一方面又要求校方重视，要求学生充分认识到这门课程的重要性，慢慢培养自己对母语的浓厚兴趣，树立学好母语的毅力、信心和恒心。

但愿以后不再讨论大学语文是必修还是选修，而是探讨如何把大学语文教好和修好。

2011年11月18日

枫雅居

能不能不折腾博士生?

——高等教育杂谈之二

  钱锺书先生在《围城》中幽默地说过:"做博士是拿论文骗过先生,当教授是拿讲义骗过学生。"如今做博士和当教授,除了要"骗"过先生和学生外,还得"骗"过所在学校的领导。比如当教授必须发表多少篇论文,出版多少部专著,主持多少个项目,只要论文发表在规定级别的刊物,专著在权威出版社出版,项目是省部级以上,你的教授就算是当成了,至于论文的质量如何,专著是否有创见,项目能否完成,谁都不会关心和追究。做博士的要求虽然没有当教授那么高,但在读期间至少要在 CSSCI 刊物上发表两篇论文,否则哪怕你学位论文写得再好也不能进行答辩,至于你的论文水平如何,是通过什么关系或掏了多少钱发表的,鬼也不会来过问这类"琐事"。说"骗"领导的确有失夸张,领导又不比我们这些书呆子傻,何尝不知道教师和博士在糊弄他们,不过他们是心甘情愿受"骗"罢了。领导只关心论文和专著的数量和"级别",数量够多和级别够高,他们治下的学校就在大学排名中有个好名次,这样好糊弄更高一级的领导,好"骗"过不明底细的社会大众。

  领导为自己治下学校论文数量绞尽脑汁,再怎么逼教师写论文都有个限度，逼得太狠了可能会引起反弹，现在稍稍像样一点的大学，研究生越来越多，而且要求他们写论文和发论文是"天经地义"，于是就有博士生发表多少篇的要求。原来还要求硕士生也发表多少篇才能毕业，现在也没有说不要硕士生发表，但基本采取睁一只眼闭一只眼，但博士生发论文多少篇是死规定。每年5月是研究生最忙的时候，尤其是博士生最烦的时候，不仅要写出一二十万字的学位论文，还要托人或交钱在指定级别刊物上至少发两篇论文。写论文要费神，发论文要费钱。费神是应该的——做博士就是要深入思考和勤于动笔；费钱就有点冤枉——他们不是从自己牙缝里省钱，就是向自己父母伸手要钱，更何况用钱发的这些论文大部分是些垃圾。

领导心里亮着哩，他们深知博士发表的这些东西，虽然没有什么学术价值，但具有很高的"现实意义"——博士生可以让学校的论文数量一下就上个台阶，学校的学术排名也一下子高一个档次，学校面子好看，领导们脸上有光。只是苦了那些穷博士，学校的论文数量多了，他们口袋里的钱就少了。

我觉得让博士生花不明不白的冤枉钱还是小事，更要命的是搞坏了学风——一是使学生心浮气躁，二是教会了他们弄虚作假，三是使他们失去了对学术的虔诚，四是消磨了他们对学术的兴趣。前辈学者强调写好文章后不要急于发表，要多次打磨后再公之于世。如今子时完成初稿，卯时就要拿出去发表，谁还有十年磨一剑的耐心？尤其是那些理工科的博士生，在读期间如果实验数据弄不出来，又必须发表两篇以上的文章，能想出来的办法只有两条：要么瞎编假数据凑成论文，要么干脆去抄袭了事。有些学生在论文上弄虚作假可能是逼良为娼。大概世界上只有中国发明了反抄袭软件，每年研究生答辩前就在这个软件上查一下"复制比"，可现在的情况是"道高一尺，魔高一丈"，据说，研究生早发明了对付这个软件的高招，有了导弹怎么可能没有反导导弹呢？看来，学校领导下决心要与学生玩猫捉老鼠的游戏。

现在学校对博士生发表论文的数量和"级别"有要求，注意我这里说的是"级别"而不是"质量"，相关部门便通过行政手段将刊物分成不同级别，只要在"高级别"上发的论文就是"高级别"的，在低级别上发的论文自然就级别低，至于论文水平怎样，对学术贡献如何，只有上帝知道。

像这样搞科研青年学子还能对学术保持虔诚敬畏之心吗？还能对学术有浓厚的兴趣和强烈的激情吗？如果青年学子都对学术失去虔诚，没有兴趣，没有激情，中国的学术还有未来吗？

谁能想想办法不折腾博士生？谁能想想办法不折腾中国的学术？

2011年5月19日

枫雅居

逗你玩：本科生毕业论文答辩

——高等教育杂谈之三

我们的教育真是问题成堆。不上学大不了是个不识字的文盲，进校门后就可能成为弄虚作假的高手；不上大学对学术可能还有一丝敬意，进大学后才知道学术"是个什么东西"。

走过场和搞形式是我们教育中的常态，这看起来也不是什么大不了的问题，但它对人和社会的侵蚀极其严重，它使人从小就把什么都"看穿了"：社会无真事，人间无真情；它使社会处处是毒胶囊、地沟油、皮鞋奶、苏丹红……

在所有"走过场"式的教育中，我感到最难堪的是本科生毕业论文答辩。在很多场合我谈过自己对此的意见，我认为大多数专业本科生应取消毕业论文答辩。

在世界上任何一个文明的国家，它们的孩子从小学起就学会了围绕一个问题搜集资料，学习写调查报告，一进大学各门学科课程都经常要交paper（课程论文），但有些硕士也不必提交学位论文，更不必进行论文答辩。我们中国大学教育的情况恰恰相反，很多课程从第一堂课到最后一堂课老师都没有要求学生交 paper（课程论文），但从地方院校到部属院校本科生都要写毕业论文，都要进行学位论文答辩。

本科生、硕士生、博士生三种层次学生的毕业论文答辩，基本都是规定要在5月完成。这些年国家教育"跨越式的发展"，本科生、硕士生、博士生的人数连续翻番，有些专业的本科生和研究生都很多，本科生毕业论文往往又容易集中于某些方向。这样，有些方向的教师工作量就特别大，一个教师如果对本科生、硕士生、博士生的论文都认真指导，他不是精神崩溃就是身体崩溃，因此，教师如果不敷衍就指导不了那么多学生。

学生如果不敷衍就很难写出"真"论文。很多本科生最后一年主要是找工作（硕士生情况也差不多），到处赶会场，到处投简历，到处找关系，有些人不仅无心写论文，甚至也无心读书。这一切所有人都能理解，二十多岁的人首要任务是找个饭碗养活自己，吃饭肯定比读书迫切重要得多。大多数人平时没有进行严格的学术训练，甚至许多硕士研究生也不知道如何写论文。一些本科生在这种情况下根本不具备写学术论文的主客观条件，校方硬逼着他们提交学术论文，他们不是糊弄就是抄袭——老实的学生糊弄，精明的学生抄袭。由于有反抄袭软件，精明的学生抄袭手法也越来越精明，他们学会了"师其意而不师其词"，让反抄袭软件检测不出任何抄袭的痕迹，死机器永远"玩"不赢活人！这并不排除有极少数学生写论文很认真，但精神免疫力超强的人毕竟是一种例外。对学生论文要进行抄袭检测，全世界无疑只有我们才如此"先进"。

答辩如果不敷衍就很难完成任务。本科生答辩通常都在各个教研室进行，而教研室又是各类研究生上课的教室，很多答辩就放在晚上举行，答辩之夜教研室挤满了学生。每个参加答辩的学生没有充足的时间陈述自己的论文，每个老师也没有时间细心阅读学生论文，更没有时间对答辩学生进行提问和质疑，当然学生更没有充分的时间进行答辩，而校方通常在"答辩记录"一栏规定要回答两三个问题，这明明是强迫学生和老师心照不宣地共同作假。每次答辩我都觉得是在羞辱学术，是在羞辱自己仅存的一点良知，也是在给学生充分展示作假的技巧。

前年我就听说有一所大学，同一专业同一天同一场答辩会，完成了十位博士生的论文答辩。这是世界效率，也是世界幽默。本科生答辩一个夜晚就可能完成一二十人，这无疑更是空前绝后的宇宙幽默。

4月2日，深陷论文抄袭旋涡的匈牙利总统施米特·帕尔在国会会议上宣布辞职。辞职前两天他的母校宣布取消其博士学位。大多数同胞看了新华社这则新闻都会震惊，帕尔总统先生几百页的博士论文仅仅抄了几页，这几页不仅让他丢了博士学位，还让他丢了总统宝座。由此我们可以看到学术的尊严，可以看出匈牙利社会的诚信。如果用匈牙利这种标准来衡量，我们这里很多论文都经不起审查，无数人将丢掉官帽、丢掉职称、丢掉学位。

但是，人家学术是玩"真"的，我们学术是"逗你玩"。

一些本科生论文答辩在给我们学生生动地演示：学术论文就是猫捉老鼠的游戏，你逗我玩，我逗你玩。

可这是一场危险的游戏。

2012年5月1日

枫雅居

就《逗你玩：本科生毕业论文答辩》一文的声明

《逗你玩：大学本科生毕业论文答辩》是五一这天连写的两篇杂文之一，没想到拙文引起如此广泛的社会影响，国内各大门户网站和部分海外中文网站都进行转载，中央电视台新闻频道连续两天进行跟踪报道，《光明日报》也连续两天进行讨论，新浪微博还就此举行网上投票，各平面媒体也都进行了大幅报道，各地记者不断打电话采访。拙文由于行文仓促，很多问题没有谈深谈透，有些表述不太清晰准确。为了避免误解，现就此文中的某些观点作如下声明：

第一，我不仅不反对大学本科生毕业论文的写作，而且主张平时教学中更应加强论文写作的学术训练。很多同行指导毕业论文认真敬业，少数学生也感觉他们在论文写作中学到了不少东西。

第二，尽管有不少老师答辩会上严肃认真，我仍然主张取消本科生论文答辩。

从目前各媒体报道的情况来看，几乎所有接受采访的大学负责人和专业人士都坦承，本科生毕业论文答辩走过场现象非常普遍。中国政法大学民商经济法学院院长王卫国教授直率地说，近几年本科生毕业论文答辩，"我们单位学生和老师"都在"疲于应付"，并建议取消本科生毕业论文答辩。

就我所了解的国内大学本科生答辩情况而言，1994年以前，绝大多数大学没有举行本科生毕业论文答辩。现在本科生、硕士生、博士生数量是1994年前的很多倍，5月，各种层次的硕士生、博士生答辩非常多，很多大学本科生数量又非常庞大，仅研究生答辩就已经不堪重负，在这种情况下很难保证本科生论文答辩不流于形式，流于形式的答辩对学生和学校肯定都造成极大伤害。

第三，我赞同少数大学正在进行的本科生毕业论文写作和答辩的改革。

2012年5月6日

枫雅居

一切皆有可能！

——在华中师范大学2013级新生开学典礼上的致辞

同学们、老师们：

感谢学校领导对我的信任，让我非常荣幸地代表全校老师，向来自祖国各地和世界各地的全体新生表示热烈的欢迎！也非常感谢新生对我们桂子山人的信任，在人生最美好的年华，在人生最重要的阶段，你们选择来到华中师范大学，增长自己的才智，升华自己的人格，放飞自己的梦想！桂子飘香日，英才入校来。秀美的桂子山由于你们的到来，更加美丽，更加迷人，更加充满活力！

同学们，今天我致辞的题目是：《一切皆有可能！》。

大家知道，人一生有几个重要的节点，而大学则是这几个重要节点中的关键。大学在我们的人生中起到了承上启下的重要作用，它是我们从小学到中学十几年寒窗苦读的总结，它又是我们今后人生的真正起点与开端——生理上同学们开始从青少年转入成年，学习上大家开始进入一个全新的学习阶段。大学学习生涯，将会奠定你们的专业基础，拓展你们的胸襟气度，开阔你们的人生视野，确立你们的人生志向，它将深刻影响你们将来的事业成就、审美趣味、生活格调……

明朝有位学者曾经说过："人皆为可上可下之才。"即使有生而知之的天才，这个世界上天才也是绝对少数，我们普通人的才华都大体相近，每一个人都有极大的潜能，也有极大的可塑性——我们可以把自己塑造成栋梁，也可以把自己作践成朽木。你是怎样想，你是怎样做，你就会成为怎样的人。

马丁·路德·金说："我有一个梦想。"（I have a dream.）同学们，我们每个人都应该"有一个梦想"。大学期间，通过课堂内的学习，课堂外的交流，我们不仅要认识社会，认识他人，更要认识我们自己：了解自己喜欢干什么，自己擅长干什么，社会需要你干什么。在个人兴趣、个人能力与社会需求之间找到平衡，并由此确立自己的人生目标。这个人生目标就是你的梦想，就是你们人生地平线上的太阳。司马光告诉青年人说："夫射者必志于的，志于的而不中者有矣，未有不志于的而中者也。"

有了梦想我们才会满怀希望，有了梦想我们心中才会洒满阳光。

但仅有梦想还远远不够，如果没有相应的拼劲、毅力、恒心，如果没有付出持续的努力，没有流下拼搏的汗水，没有流下痛苦的眼泪，没有"为伊消得人憔悴"的艰辛，任何梦想都将成为昙花一现的空想，人生的美梦将成为折磨我们的噩梦。同学们，你们的青春真让人羡慕，千万不要荒废了比金子还宝贵的大学时光。要有理想，也要有理性，要有高度的自制力，我们要学会利用现代的网络，但我们要控制自己的上网时间。

要将自己的主要精力集中于学习，而要精力集中又得培养自己强烈的学习兴趣。古代有很多"字癫""画魔""诗痴""棋怪"，这里所谓"癫""魔""痴""怪"，其实是指他们对某一专业着迷的程度。书中不一定有颜如玉，但书中肯定乐趣无穷。人的精力总要发泄出来，不用来专心读书，就要用来闲聊"网游"。你要是觉得学习比"网游"更"好玩"，你还会去无聊地"网游"吗？你要是尝到了思维的乐趣，你还会去打游戏机吗？怎样培养自己的学习兴趣呢？朱熹对弟子的一则教诲让我终生受用："小立课程，大作工夫。工夫要趱，期限要宽。严立功程，宽着意思。久之，自当有味，不可求欲速之功。"（《朱子语类》卷八）每一天的学习计划不可订得太高，而每一天下的功夫又要很大，这能使自己每天都超额完成学习任务，也能使你读书有从容品味的时间，这样时间一长你就尝到了读书的味道。读书就像吃饭一样，细咀慢嚼才能品出味道，品出了味道就越吃越想吃。

要是想一口吃出个胖子，你读书就容易浮光掠影，浮光掠影就不能细细品尝。任何一种理论书籍不细细品尝，不反复咀嚼，你就会感到这些书籍抽象、枯燥、乏味，你就会觉得烦躁、苦闷、无聊。急躁和懒惰是学习最大的天敌：急躁把我们逐出学习的天堂，懒惰让我们不能进入知识的圣殿。

要实现梦想，学习就不能仅限于书本，我们还要学习怎样做人，学会调节自己的情绪，学会走出挫折的阴影。人生有高潮和低谷，有得意和失意，有成功和失败，有热恋和失恋，要尽可能记住自己的得意之作，回味自己成功的喜悦，用现在的时髦话来说，就是不断给自己补充"正能量"。估计只有上帝才不犯错误，我们一生必然要干很多蠢事，犯错误是普通人走向成熟的必由之路，所以意大利有条谚语说："别告诉我什么人生经验，让我自己去犯错误。"人生最大的错误，就是害怕犯错误。对于人的一生来说，"一帆风顺"既不可能，也不可喜。对社会、他人和自己都要多看光明面，如果总是盯着阴暗面，你眼前就会一片黑暗；如果经常让自己转向光明，你内心就永远阳光灿烂。

我们还要学会处理人际关系。很多同学是家中的独生子，平时都是爷爷奶奶爸爸妈妈在关爱你，到大学后务必补上人生最重要的一课：学会真心地关爱别人。常言说，同大学易，同寝室难。关系越近越容易发生摩擦，与室友天天低头不见抬头见，不同的家庭背景，不同的气质个性，不同的爱好追求，可能使我们彼此排斥，使我们相互生厌。更要命的是争吵使我们结怨，嫉妒使我们成仇。友爱、宽容、忠厚才能化解矛盾，同学们要包容人们的差异，接受并欣赏不同的个性，忠厚、友善地处世待人。学会发现和赞赏别人的优点，你自己才能不断进步；学会给同学送去温暖，你自己才能感受同学的温情。这样，寝室就不是冷漠的冰窟，而成为同学们温馨的大家庭。嫉妒是交友最大的杀手，也是我们自己最大的敌人，要真诚地为同学的成功祝福，并谦虚地分享同学成功的经验。同学们务必记住：你只有真心关爱别人，你自己才真正可爱！同学们，你将来的同学中是多一个杨振宁好，多一个习近平好，还是多一个小混混好呢？百年修得同船渡，你一走出校门就会意识到，大学同学是你人生重要的组成部分，也是你一生最难得的缘分，更是你工作中最可靠的人脉。你们一定早就听过"爱在华师"的美谈，我们要在"华师"奉献自己的友爱，也定能在"华师"感受师生的深情。

同学们，华中师范大学的前身是由华中大学、中华大学、中原大学组建而成，华中大学是一所英美办的教会大学，中华大学是我国最早的私立大学之一，中原大学创建人是邓小平、陈毅、刘伯承等革命家。我们学校本身就代表了中西合璧和兼容并包，我们传统的校训是"忠诚博雅，朴实刚毅"，它现在已经成了"华师"人的精神，只要我们有开放的胸怀又有包容的气度，只要我们既"忠诚博雅"，又"朴实刚毅"，我们就没有达不到的目的，就没有实现不了的梦想！

"万卷藏书宜子弟，十年种木长风烟。"我相信我们学校的领导一定会给同学们提供尽可能好的学习条件，作为老师代表我在此向大家做出庄严的承诺，我们每一个教师一定会用自己无私的关爱，用自己的专业知识，尽自己最大的耐心，努力和同学们一起相互学习，共同进步。我们学校藏书两百五十万册，电子图书一百多万册，我们既有享誉中外的学术大师，也有一流的中青年学者。改革开放以来，我们的校友中，有的在自然科学领域荣获美国总统奖，有的在人文社科领域成为著名的学者、作家。学校南边是烟波浩渺的南湖，北边是芬芳四溢的桂子山，你们将要在大学读书期间，沐四年南湖雨露，染一身桂子清香。希望大家通过这三四年的刻苦攻读，快乐生活，诚实交往，不仅取得优异的成绩，打下坚实的根基，建立真挚的友谊，而且收获甜蜜的爱情。

我们国家正在进行体制改革，正在进行文化与经济转型，祖国正在日新月异，让我们和自己的祖国一起成长，我们每一个人的圆梦之日，就是"中国梦"的实现之时！同学们，你们的未来取决于你们自己如何设计，你们的前程取决于你们自己如何拼搏，在这个急遽变化的时代里，一切皆有可能！

谢谢大家！

2013年9月8日深夜初草
2013年9月9日上午演讲

五味杂陈

专家的短板与公众的期待

　　题目中的"短板"不是指"短板理论"或"短板效应",而是指现代社会中专家天生的局限。"期待"自然是指公众对专家的期待视野。

　　这篇随笔是对最近一件轰动新闻的随感——本月21日,邹恒甫先生对北大的两条微博爆料,搅动了文化教育界的死水微澜:

　　@邹恒甫:我重复一遍:从清华西门望北大都是吃喝玩乐的七星级高档场所。请问书记朱善璐学兄,北大是搞最高教育研究还是搞最高吃喝玩乐?!校长周其凤学兄,你是怎样在管北大?为保证北大学术环境,我建议梦桃源直隶大膳鲂所有星级酒店等都被清理出北大。什么样的后门关系让这些吃喝场所成为北大的一大风景?!

　　把教授骂为"叫兽",这些年差不多成了人们的口头禅,对北大的嘲讽谩骂更是家常便饭,但几乎没有哪一篇文章或哪条微博,像邹恒甫先生的这条微博那样引起社会热议。这两条微博一出立即有数万人转发,从官方的"人民网"到各大门户网站，从大学教授到市井民工，它是这一个多星期来大家都在谈论的热门话题。有人由此对大学堕落痛心疾首，有人借此发泄对大学教育的牢骚怨恨，有人可能只是跟着起哄看热闹，不管属于哪种情况，都说明邹恒甫先生绝对是公众关注或仰望的人物。很少有人对北大表示同情，不少评论都拍手称快，社会大众都说邹恒甫骂得"非常解恨"。这十天来北大几乎在炭火上烤炙，今天看到了北大正式起诉邹恒甫的新闻。

为什么一条微博就把北大推到了风口浪尖呢？这与两个方面的因素有关：一是邹恒甫先生的学术地位和社会影响，二是由于邹先生爆料针对性很强。最近西方对世界经济学家进行排名，邹恒甫先生不仅在全世界排名第九十六位，而且在所有华人经济学家中排名第一，而且这个排名是西方学术界弄出来的，而且邹是哈佛大学经济学博士，而且现在又是世界银行专家，这些"而且"头衔中随便哪一个都可以让他牛一辈子，何况这些头衔都戴在他一个人头上，所以如今的邹恒甫真到了"天下谁人不识君"的程度。要是一个无名小卒骂骂北大，大家肯定只是当作笑话听听，绝对没有人来理会他说的真假，北大更不会到法院和他对簿公堂。

公众虽然讥讽国内的"专家"为"砖家"，但对"真专家"尤其是对世界认可的专家，大家还是有很高的期待和莫名的崇拜。人们相信像邹恒甫这样的世界知名专家不会信口开河，没有真凭实据他不会指名道姓地爆料，他敢爆料肯定是戳到了北大的痛处。我看了邹恒甫这十几天的微博，看了他前前后后的演讲材料，更细读了上面那两条爆料微博。我觉得他把北大送到炭火上烤，也把自己送到了炭火上烤；他让北大颜面扫地，也可能让自己无地自容。北大如果真的和他较真，我觉得邹先生就很难轻松脱身。他微博中的爆料也许是实情，但在法庭上难以指证，除非他掌握了这方面的录像或录音，除非他有内线愿意出面作证。比如他微博中说，"国外很多来中国讲课访问的，也把饭后去歌厅舞厅娱乐桑拿洗脚按摩当作必需节目"，这种情况倒不是他个人捏造，但落实到具体单位就必须拿出证据。至于"北大是搞最高教育研究还是搞最高吃喝玩乐""什么样的后门关系让这些吃喝场所成为北大的一大风景"，一个无名小子随便骂骂，出出气解解恨也就罢了，邹恒甫这样的名流来骂大街，就让名校北大非常难堪，北大自然也就会让邹恒甫同样丢丑。

邹先生的学术才华无可怀疑，他的学术成就也有目共睹，他的学术地位更难撼动，但有才华的人容易狂傲，有成就的人容易放肆，有地位的人容易轻率，就像他同时罩着许多学术光环一样，他也同时带有这些为人的毛病。他上面那两条微博不是作为一个严谨的经济学家发言，而是作为一个与北大有许多恩怨的人爆料。他在爆料的时候已经脱离了他专业的言说领域，也脱离了他专业的言说心态。

在自己非专业的领域里，一个专家发言的科学性和可信度，可能不及一个普通百姓，但它的影响又超过常人，这正是专家最大的"短板"，也正是专家最大的危险。

即使在自己本专业领域里，专家也往往由于固执而失之偏激，他们在自己专业领域里的发言，在公众眼中也可能显得幼稚可笑。28号《新京报》讯，一百多名学者联合签名的举报信，送至国家新闻出版署和国家语言文字委员会，状告商务印书馆今年出版的第六版《现代汉语词典》收录"NBA"等二百三十九个西文字母开头的词语，违反了《中华人民共和国国家通用语言文字法》、国务院《出版管理条例》等法规。这些语言专家认为此举损害了汉语的纯洁性和权威性。譬如"NBA"应改为"美职篮"，还有"iPhone""GDP""CPI"等应该译为中文。这些语言学专家由于太热爱汉语了，他们容不得汉语中夹杂一些洋文字母，就像溺爱小孩而娇惯小孩一样，太爱汉语而出现对汉语的偏执。中华民族正处在千古未遇的大变局中，我们的文化、语言、心理、习俗，与世界各国都处于不断交流和交融之中，我们不知不觉就喜欢上了洋节，无意之中就喜欢溜几句洋文，热恋中的男女情不自禁就当众接吻，张口就"OK"，闭口就"Bye Bye"。我们人不可能是清朝时的汉人，话更不可能说民国时的汉语。我这个弄古代文学的人能理解专家们的焦虑，大众可能觉得这些告状的专家是不可理喻的怪人。

我想到了鲁迅。1925年《京报副刊》征求"青年必读书"时，鲁迅先生的回答让时人大跌眼镜："我以为要少——或者竟不——看中国书，多看外国书。少看中国书，其结果不过不能作文而已。但现在的青年最要紧的是'行'，不是'言'。只要是活人，不能作文算什么大不了的事。"无论从哪个方面看，鲁迅先生这段话都偏激得可怕，他的朋友和论敌大多指责他误人子弟。鲁迅先生自己看的中国书肯定比外国书多，他学术研究的领域更是古代文学、绘画、碑帖，先生上面这段话只是一种情绪的表达，只是他对传统失望和对现实焦虑的宣泄。他同时给挚友许寿裳儿子开的书单全是"中国书"，而且全是中国的古书。

不管怎样深刻的思想家，既有敏锐的洞见，必有可怕的偏见；不管哪个学富五车的学者，在专业领域才华超群，在非专业领域可能极其无能。客观全面容易流于面面俱到，四平八稳，深刻犀利又容易固执偏激，甚至走火入魔。

现代社会很难再出现以前那种百科全书式的人物，越是在某个领域极有成就的专家，其知识结构可能越是狭窄单一，他们在自己专业领域发言值得重视，在非自己专业领域发言可能让人笑掉大牙，所以，有人断言公共知识分子即将消失，更有人写出《最后一个知识分子》，在今天的中国"公知"完全成了"公痴"。

这一方面告诫专家必须谨言慎行，在非自己专业领域尽量闭嘴，一是以免给别人误导，二是以免被别人嘲笑；另一方面也告诫公众要弄清专家的专业领域，在他的非专业领域，专家不妨姑妄言之，公众尽可姑妄听之。因为博客和微博这些自媒体出现以后，要让一个专家在专业之外完全闭嘴几乎毫无可能，专家和常人一样有七情六欲，他不可能时时刻刻生活在专业之中，他对社会、政治、人生、爱情，必定会有自己的感想和体验，他这些感想和体验固然不必盲从，但也大可不必嘲讽，我们可以把它们当作"仅供参考"的"一家之言"。哪怕专家是个书呆子，他也能丰富我们的精神生活，他的所思所想可以让大家十分"开心"。如果对专家在非专业领域的发言大加嘲讽，就会浇灭他们对公共事务的热情，我们甚至再也听不到他在专业领域里对公众发言。

自媒体显露了专家的"才能"，也暴露了专家的"低能"。它能让专家变得比较清醒，也能让公众变得比较自信：常人都可以成为某个领域的专家，专家不过就是社会生活中的常人。这样，知识精英与社会大众就能达成深度理解，社会就可能走向和谐理性。

2012年8月31日

枫雅居

故乡无此好湖山

——"部分青年重返北上广"随想

昨天刚写完杂文《这样的广州，你爱吗？》，今天就从新浪网上看到题为《部分年轻人离开北上广后不适应家乡生活又返回》的新闻，很多青年用脚给我做了肯定的回答："北上广，我爱你！"读完新闻，摇头苦笑。

北上广等一线城市的房价、物价涨得邪乎，对于那些来自乡村小镇、无爹可拼的青年来说，在这些城市的确"居大不易"，近两年许多"北漂""南漂"族，先后轻轻地"挥一挥衣袖"，作别了自己长期漂泊的地方。可是，一回到家乡二三线城市，这才发现自己在这儿却像个外乡人："这是我的家乡吗？"这才发现这儿并不像媒体宣传和自己想象的那般单纯轻松，相反很多地方比一线大都市更沉重、更复杂："小地方，要靠爹。"这才发现这儿的生活习惯和游戏规则，自己已经完全不能适应。于是，他们顾不得"好马不吃回头草"的面子，纷纷打起行囊重新与北上广"复婚"——回到那个叫自己又喜欢又讨厌的地方，回到那个让自己既充满希望又非常失望的城市。

为什么这些青年要与北上广"离婚"又"复婚"呢？他们十几岁就来到大都市求学，人生理想、知识结构、生活方式和审美趣味，都已经完全文明化和城市化了，已经不属于生他养他的乡村小镇，在文化和精神层面上，与故乡已经是两个不同的世界。故乡已经是他们精神上的"异乡"。他们深刻地认同北上广的现代文明与生活方式，但北上广又不接纳他们——他们没有这些城市的"户口"，很难成为这些城市的市民，所以，他们或者在社会身份上，或者在文化精神上，成了我们这个时代的"孤儿"——是所在都市的"漂人"，是自己家乡的"游子"。在任何地方他们都没有归属感，经常会有一种"绕树三匝，何枝可依"的彷徨尴尬，一种"落花人独立，微雨燕双飞"的孤独苦闷。对于北上广这样的现代都市来说，他们很想留下，但生存艰难；决定离开，又依依不舍。

尽管自己没有南北漂过，但我能够理解北上广这些"漂族"的处境和心境。1977年考上大学，我才第一次见到大城市。大学四年每年往返学校和家乡两次，城乡的对比使我很快就明白了自己的归宿。毕业后要是又回到家乡的小山村，我肯定会精神崩溃，觉得回到故乡就像个外乡人：在故乡找不回儿时的清梦，找不到谈得来的朋友，找不到自己想看的书籍。袅袅炊烟和青青翠竹的美景，勾不起我的诗兴；"野老念牧童，倚杖候荆扉"的温情，也不能使我动心。每次从故乡返校就像"回家"，每次从学校回到家乡却像"做客"。要是我处在今天这样的时代，要是我也没有找到满意的工作，我一定也是"北漂"或"南漂"族中的一员。

在这个急速发展的时代，我国东西南北，城市乡村，经济文化的发展极不平衡，虽然同属一个中国，虽然同处一个世纪，但不同地方的社会发展水平，完全属于不同的历史阶段：农业文明、工业文明、现代化、后现代。有些地方的人乘上了高速列车，有些地方的人可能还没有自行车；有些地方的人在用互联网，有些地方的人还不能识字；学府精英在探讨"解构"，中小城镇的人还没有听说过"结构"……

眼下，不同的地域、不同的城市，往往代表着不同的文明层次，因而，它们虽然在空间上是"共时"的，在时间上却是"历时"的。一个知识青年从一个城市搬到另一个城市，可能同时就是从一个时代进入另一个时代：他们"在不同空间之中迁徙"，也就意味着他们"在不同时代之间穿梭"。

于是，选择不同的城市，就是选择不同的人文环境，就是选择不同的文明层次，就是选择不同的生活格调。

可能是我的家乡太落后，我一直鼓励青年人一定要到大都市里去闯荡，一定要背起行囊去看看"外乡的风景"。我总是对自己的博士生、硕士生说，在一个小县城即使干成第一名，也不过是个土秀才，到大都市里混出来了，才能真正弄出点"响动"。有一次在一个大学讲演时，我动情地告诫青年朋友说：外面的天地真大——"山随平野尽，江入大荒流"；外面的世界更美——"有三秋桂子，十里荷花"。

我不太赞同郑板桥"难得糊涂"的鬼话——许多人一直是糊里糊涂地了此一生，最后一生也就一塌糊涂，什么时候我们清醒过呢？我也不认同"知足常乐"的人生哲学——就是因为太"知足"了，我们身上才有这么多暮气，这么多惰性；我更不喜欢"平安是福"的呓语——如果你不敢冒险，哪个地方都有风险，出门还可能被汽车轧死哩。我小时候那些喜欢稳定生活的伙伴，很早就在家乡娶妻生子。老实说，有些人一生从来没有恋爱过，所以也就无所谓"失恋"；他们一生从来没有奋斗过，所以也就无所谓"失败"；他们一生从来没有梦想过，所以也就无所谓"幻灭"。刚刚步入而立之年，他们虽然看上去血气方刚，但在心理上已经完完全全"老"了；到五十岁左右我这个年龄的时候，他们虽然还健健康康地活着，但在精神层面上已经彻底"死"了——这样的生活值得向往吗？这样的人生有意思吗？

我对"北漂"族、"南漂"族向来非常欣赏，他们之所以还在东南西北地"漂"，或是还心有不甘，或是还心存美梦，或是还相信自己的才华，或是还想挑战命运，总之，他们对自己还不满足。鲁迅好像在哪篇文章中说过："不满是向上的车轮，能够载着不自满的人类，向人道前进。"祝他们的才华能够施展，祝他们的美梦得以成真。

"北漂""南漂"族怀着他们自己的梦想，背负着他们家庭的希望，可是，他们干得太累、活得太难，他们付出的太多而得到的太少，他们有时"一放下妈妈打来的电话就想哭"，他们有时夜深人静踯躅街头却不知"何处是家乡"。恳请政府尽快结束落后的户籍制度，让"北漂"者就是北京人，"上漂"者就是上海人，"广漂"者成为广州人，"深漂"者就是深圳人……让他们在奋斗颠簸的人生旅途中，处处能够感受到社会的关怀；让他们在自己漂泊的地方，在自己流汗流泪的都市里，能深切地感受到人际的温暖，能够找到他们自己人生的归宿。

每个人都是自己时代的影子，"北漂""南漂"族们的梦想，也就是二十一世纪的"中国梦"，我们祝愿，并且相信，南北每一个"漂人"都能圆一个属于自己的"中国梦"。

"外面的世界很精彩，外面的世界很无奈"，这就是生活，这就是人生。南北的"漂族"朋友们，当你们在北上广身心疲惫的时候，当你们想打退堂鼓的时候，让我们一起来吟诵苏轼的诗句吧，让这位一生颠沛流离的伟大诗人与我们同在——

"我本无家更安往？故乡无此好湖山。"

2011年7月20日

枫雅居

思想的平面化与知识的碎片化
——微博之忧

去年刚刚玩微博不久，就碰到了温州动车追尾事故，我差不多整夜都通过微博关注事态进程，那些最新也可能是最真的消息都得自微博。当时我觉得微博不仅改变了新闻的发布方式、传播方式、接受方式，甚至预想微博可能改变我们的交往方式、写作方式和思维方式，因此很快便写了一篇《从一家独唱到众声喧哗——微博之赞》，对这种新文体表达了由衷的喜爱和热情的赞美。那篇随笔简直就是对微博的一首"抒情诗"。

现在，我已度过了与微博的"蜜月期"。

有些美人猝然相遇你可能对她一见钟情，相处时间一长便难以容忍，同样，我刚玩微博时兴奋不已，没承想，不到一年便对它意兴阑珊，有点想彻底关掉微博掉头而去了。这是因为对它认识越深，便发现它的缺点越多，甚至觉得它有点功不掩过。

我之所以至今还在上微博，是觉得它有极强的平民色彩和草根特点——准入门槛低，写作难度小，发布很容易。它使很多潜在的读者成为潜在的作者，它使许多社会看客成为社会演员，它使很多像我这样无官无职的平民，不再只是一味地洗耳恭听，还可以随意地评头品足。在微博上，每一个人都可以发表自以为是的"高见"，也可以看到你认为荒谬绝伦的怪论。一个仅识"之""无"的半文盲，可以对一个学富五车的名流嗤之以鼻；一个默默无闻的小子，可以对一个超级明星使劲吐槽。今天高兴了就成为你的粉丝，明天老娘不高兴就"取消关注"，关注与被关注的互动，不是由于一个人的权力而是由于一个人的魅力。尽管有些人因社会地位或出镜机会受到更多的关注，但很多平民也可以成为"微博达人"，甚至可能通过自己在微博上的"倾情演出"引来无数喝彩，通过自己的机智才华博得无数掌声。总之，在微博这个平台上，大家比在真实的现实生活中，有了更多的平等，更多的自由，更多的主动性。

对于普通个体，微博还可以扩大自己的交际范围。不同地域、不同国度的人，可能因意见相同而结成松散的联盟，可能因情趣相投而成为"知己"，前者在这次"方韩之争"中表现得特别充分，后者则在无数的微博群中有所体现。微博能让我们更广泛地结识新友，还能让我们更紧密地联络故人。我在微博上的确"结识"了不少朋友，如果不上微博绝大部分"博友"肯定终生都是路人。

对于商人，微博可能提供了营销商机，轻轻在键盘上敲几条微博，商品信息很快就可能传给几万甚至几十万人；对于网站，微博可能聚集许多人气，不仅迅速提升网站的知名度，更可能将知名度转化为印钞机；对于政府，微博可以了解民情，可以宣传政策和政绩，还可以尽情"作秀"……

尽管微博有种种优点使你留恋，但它有更多的缺点让你生厌。

以一个读书人的眼光来看，我觉得微博最大的问题是：一个人假如长期逛微博的话，可能造成他思想的平面化、知识的碎片化、感觉的迟钝化。

造成思想平面化，是因为一百四十个字符的微博，只能"端出"观点，只能宣泄情绪，只能插科打诨，只能滑稽调笑，根本没有办法阐述任何一个严肃的观点，更别说对一个论点进行严谨的逻辑论证了。所以，在微博上见到最多的是"立场"和"表态"，最好的情况下也只能是见到一些"思想火花"——如果说微博上还有什么"思想"的话。我个人认为微博上见不到"思想"，充其量只能见到一些孤零零的结论。由于微博没有办法呈现一个人的"思想过程"，我们无法检验这一观点在逻辑上是否自洽，所以也就无从判断它的对错。审视一个主张是否合理，我们主要是看它的论证过程是否逻辑严谨，看一个观点是否成熟有效，我们还要看它的论据是否充分。黑格尔在《精神现象学》的导论中曾说过，思想的运动过程比思想结论更加重要，也更有价值。如果一个人的思想只是"偶触之思"，他不再诉诸论据证明，不再进行逻辑论证，他的思想就只停留于浅表层次，也就是我们通常所说的没有"深入思考"。微博上表达的非逻辑性，使它不能给我们提供深刻思想，这倒还不是最严重的问题，更危险的是养成人们思想的浅表化和平面化，养成人们"一句话管总"的坏习惯，只负责言论上的"表态"，而不计较思想上的明晰和严谨。我们不妨看一条名人微博——

　　@易中天：所以，方舟子值得尊敬，不宜效法。韩寒应该呵护，不必同情。出来混，是要还的，何况他这回的表现还那么差。这个烂摊子，当然得他自己收拾。而且，如果事实证明他确实有人代笔，那就更得他自己埋单。包括他过去的张狂、草率、漫不经心和花拳绣腿，其实都已付出代价。

　　如果"值得尊敬"的人"不宜效法"，难道要去效法那些让人作呕的坏蛋？如果连"同情"都大可"不必"，"应该呵护"又从何说起呢？你看了这条微博后知道易中天在说什么吗？易先生知道自己在说什么吗？这是一种只有外星人才会明白的玄妙"逻辑"，这是一种只有中国人才能运用自如的世故圆滑。要是都像易中天先生这样说话，十三亿中国人都要去上"猜谜学习班"。在这样的微博中玩久了，思想的平面化倒在其次，可怕的是思维的严重退化。

导致思想平面化的原因，除微博文体"表达的非逻辑性"之外，还在于微博的"一过性"和"流动性"。随着每条微博在不断移动，接触的对象也在不断变化，你根本不可能专注于一个对象进行思考，微博本身这种特性导致思考难以深入。在微博上斗的是机智和敏捷，看哪个出言更迅速，看哪个说话更俏皮，人们不会在意你的思维是不是严密，也不太在乎你的说理是不是充分。微博上的争论有点像平时斗嘴，大家只图嘴巴一时痛快，语带机锋就会招来观众，说到极端就不愁没有掌声，因而，偏激常常被误认为"犀利"，尖刻更往往被当作"深刻"。这会养成微博上"斗嘴者"的劣质思维，也会造成围观者对思想评价的价值混乱——发微博的人没有"优质思维"，围观者不知道什么是"优质思维"。

微博上知识的碎片化显而易见。微博传递的海量信息中，内容上是五花八门，形式上是零零碎碎，你刚才看到的是天上日食，转眼就可能看到日本地震，过一秒钟可能又是明星丑闻。这里时政评论、经济要闻、文化视点、感情八卦、海外奇谈、鬼魂迷信、小道消息、流言蜚语轮番轰炸……你如果在微博上逛的时间长了，天上的事知道一半，地上的事无所不知。然而，这种情况套用黑格尔的话来说，就是"熟知并非真知"。微博上获得的知识只能作为夸夸其谈的材料，只能当作炫耀"博学"的资本。且不说微博上的信息无法确定其真假，即使这些信息全部为真，它们提供给我们的也是支离破碎的知识。首先，对任何一个信息都难以进行全面的了解，你只能在这方面略知一二，七嘴八舌中更可能前后矛盾，你不知道到底要信哪一种说法。其次，微博的知识极不系统，这些乱七八糟的信息越多，你的头脑就会越混乱。在微博上看到的这些知识只能浅尝辄止，正所谓"乱花渐欲迷人眼，浅草才能没马蹄"，你难以对这些知识进行分类整理。最后，微博的信息流动极快，这条新闻给你带来的兴奋还没有过去，那条消息就可能让人沮丧得想要跳楼，同时接受反差极大的各种信息，你无法对它们进行冷静的处理。从微博上下来，吹起牛皮来别人觉得你无所不知，到真正要用知识的时候你就一无所知。这种碎片化的知识不能扩展你的知识结构，反而会将你的知识完全"解构"；这种碎片化的知识不能开拓你的胸襟，只在你的胸中填满垃圾废料。要想成为一个有真知有学问的人，尤其是要想成为某一领域的专家学者，你的知识就必须系统化和条理化。古人说求学的要诀是"入门须正"，读书的要诀是循阶而上、渐入渐深，不知门径终生是外行，信手翻书难以成学。正因为这样，清代一位学者说要学有所成，既要善记也要善忘——就是说要学会过滤掉许多无用的知识，使那些对自己有价值的知识变得很有条理。

为什么微博容易造成感觉的迟钝化呢？刚上微博时你一定对花样翻新的信息感到十分新奇，对有些海外奇谈感到非常震惊，但这样的刺激太多太频繁，你慢慢就从新奇变为乏味，从震惊变为麻木，对任何一种传过来的信息和知识，你都会认为它们"似曾相识燕归来"。大大接触爆炸性的信息和稀奇古怪的知识，久而久之对什么都不敏感，好像有一种"世路如今已惯，此心到处悠然"的"淡定"，有一种"太阳底下无新鲜事"的漠然。要是对什么新鲜事都不觉得新鲜，对任何变化都没有"感觉"，那这种迟钝和麻木比没有知识还要可怕。知识贫乏尚可弥补，感觉迟钝便无药可医。

从一个教育工作者的眼光来看，年轻人沉湎于微博或成了"微博控"，和网络成瘾一样有百害而无一利：它虚掷了你黄金般的青春，它养成了你为人的任性，它让你和世界更加隔膜。

据相关单位报告数据表明，现在微博成瘾的人越来越多，有些人每天泡在微博上六七个小时，先由微博爱好者变成"微博达人"，再由"微博达人"变成"微博病人"，要是不马上戒掉微博，最后就将由"微博病人"变成"微博废人"。在微博上看到大量稀奇古怪的信息，有刺激性和娱乐性，在微博上可以找到"情投意合"的"知音"，发两句议论偶尔还能引起共鸣。现实生活中被冷落的人们，在微博世界里可能被热捧，微博成了他逃避现实的"有效"途径，这容易使他在喜爱微博—依赖微博—沉迷微博的路上越滑越深，一回到真实世界就烦躁不安，一打开书本就魂飞天外，一干正事就注意力分散。

在目前尚未施行网络实名制的情况下，许多没有经过认证的博友，人家不知道他们是何方神圣，因而，有些人便在微博上随心所欲，他们"发言"完全不负责任。几个月前在新浪微博上，一个匿名博友骂中国人民大学教授张鸣是"不学无术的白痴"，我点开他的微博看了一下，在几年之内他只发了十几条微博，每条只寥寥几个字或十几个字，也没有找到他开的博客；而张鸣教授这六七年来，差不多每隔两天就写一篇杂文，他的专业领域估计这位博友一窍不通，我不知道他有什么底气骂人家五十多岁的教授是"白痴"。这一二十天我连续写了十篇"方韩之争随感"系列文章，可能有些微博朋友觉得我触犯了他们的偶像，开始一段时间把我骂得狗血淋头，很多粉丝纷纷取消了对我的关注，骂我是"白痴"，是"混蛋"，是"淫棍"，更恶毒的是诅咒我"一出门就被车轧死""一吃饭就被毒死"。大概有十几个同样是化名的网友盯着我骂，我在博客上一发表文章就说我的"文章极臭"，我一发微博就骂我"胡说八道"。这些随便骂人的化名网友都没有开博客。博客和微博有很大的区别：博客上要学会以理服人，你的任何一个论点都必须进行充分论证，微博上只是发泄一下自己的怒气，晒一晒自己的感情；博客上你必须注意自己言论的影响，化名微博上你不必顾忌自己的形象，所以在博客上要"穿皮鞋"，在微博中可以"趿拖鞋"，在博客中你要"穿西装"，在微博上你可以"穿三角裤"，甚至可以赤身裸体。这样"隐姓埋名"的时间一长，你可能越来越不能控制自己，一个不能高度自律的人，开始是在虚拟世界里张狂，后来便是在真实世界里任性。出口成"脏"固然十分得意，最后受到伤害的不是被咒骂的对象，而是破口大骂的人本人——除了骂人之外，你还会点什么呢？

沉迷于微博好像让你与世界很近，其实你与世界一直隔着厚厚的玻璃。微博的世界不是现实世界的原样复制，你在微博中骂人可以不负责任，在现实生活中骂人就可能挨拳头；你在微博上走极端可能有人喝彩，在社会上走极端必定碰得头破血流。最后，你可能像那个童话中的孩子，只想待在虚拟世界里享受温暖的春天，不想再回到日常世界面对生活的风雨。

我要是只逛微博而不写文章，就会感到非常空虚。我发的很多微博往往是草拟的文章提纲，所以特地标上1、2、3等数字序号。就自己的感觉而言，逛微博后常生悔意，阅读经典则沉静快乐，写文化随笔颇具情趣，写社会评论富于激情，摆弄学术则最为充实。

我们不可能永远躲在虚拟世界里，就像我们不可能生活在天上宫阙中一样，现实世界的确非常残酷，但现实世界的确非常真实。在这里，成功了可以开怀大笑，失败了也不妨抱头痛哭；在这里，干得出色你能听到噼噼啪啪的掌声，有了成绩你可以得到现实的回报。虚拟世界里的捧场是不能充饥的画饼，微博上的恭维又岂能当真？

朋友，不能只在微博上找感觉，回到现实世界来拼搏吧！

2012年3月7日

原刊《文艺新观察》2013年第2期

"唐装"与"麦当劳"

　　"唐装"是我们这个东方大国的传统服饰，"麦当劳"则是大洋彼岸典型的现代西式快餐。这里我无意于谈论衣食住行，只是姑且将前者作为我国传统文化的象征，而把后者视为当代西方文化的代表。去年上海亚太经济合作组织（APEC）首脑会上，中西方首脑身着唐装吃西餐的一幕，是那样新颖别致，又是那样和谐自然。由此引出了我要谈论的话题——在全球化的话语中我们应当如何看待传统文化？

　　无论哪个国家，无论哪个民族，谁也不愿意被排斥在国际化潮流之外，谁都希望参加全球经济大循环，只有这样才能分到全球经济发展成果这块"大蛋糕"，就像只有参加竞赛才能获得金牌一样。现在的问题是，要参与循环和竞赛，你就得遵守循环和竞赛的游戏规则，不然就会被判"出局"，而遵守游戏规则就必须按规则来约束自己的行为，就必须改变原先的规范，就必须使自己的物质产品符合国际标准，还必须使自己的文化产品迎合人家的审美趣味。这样，许多人便以为传统文化是全球化的障碍，是我们走向世界的包袱和累赘，应该将它当作啃过的鸡肋扔掉。这种认识将导致严重的后果，并最终影响民族参与全球化的进程。

首先，在全球化话语中，如果主动放弃民族的话语权，我们就无法与别人展开平等的对话，双方的"对话"就变成了一方的"独白"。这样做无异于实行民族精神的自阉，它不仅使自己的文化得不到别人的承认和尊重，不仅使民族的活力受到压抑和窒息，还会导致民族的文化危机和认同危机。我们用自己的嘴说人家的"话"，用自己的脑袋想人家的"问题"，我们自身也成了人家文化的"容器"，最后必然陷入不知道"我们是谁"这种精神错乱的地步。

其次，要创造既有时代特色又有民族个性的新文化，传统文化是可以利用的重要资源。传统文化是一个民族长期积淀下来的创造性智慧和创造性想象的结晶，它包括各种物质产品和精神产品，如建筑、科学、工艺、文学和艺术，又如制度、观念、信仰和行为方式。这些"产品"中，有些仍然是现实生活的组成部分，它们虽是"过去"创造的"遗产"，但并不是"过去了"的历史"遗迹"，有些可以进行创造性的转换，有些则很难融入现代文明。有些"传统"是可"传"之"统"，有些"传统"将成为失"传"之"统"。在创造民族新文化的今天，即使后一种"传统"也仍然具有正面或反面的参考价值。抛开了一切传统文化遗产，那就只剩下对西方强势话语的鹦鹉学舌了，其结果必然是对西方文化的"复印"，而不是富于民族特色的创造。

最后，遵循国际通行的游戏规则，并不一定要与传统文化决裂，因为遵循国际通行的游戏规则并不必然要泯灭民族个性，相反，还要强化自己的民族个性，要形成自己的民族特色，这样才能在这场"游戏"中取胜。当年中国女排取得"五连冠"的佳绩，不正是由于姑娘们形成了富于中国特色的进攻方式？在乒乓球这种"游戏"中我们之所以常是赢家，不正是由于我们创造了东方特有的"快攻打法"？这倒应验了"愈是民族的愈是世界的"那句老话。

在全球化话语中，我们应有一种大胸襟、大创意，既继承自己民族的传统文化，又接纳西方的现代文明，穿上风雅的"唐装"去吃"麦当劳"，比穿上呆板的西装去吃"麦当劳"，看上去要有情趣得多。

2010年5月19日

枫雅居

与伟大灵魂亲切交流
——"死活读不下去排行榜"杂感

"死活读不下去排行榜"中《红楼梦》高居首榜，虽在人意料之外，但实在情理之中。西方人说："所谓经典，就是人人说好，但人人不读的书。"清人不也觉得"李杜诗篇万口传，至今已觉不新鲜"吗？许多经典其展现的思想情感现代人十分隔膜，其艺术形式现代人又难以欣赏，"死活读不下去"有什么奇怪呢？

不仅《红楼梦》，四大古典小说名著中《三国演义》《西游记》《水浒传》，人们也同样感到"死活读不下去"，王蒙单挑《红楼梦》说事，认为"《红楼梦》读不下去是读书人的耻辱"，这种说法未免有点绝对和夸张。几年前一则英国新闻报道说，现在很多英国人不喜欢莎士比亚，没有谁因此就认为这是英国人的羞耻。一代有一代的文学，同样，一代也有一代的审美趣味。强调青年人多读经典当然很好，强迫人们读自己不喜欢的经典必定很糟。

就像不能强迫别人必须与某人结婚一样，我们也不能硬性规定人们必须读某部经典，每个人阅历不同，兴趣各异，水平参差，大家自然不可能喜欢同一种经典，也不是随便什么经典都能读得下去。对某部经典的好恶，可能因人而异——你读起来甘之如饴，他读起来味同嚼蜡；也可能因时而异——今天你"死活读不下去"，几年后或许你"死活都想读"。即使一个学文学或教文学的人，不喜欢《红楼梦》也没有什么可"羞耻"的。莎士比亚全世界都一片颂扬，托尔斯泰偏偏就把他贬得一钱不值，好像没有谁说这是托尔斯泰的羞耻。

既不能要人们欣赏任何一部经典，也不是任何人都能欣赏经典。欣赏经典得具备基本的专业修养，如读《红楼梦》要了解小说的叙事手法、塑造人物技巧、语言艺术等，由于该书中有许多优美的诗词，还得了解一点古典诗词的常识。"粗人"品不出经典的味道，"外行"看不到经典的奥妙。我自己对京剧一窍不通，一看京剧就头脑发晕，所以京剧我真的"死活看不下去"。

对某部经典"死活读不下去"情有可原，这也许是因为你自己的审美趣味和价值判断与它格格不入，对所有经典都"死活读不下去"就有点说不过去，这要么是你自己的艺术修养太差，要么是你的价值判断不对，因而不具备与经典对话的条件。

在现实生活中天天蝇营狗苟，为名为利与人明争暗斗，我们的心灵只会一天天变得猥琐、龌龊、卑微。经常阅读一点与自己性之所近的经典十分必要，阅读经典就是与伟大灵魂亲切交流，细读经典能让我们领略到什么是博大、崇高、优美……它能让我们爬上人类精神的高峰，让我们能在精神上"一览众山小"。

附注：
死活读不下去图书排行榜
第一名:《红楼梦》
第二名:《百年孤独》
第三名:《三国演义》

第四名:《追忆似水年华》

第五名:《瓦尔登湖》

第六名:《水浒传》

第七名:《不能承受的生命之轻》

第八名:《西游记》

第九名:《钢铁是怎样炼成的》

第十名:《尤利西斯》

原刊《金融博览》2014年第3期

抖音：视频中的"绝句"

——在清华大学"知识的普惠"大会上的致辞

我知道世界上有种东西叫"抖音"，仅仅是两个月以前的事情。

去年10月某一天，我们学科的青年教师石超博士兴奋地对我说："戴老师，您在抖音上'火得一塌糊涂'，点击量比挂在抖音上的其他名家高出几百倍！"我在自己的电脑和手机上却怎么也看不到，这才请他帮忙为我在手机上下载相关软件。事后得知，是"超星名师讲坛"编辑部，在我八九年前上课的视频课程中，截取一个短视频挂在抖音上，一天观看者就有两千多万人次，点赞就有一百多万人。

正是抖音上的这几个短视频，将我的"麻城普通话"传遍了大江南北，完全改变了许多人对古典诗词的刻板印象，重新燃起了他们学习古代诗歌的热情，同时也发现了抖音寓教于乐的巨大潜能，当然更彻底打破了我生活的平静。

过去，我讲课仅仅在自己供职的大学受到欢迎，抖音向我表明，地不分南北，人不分老幼，很多人都喜欢"戴建业口音"。过去我一直为自己的方音苦恼，内人也常拿我的方音作为笑料，连她现在也改口说我方音"比较好听"，我对自己的口音也开始"自信"起来——那么多人喜欢听，怎么会不好听？"戴建业口音"连续一两个月进入热搜榜前列。一个多月前我陪内人去南京和上海等地看病，一到秦淮河就有人要求与我合影，我一个人走在上海的大街上，后面一个小伙子就模仿我的口音说"找仙人，采仙草，炼仙丹"。就是今天这个会场上，会场内外我都能感觉到大家的友好，还有清华周边一些大学的研究生，特地跑到清华大学来听我演讲。其实我对社会的贡献很小，而人们对我的热情奇高，这让我实实在在地感受到了人际的温暖，更让我感受到了抖音巨大的传播能力。

这两个多月来，先是抖音带给我阵阵惊喜和困扰，接下来是我对抖音日复一日的冷静反思：什么是抖音的本质特征？作为一个古代文学老师，一个现代教育工作者，我们应如何利用抖音？

抖音播放的就是一分钟左右的短视频，最长不超过两分钟，最短只有十几秒。在这有限的时间内，可以叙事，可以抒情，可以议论，可以搞笑，可以仅呈画面，也可以兼有声音……由于时间的限制，叙事不能冗长，必须直达高潮；抒情不可滥情，要尽可能"余味曲包"；议论也不可滔滔不绝，要尽可能点到为止。总之，不管是叙事，还是抒情，抑或议论，虽然作者都不能"淋漓尽致"，但必须让观众感到回味无穷。

如果说连续剧是视频艺术中的"长篇叙事诗"，如果说电影是视频艺术中的"七言古诗"，那么抖音视频其实就是视频艺术中的"绝句"。

它必须删去一切可有可无的东西，声音和画面力求简洁精粹。以议论为例，"立片言而居要，乃一篇之警策"，是抖音中议论的起码要求。抖音中的语言应当易懂好听，说出的道理又应让人们悠然会心。抖音中的议论或如禅师棒喝，机锋峻峭；或如相声包袱，出人意表。每一个成功的抖音视频就是一部优秀的小品，一个幽默的段子，不是使人突然爆笑，就是使人点头微笑，它既要求作者对社会人生有独特深刻的体验，也要求作者有出色的表演或表达才能。在抖音上，必须化沉重为轻松，变严肃为幽默，出深刻以诙谐，要做到这些就得具备相应的才华、机智与幽默。

和许多大学老师一样，我原先对抖音这类现代传播媒介十分隔膜，甚至有一种本能的排斥，现在我对它的看法已完全转变。如果说每一代有每一代的文学，那么每一代也有每一代的传播媒介，而各时代的传播媒介，又制约了各时代的文学。现在我深深地意识到必须放弃对抖音的"傲慢与偏见"，要学会制作它，至少要学会利用，并冷静地了解它的长处与短处，让它更好地为我们的教学工作服务。

就古代文学教学而言，可以利用抖音视频直观的形象画面，来重建作品的现场感，让大家有身临其境的体验，激活古典诗词在现代社会的生命力，激发青年学生对古代文学的兴趣。

同时，我们也要避免抖音造成的知识碎片化后果，目前可从两个方面进行努力：

一是引导人们进一步诵读全诗或全书，培养人们阅读原著的习惯，抖音视频只是让他们尝鼎一脔，诱发他们更深入学习的好奇与冲动。

二是将单个的抖音视频系列化，我曾试图将一次演讲制成几十个或几百个抖音视频，每天更新一到两个，观众就像看电视剧那样每天追剧。每个抖音视频可以相对独立，连缀起来又成为一个整体。这就把散点连成一线，最终还可以把线变成面，在一定程度上可以弥补抖音短视频的不足。这种做法是受了七言绝句组诗的启发，如中唐王建的《宫词一百首》，分开来看每首诗都是绝句，连起来看它们描绘了宫女们生活的全貌。

由于我自己不会制作抖音视频，虽然所有视频都来自我的演讲，但我的抖音号是朋友们帮忙管理运行，所以更新时续时断。加之最近内人身患重病，我自己又准备录制新的视频课程，抖音号更新中断已有好些时日了，等缓过气来后会马上更新，我对抖音已经是"日久生情"。

朋友们，抖音短视频这类媒介是一种新生事物，它的艺术潜力还等待我们去发掘。就像绝句在唐代大放异彩一样，我相信今后会产生许多抖音精品，在座的各位可能就是抖音中的李白，抖音中的王昌龄。

　　谢谢大家！

2019年1月8日上午草就

2019年1月8日下午演讲

2019年1月8日夜晚改定

清华大学近春园

入驻"今日头条"

几天前,"超星名师讲坛"的编辑们,将新东方俞敏洪、北京大学钱理群等先生的讲座视频传到了抖音上,我也忝列这几位名家之中。哪知我在抖音上的视频一夜爆火,我的视频一天点阅量至两千多万,点赞达一百一十多万,评论有一万五千多条,是其他几位名师的几十倍乃至上百倍!

过去,我一直对自己的普通话很自卑,我这种带有严重麻城方音的普通话,大学时是我那几个室友兄弟永不厌倦的笑料。如今才算真正弄明白,原来我的普通话讲得十分地道,原来兄弟们嫉妒我的普通话讲得太好!"戴建业口音"这几天一直进入热搜榜前列,不少人将"戴建业口音"模仿得惟妙惟肖。难怪苏格拉底劝别人要"认识自我",老子要告诫人们"自知者明"了!唉,我怎么早不知道自己的普通话说得这么好哩!

这两天接连有网络平台与我联系,有的要帮我录制视频,有的要在他们那里开专栏。由于抖音隶属于"今日头条",朋友们劝我先入驻"今日头条"。既是对这一网络平台的感谢,也是对这一平台的支持。一个多月前,"今日头条"意外地推送了我的长篇论文《买椟还珠——大学中文系古代文学教学的现状与反思》。看来，我与"今日头条"有缘。

几年前，我在三四年时间里连续写了四百多篇文化随笔和社会评论，还曾荣获网易"十大博客（文化教育类）"，也是爱思想网的热门专栏作家。近四五年来，一是怕惹麻烦，二是内人生病，我基本不写惹是生非的东西了，两天以前我还不知道什么是抖音。

本来我很喜欢读中外随笔，过去还笔译一点英文随笔小品，写社会评论更是激情满怀，在抖音上的意外走红，网络的热情邀约，又激起了我写随笔杂文的兴趣和热情。今后，不管世事如何变化，不管时间多么紧张，为了自己未了的心愿，为了喜欢读我文章的朋友，我会排除干扰坚持写下去，正如我在"今日头条"专栏的自我介绍中所说的那样，"用随笔、视频等形式，以优美机智的语言，谈文化，侃教育，品人生。用自己的笔，用自己的嘴，我想真诚地与读者和网友们倾心交谈，'低眉信手续续弹，说尽心中无限事'"。

相信大家会一如既往地关注我、帮助我、批评我！

朋友们，明天见！不，朋友们，天天见！

2018年9月3日

来百家号"安家"

古代的读书人常以渊博自傲，竟敢口出狂言"一事不知，深以为耻"。在如今这个知识膨胀的时代，谁还有说这种疯话的底气？

在知识的海洋面前，我们每个人都会望洋兴叹：不知的东西太多了，何止"一事"！

一事不知，何须羞耻！

是啊，我们对于自己的无知，除了极端的无知外，不必因此而脸红，但必须尽力去弥补——

不知怎样打领带吗？赶快"百度"；电脑为什么突然死机？赶快"百度"；不知道谁是"陀思妥耶夫斯基"吗？赶快"百度"！不知道爱沙尼亚在什么地方？赶快"百度"！不知道如何写情书吗？赶快"百度"……

"百度"是世界上最大的中文搜索引擎，又是最大的中文网站；"百度"是一个中文常用"名词"，也是生活中的一个常用"动词"。

对于快速获取日常知识，百度给我们带来了无数方便，使我们形成了对它的高度依赖，当然也给我们带来了无数困扰。中国人对百度爱恨交加，但是谁也离不开它。爱它也好，恨它也罢，百度已经成为我们"抓取"知识的"抓手"，就像瘸子离不开拐杖一样，我们已经离不开"百度"。

"来而不往非礼也"，我们从百度中获取知识，也应该给百度添加知识。

恰好有百度的朋友向我发出盛情邀请，于是决定入驻百度，高高兴兴地来到百度"安家"。

在入驻"今日头条"时，我曾做过这样的自我介绍："用随笔、视频等形式，以优美机智的语言，谈文化，侃教育，品人生。用自己的笔，用自己的嘴，我想真诚地与读者和网友们倾心交谈，'低眉信手续续弹，说尽心中无限事'。"这个介绍也同样是我来百度"安家"的感言。

由于百度的特殊性质，我在百度中发表的文章和视频会侧重知识的含量，尽可能谈一些与古代诗词、散文、历史、文献相关的知识，也会谈一些古代与现代教育的差异，做一点中西教育优劣的比较，当然还会谈一点自己旅游的见闻，和大家侃一侃自己对人生与社会的感想，聊一些古今中外的奇闻逸事，更可能分享自己在各地的演讲辞与演讲视频。

谈自己的所闻所见，侃自己的所思所感。不管是古代的还是当下的，不管是遥远的还是眼前的，不管是文学的还是教育的，不管是见到的还是想到的……我一定尽力聊得有情、有识、有趣。

欢迎朋友们来到"百家号""戴建业"家中做客，看我的文章，听我的演讲，和我一起聊天……

2019年1月16日夜
枫雅居

寄语《摇篮》

我们学校的文艺刊物《摇篮》，从1981年至今已经走过了三十个年头，一个《摇篮》一摇就摇了三十年，这真是个值得好好庆贺的日子。新任《摇篮》文学社社长田伊琳，昨天给我写了封让我激动了一晚的信，她在信中"歌颂"我说："您的真诚，您的洒脱，您敏锐的洞察力和您直指人心的言语……使您当之无愧地成为我们心目中的'麻辣老师'。""歌颂"完了以后接着就给我提要求："给《摇篮》写一千字左右的寄语。"

听别人唱颂歌当然很高兴，听说要写寄语可就有点发怵。三十岁，要是个大姑娘早该结婚了，要是小伙子早已谈过好几个女朋友——总之，它要是个"人"我就知道该怎样恭维它，什么"前程似锦"，什么"早生贵子"，恭维辞前人早就准备好了，可这个年满三十岁的《摇篮》偏偏是个刊物，我还真不知道如何对它开口。

但听了赞歌，就得写寄语。

任何人在婴儿时期都离不开摇篮，任何立志创作的青年同样也有自己的"文学摇篮"。第一次发表的作品，可能改变自己一生的命运，第一次发表作品的刊物，可能是影响自己一生的"恩人"。

于是，我想到了我自己的"文学摇篮"。

那是在"文化大革命"时期，在中学一次"批林批孔"的墙报上，贴出了我自己半是抄袭半是拼凑的两首"诗歌"，一位同学不知道此诗基本是抄来的，称赞这两首诗"写"得如何如何好。我一听到恭维就头脑发昏，当天就把这两首诗寄给了一家报社，没有想到那家报社的编辑比我头脑还昏，竟然把这两首诗给发表了。我在自己那个乡村中学一夜成名，人们开始叫我"诗人"，时间一长我自己也俨然像个"诗人"，学校很多墙报和宣传稿都由我执笔。上大学前我还发表了几篇散文、一篇短篇小说、一部独幕剧。我尝到了写诗作文的"好处"，这才爱上了写诗作文，其实原来我最喜欢的是数学，成绩最好的科目也是数学，但那时我觉得写诗最有前途。1977年高考时文理科数学是同样的试卷，我数学考得还好一些，但我第一志愿就填了华中师范大学中文系，因为我的班主任是华中师范大学校友。来华中师范大学后发现写诗并没有那么"光荣"，更发现自己根本没有写诗的才能，虽然在校报和外面的小报上发表过一些诗歌，但对写诗作文的兴致骤减。上大学两个月以后，我要求转到数学系，可那时转系比现在移民还难。转系不成，又向我当时的班主任、语言学家刘兴策教授要求"退学"，幸好刘老师不像我那样发昏，他拒绝了我的退学要求，并鼓励我好好学习，还表扬我"学得不错"。这样我才坚持下来学习中文，才坚持学习英语，最后坚持学习搞文学研究和教学。

不知道这是人生的喜剧还是人生的悲剧，我首次发表的那两首歪诗，影响了我的学习兴趣，改变了我的人生轨迹；首次发表我"诗歌"的那张报纸，事实上就成了我文学创作的"摇篮"。可见，小时候的"摇篮"比成人的"床"重要得多。

今天的教育环境与三十多年前不可同日而语，今天青年朋友的人生也不会像我们当年那样盲目，他们现在学习文学创作，学习做文学研究，是一种个人兴趣，也是一种理性选择，将来他们的创作和学术成就肯定比我们更高，将来他们的人生肯定比我们更加美好。

我希望，也相信，从我们学校的《摇篮》中，将走出更多优秀的小说家、诗人、学者，走出更多杰出的大学教授、中学老师……

2011年10月1日
华中师范大学

"研究生心目中的好导师"寄语

作为一名硕士生、博士生导师，我深知目前不管是硕士生还是博士生，都面临着巨大的学业压力、就业压力、经济压力和生存压力，有些人还面临着家庭问题和情感问题的困扰。所有这些压力和困扰，容易让一个人龟缩进自我的小天地之中，只知道念叨个人的前途、职业、收入和幸福，只知道关心自己看得见、摸得着的利益，只会对"实用"或"有用"的东西动心，而很少牵挂民族的福祉，很少关注人类的未来，很少有形而上的冲动，很少有不带功利的兴趣。我们博士生和硕士生中的许多才智之士，最后可能变成鼠目寸光的小男人和小女子，变得狭隘、自私、俗气、功利甚至世故。虽然这一切不是青年研究生的错，主要责任在这个错综复杂的社会，但是如果我们的后代没有恢宏的气度，没有开阔的胸怀，没有远大的志向，没有对知识的强烈渴求，没有对专业的献身精神，没有对人类苦难的怜悯，那将不仅仅是研究生个人在人格、修为、专业上的缺陷，也将是我们这个社会的悲哀，我们这个民族的不幸。

研究生朋友们，我衷心希望你们不要只盯着自己脚下的三分土地，一定要经常仰望头上辽阔的星空。

研究生朋友们，你们评选我为"研究生心目中的好导师"，我深为感激和荣幸，你们愿意知道"导师心目中的好研究生"吗？现在我就告诉你们吧：一个好研究生应该具有远大的人生目标，具有深厚的同情心，具备坚实的专业基础，具有开阔的学术视野，具有敏捷的思维能力，具有对专业的浓厚兴趣，具有对工作不可遏制的激情和冲动，当然，作为一个青年人，还应该豁达、乐观、机智、幽默……

回念前尘

人间最美师生情（一）
——在台湾当客座教授的教学体验

今年2月初，我应邀来到台湾屏东教育大学做客座教授。屏东是台湾的最南端，据说台湾南部"深绿"的同胞居多，来之前我顾虑重重：一是台湾南部的学生是否接纳我这个大陆教授？二是这些学生是否能听懂我的"国语"？

来到台湾南部后，才知道媒体上所说的"深绿""浅绿""深蓝""浅蓝"，就像大陆三十多年前将人分为"地主""富农""贫农""资本家"一样，是对人的一种硬性的立场划分和人为的政治扭曲。所谓蓝绿不过是台湾南部同胞的政党倾向，选举时这里可能有蓝绿之分，生活中这里绝无蓝绿之别，更何况民众的蓝绿倾向也不是一成不变。屏东、高雄、台南各地同胞，无论蓝绿大多淳朴善良，尤其是这几个月我教学和生活的屏东，时时处处都能感受到同胞的亲切友善，来到台湾我真正领略到了"宾至如归"的幸福温暖。

当然，最让人感到幸福温暖的，还要数我的那些台湾学生，是他们让我看到了人性的善良美好，是他们让我对教师职业充满了自豪。

在华中师范大学，我也算是一名深受学生欢迎的教师。平时，在课堂上经常听到学生的掌声，言谈中经常听到学生的赞美，我把这些全当作学生对老师的尊敬和恭维，听到的掌声和恭维多了，反而有点迟钝麻木，无意之中将"非分所得"当成"理所当然"。来到台湾当客座教授的这两个多月，纯真而又细心的台湾学生，才让我意识到自己对学生的付出是何等少，而从学生那里得到的又何其多。我从前只习惯于学生对我的感激，而自己从没有想到要对学生感恩。

由于我向来对学生十分严厉，上我的古代文学课不仅作业很多，课前我还要求学生当堂背诵诗文，2月的第一次课就给台湾同学很大压力，部分同学退选了我这门课。我向中文系蒋昀融秘书询问少数学生退选的原因，才知道现在的台湾学生不太习惯背诵，尤其不习惯当堂背诵，也不习惯当堂回答和讨论问题。不过，大部分同学还是坚持了下来。我和我的台湾学生语言上没有任何障碍，他们平时交流都是用"国语"，而且"国语"都比我讲得地道。第二次上课时一位非常活泼的男同学颜寀寰，在课堂上公开对我和同学们说："戴老师讲课给了我全新的感受，与过去我在课堂上听到的大不一样，我不喜欢那些照本宣科的老师。"有一次下课后，一位胆小的女生悄悄对我说："老师，您的课太精彩了！"随着上课次数越来越多，课堂上也越来越活跃，学生越来越喜欢听我讲课，我也越来越喜欢这些学生，总之，台上台下师生越来越"心心相印"。

我在大陆和台湾都是一样上课，但两地学生却有完全不一样的反应，我也有完全不一样的感受。我那些大陆学生通常都比较"豪放"，课堂上听得过瘾了就"啪啪"给你送来一阵掌声，一下课背起书包就转身走人，可能是课堂太大，听讲的学生太多，很少有学生临走时和我说"再见"。我的这些台湾学生可大不一样，他们比大陆的同龄人细心得多，礼貌得多，尤其是女学生比大陆女学生温柔得多，体贴得多，每次上课同学们听得高兴了，都报以会心的微笑，下课时全班同学更要一起道一声"谢谢老

137

师"。我问了一下台湾的同事们才知道，每次课后都给我道一声"谢谢"，是台湾学生给我的殊荣，台湾的同行们很少享受到这种"特殊待遇"，这真让我有点"受宠若惊"。同学们下课后总要绕到讲台前，和我说一声"谢谢""再见""今天很开心"。其实，台下听讲的学生们开心，台上讲课的我更开心。同学们的热情、体贴、温暖，让我完全忘记了自己身在异乡为异客，让我每天都沉浸在幸福、温馨之中。

我原定4月中旬返回大陆，刚好遇上屏东教育大学放十天春假，春假一结束我也要回大陆了，这个星期我便结束了台湾所有课程，最后一次是课堂闭卷考试。很多提前交卷的学生坐在桌前久久不忍离去，他们要等到考试结束后与我道别，虽然我与台湾这些同学只相处了两个多月时间，但大家都难分难舍。

昨天中午，徐冠蓉和谢镇宇同学，给我送来了同学们精心制作的两大张日期卡，这日期卡也是"惜别卡"。日期卡从我给他们上课那天开始，一直到我离开台湾那天为止，每一天下面都贴上了班上同学给我的一封来信。2月第一天贴的是庄宛蓉同学的来信："建业老师：很高兴能认识您，上您的课真是一大难得的享受，每次上课都非常期待，每次上课都非常开心。"3月1日是一位男生的来信："建业老师：您的专业精神与精辟理解，令我深感敬佩。我会永远记住人生中有您这位老师，实在是太难得了！虽然上课的时间不长，但收获真的很多，能上到您的课，太幸运了！希望有机会还能再见到您，相处的时间太短了！受业：严毅升。"4月1日是颜棻寰的来信："建业师：上您课的这些日子，我真的写了很多，也学了许多。在我一生之中，老师这门课可以说是最让我成长的一门课。虽然这些日子真的辛苦了一点（对台湾学生来说），但我相信大家并不后悔。其实，大陆对台湾来说，或许只是不愿面对的真相。是老师带我们认识了大陆，若有机会，我会去武汉看看。语已多，情未了，回首犹重道：'记得绿罗裙，处处怜芳草。'老师，英雄来日见！"能通过这两个月的古代文学课，让我的台湾学生认识到自己传统文化的伟大，领略自己民族文学的优美，经由热爱古代文学进而热爱自己的民族，让我的台湾学生因喜欢我讲课而喜欢大陆，而喜欢武汉，这是我来台湾意料之外的收获。最后一封信是徐冠蓉同学写的："戴建业老师：第一天见到老师，就觉得老师十分可爱，博学多闻。后来的日子，老师每一次上课都非常认真，让我这几个月受益良多……草木的丰茂，来自雨水的浇灌；心情的转变，来自四季的递嬗；我的进步，来自老师的教诲。如果有机会，我会到武汉，一定给老师发 E-mail，当然也会常看老师的博客。"

大陆与台湾本就同根同源，所以我与台湾学生之间心有灵犀。来自台湾北部新竹市的谢羚在信中说："亲爱的戴老师：初次见到您时，深有如沐春风之感。您认真、细心、扎实的教学，让我收获满满，好欣赏您！"来自南部高雄的学生郭姿廷也说："Dear 建业老师：真的很荣幸能修到您的课，也很开心认识老师，老师超可爱！"来自台中市的赖盈如信中说："老师：上您的课获益良多，期末考试考得不好，真的很抱歉，对不起您！"来自台东到我课堂旁听的刘家秀也在信中说"收获满满"。让我特别好奇的是一封颜祯仪同学的来信："亲爱的戴建业老师：虽然我没有修您的课，但我在您的课堂上吃过便当，在您课堂上的便当特别好吃。听同学们说，您上课不同于以前，感觉您好特别！"这真的是太神奇了，在我课堂上的便当也特别好吃！无论东西南北中的学生，我们在一起都非常容易沟通和理解，交流起来容易引起深深的共鸣。

我和这些台湾学生前世有缘，短短两个多月时间就结下终生师生情谊，我眼中的"娇娇女"王文君给我写信说："亲爱的戴老师：时间好快就溜走了，虽然很紧凑的上课时间，却让我学到好多好多。您爽朗的笑容与对诗词的精辟见解，都让我仔细收藏在心中。所谓'一日为师，终身为父’，虽然您没有女儿，但感觉大家都像您的孩子一样，您疼我们就如自己的孩子，您是一位好棒好棒的老师！下次换我们去大陆找您喔！谢谢您这段时间的教导！PS：我不是娇娇女啦！！”另一位女生林子棋在信中说：“老师的幽默与细心，不厌其烦地给我们讲解课文，让我真的很感动！像一位慈祥的父亲，谆谆教导我们，无论是课业，还是人生品德。”我应邀到学生庄蕙菡家做客，她爸爸是种莲雾的高手，在她家吃到风味独特的晚餐，吃到了香甜可口的莲雾。蕙菡在信的最后又郑重邀请：“Dear 建业老师：有机会再来我家玩，再来吃‘莲雾’喽！”还有那位总是一脸笑容的洪兰芳，很有点冷幽默的黄杰，认真细心的朱怡璇，刻苦善良的邱诗涵，很仔细又很害羞的曾世莹，十分内秀但不善言谈的王宣惠，很有感悟能力却拖拖拉拉的吴家睿，聪明正直但不很认真的谢镇宇，另外还有可爱的马来西亚华裔留学生曹健祺，都给我写下了感人至深的来信。还有一位来自大陆山东师范大学的交换生杜群智，一连给我写了两封短信，说：“能在台湾听到您的课，是我一生的幸运。”大陆的学生好像没有这种习惯，杜群智可能完全被台湾的同学“同化”了。看着同学们这么有创意的留别纪念，读着同学们一封封情真意切的来信，我喉咙一阵阵哽咽，眼睛也慢慢湿润……

古人说“一日为师，终生为父”，现在应改为“一日为师，终生为友”。这次屏东教育大学安排我给本科生上必修课，只给研究生做学术讲座。讲座没有考试，也没有学分，听过我讲座的研究生出奇的友善，他们的名字我一个也叫不出来，但他们不管在哪里遇上我都要热情打招呼，有的学生还虚心地向我请教学位论文写作。

当然，由于和上课的本科生有个别接触，我们相互了解要深得多，我们之间的感情自然也深得多，擅长文字表达的刘欣盈在信中悄悄对我说：“给亲爱的戴老师：假如一个人都有个影响自己一生的老师，那影响我的老师就非建业老师莫属了。感谢老师不嫌弃我的无知，感谢老师毫无保留地倾囊相授，那些日子的笑语，那些课堂上的回忆，将永存心中。谢谢老师给了我成长的机会，期待下次再相见！"

这里我要对台湾的学生们说：这些日子你们给我的温暖，给我的肯定，给我的荣誉，是我一生中宝贵的精神财富，是我作为一个教师拼命工作的强大动力。你们答对问题时的开心笑容，答错问题时的尴尬沮丧，你们在课间休息时的调皮打闹，在考试时的蹙眉沉思，你们的一颦一笑，一举一动，都会珍藏在我的心中，在台湾的日日夜夜由于有了你们，将成为我一生最美好的回忆。

我曾多次到过新加坡、越南上课，给台湾北部中原大学学生上课，也曾在澳门大学讲演，但时间都很短暂，而且多是给研究生开课，师生之间很少互动交流。只有这次在台湾开课的时间长，而且每周上课的次数集中，与同学们交流互动频繁，我能随口叫出每个学生的名字，一听声音我就知道是谁，闭上眼睛就能想起每个学生纯真的笑脸。正是这一张张笑脸让我深切体验到了作为一个老师的幸福。

在这个世界上，再好的夫妻也难免磕碰，再甜蜜的爱情也可能散发铜臭，生意场上的伙伴只有永远的利益，政坛上的朋友更只是互相利用，父子母女的挚爱主要是由于血缘，只有师生之情不沾不滞一尘不染，师生之间有理智的欣赏，也有心灵的交融。

往往是因高度的责任感，老师在课堂上不厌其烦地耐心讲解；由于对学生无私的关爱，老师在课内课外乐意倾心传授，这里没有半点功利与贪心，老师在付出的同时也感受到了自我存在的价值，只有这时老师才有人生自我实现的"高峰体验"。学生则对老师的爱心充满感激，对老师的人格充满敬意，对老师的才智更充满钦佩，在与老师的交流中不仅拓展了自己的才智，也升华了自己的人格，师生共同将爱心、奉献、无私、赞美这些人类的高尚情操表现得淋漓尽致。

　　我和台湾学生之间只有相互的奉献和感恩，只有相互的学习与成长，在世上所有的感情之中，我们可以无愧地说："这是人间最美师生情！"

2012年3月31日

原刊《海峡瞭望》2014年第2期

人间最美师生情（二）
——写给华中师范大学文学院2012届毕业生

我们文学院2008级即将毕业的本科生贺慎同学，几个小时之前在我网易博客上留言说："我们的师生情也最美！"这是贺慎同学读了我《人间最美师生情》博文后真切的情感反应：

现在我想告诉戴老师的是，我们对自己的老师并不像您所写的那样大大咧咧，不懂得尊重自己的老师。记得2010年评选"我心目中的好导师"时，我们互相转告，呼吁同学们去投票，那段时间我每天打开电脑的第一件事就是查看您的票数，所以老师所说的"这件事激动过后，很快就过去了"，对于我们——您的铁杆粉丝来说实在难以接受。我们学生当中也写过很多有关您的文章，至少我在博雅论坛上看到过的就不下十篇吧，对您都是称赞有加，我们并不是不懂感恩，只是您没有看到而已。至于上课时，听得过瘾时我们"啪啪啪"地鼓掌，我并不觉得比台湾学生报以微笑失礼，只是两岸学生风格不同罢了，我反而觉得从心底发出来的掌声是对您最大的肯定，并且我想告诉您的是，我们也经常对您报以微笑，也许只是您没有看到罢了。至于您说的下课后学生都是背起书包走人，不会对您说声谢谢，我实在不敢苟同，当初我们听完您的课后，留恋在您风趣的讲课当中，我不止一次看到有学生围着您问这问那，如果时间允许还会和您一起走出教室，目送您离开，当然我们不习惯于下课后对老师说谢谢，但并不是不尊重老师。仍然回到文章的开头，我现在十分嫉妒台湾的学生，您只给他们上了两个月的课，学生就给您留下了这么深刻的印象，而我们一直这样尊重、爱戴您，上了您这么久的课，却无法得到台湾学生哪怕一半的待遇，实在有点心凉。最后，请允许我说一声：我们之间的师生情也是最美的。

贺慎同学还在我另一篇杂文《人情味》后评论说：

老师你在台湾待了几个月就到处呼吁台湾师生情怎样美好，你在华中师范大学待了快一辈子了，难道就没有一个学生值得你写么？你和"华师"学生的感情就不是最美师生情么？你忘了最支持你的人永远是"华师"的学生么？建议老师也写写"华师"的师生情！

看了贺慎同学这留言和评论后，我很惶恐——对那些有情有义的学生，我为什么常常叫不出他们的名字？也很惭愧——我到底给自己的学生多少帮助和启迪，长期以来安然享受学生们给我的掌声和鲜花？又很困惑——为什么对大陆学生多年来的掌声"习以为常"，而对台湾学生的感激十分敏感？贺慎同学的留言让我想了很久很久，想了很多很多……
是的，我最应该"写写'华师'的师生情"！

其实，我并不具备当一个好老师的素质：我的语音不清脆洪亮，我的语速太快、太没有节奏，我的普通话更是太不标准。1985年回到母校工作后，我一走上讲台就给中南各省县长学习班上课，课程名称好像叫"文学修养"。上午我唾沫四飞地连讲了两节，县长们都安安静静地"洗耳恭听"。到第二次上课时教室里来了许多学校和系里领导、教研室老师，开始我还以为自己上次课一炮打响，这次我更是神采飞扬地连讲了两节。课后领导、老师与学生代表座谈，我才知道自己不仅不是"一炮打响"，还很有可能是"一蹶不振"。县长们听了两节课后就给校方写信，要求换下我这个愣头愣脑的青年老师，原因是"他们听不懂我在讲什么东西"。在大学念书的时候，班上的同学就经常取笑我的方言，有一位仁兄还挖苦我说："建业讲汉语像读英文，建业读英文像说汉语。"领导没有让我"下课"，只是要求我尽快学会讲普通话。随着我不会讲课的臭名越传越远，我对能否上好课越来越没有信心。虽然连续两年恶补普通话，1985级、1986级的本科生还是有人抱怨"听不懂"。开始工作的两三年里，我一直觉得自己可能选错了行。

1988级的同学们才第一次给我上课鼓掌，那一次鼓掌让我兴奋了好几个夜晚，回味了好长时间，二十多年过去了我还能想起当时的情景，还能"听到"当时的掌声。我对1988级同学印象也特别深刻，如果那时开了博客的话，像我这样容易激动的人一定会写一篇博文。从此以后，我在课堂上越来越从容自信，同学们给我的掌声也越来越多，我自己对掌声也越来越"习惯"，越"习惯"自然也就越麻木，我把同学们对我鼓掌这份"额外奖励"，当成了我自己的"应得报酬"——好像自己讲课真的很精彩，同学们鼓掌是"理所当然"。其实，至今我照样读不准四声，照样分不清卷平舌翘舌，照样说话语速很快，只是同学们都友善宽容地原谅了我这些毛病，甚至还说喜欢听这种"戴氏普通话"。

我的学生懂得感恩，我自己却不知道感激！平时教育学生要学会感恩，我自己却只知道忘恩！真荒唐！

这说明我骨子里还有"师道尊严"，认为老师是授者，学生只是受者，无形中把老师当作施舍者的角色，觉得被施舍的学生理应感恩。

事实上，走上大学讲台的二十多年来，学生给予我的远远超过我给予他们的，我在即将出版的学术论文集《文献考辨与文学阐释》自序结尾说："感谢我教过的历届学生，他们的掌声给了我自信和快乐，他们的质疑更促使我反省与思考。"

学生的掌声给了我人生的高峰体验，学生的质疑促使我学会深入思考，学生青春的笑脸驱走了我身上的暮气——应当感恩的是我而不是学生。

我在华中师范大学执教二十多年，在台湾屏东教育大学讲学只有两个多月，华中师范大学文学院的学生给予我的掌声无疑更多，而且不仅仅是掌声，不知是从哪届同学开始收集和编辑所谓"戴建业语录"，并将这些"语录"挂在网上。可以说这是学生给我的很高的荣誉和奖赏，可听别人说网上有"戴建业语录"后，我只是把这当作笑谈一笑了之，只是意识到学生们十分可爱，但没有意识到应感激同学们的美意。前年我校研究生首次网上投票选"我心目中的好导师"时，我正在广西师范大学文学院主持研究生答辩，答辩结束后又畅游漓江，回到学校时才听说我"中了状元"，七千多研究生中我得到四五千张票，我感到非常意外——竟然还有那么多理科研究生投了我的票，也非常兴奋——学生的肯定是对我工作的最高奖赏。但是，我并没有反问自己是否配得上这个荣誉，没有想到如何回报学生们对我的关爱。

为什么自己对那些台湾学生的赞扬十分在意呢？难道我对学生也内外有别？也许自己在台湾只是"客座"，时时意识到自己"客座"的身份，对台湾同学们和同行们的赞扬格外敏感上心，这酷似我们在别人家里受到盛情款待，临别时总要连连道谢。在别的学校受到学生的高度赞美有点出乎意料，在自己单位受到学生恭维似乎在情理之中，好像外校学生赞美自己是他们"分外开恩"，而校内学生赞美老师是他们的"应尽义务"。这使我想起自己早年的"家务事"。

三十多年前我高中毕业回乡"接受贫下中农再教育"，在劳动过程中与一位武汉知青产生了感情，那位武汉知青也对我有意，她用自己的私房钱买了毛线，亲手为我织了一件毛衣，这是我这个农村孩子第一次穿毛衣。其实根本用不着"穿"这件毛衣，"看"着它我就非常温暖。后来阴差阳错"同桌的你"成了他人的新娘，我也有了自己幸福的家庭，我太太十多年前亲手给我织了好几件款式更好的毛衣，但我完全没有第一次穿时的那种感动，也完全没有第一次的那种感恩。这绝不是我更喜欢过去的女友，而是无意识中觉得太太为自己织毛衣是"理所当然"，这样，自然就没有感受太太织毛衣时，一针一线"织"进多少对丈夫的深情，久而久之，对太太传递的爱意就变得十分麻木迟钝。

太太没有义务必须爱自己的丈夫，除非丈夫值得她爱；学生没有义务赞美自己的老师，除非老师的工作真值得他们赞美。即使值得爱值得赞美，被爱者和被赞美者仍然要学会回报，学会感恩，不知道回报和感恩的人，必然会从麻木变得自私，又从自私变得冷酷。

我给本科生上课比给研究生上课还要认真，这可能是本科生课堂太大，上课时间又没有弹性。另外，我认为研究生应该学会自己读书，不能老是依赖老师讲课，古人也轻视"耳学"而重视"眼学"。但本科生还没有完全入门，给本科生上课就是给他们引路，因此我长期留心专业的学术进展，尽可能在教案中吸纳最新的成果，自己对作家作品有新体会也马上写进教案。在讲台下下的功夫越笨拙，在讲台上的表现就越潇洒，不管讲得多么熟的课程，上课前我一定要认真准备，从来不敢苟且马虎。但是，不管我自己如何"敬业"，不管我的课多么"精彩"，这都是我应该做的分内工作，国家早已给我付出相应的报酬，我的学生没有任何义务要给我另外鼓掌，更何况我工作还不够敬业，更何况我的课根本谈不上精彩！

我这一辈子最得意的事就是选择做教师，最幸福的事就是遇上那么多纯真可爱的学生，最难堪的事就是与学生重逢时叫不出他们的名字。记得几年前去外省开会，一个学生老远乘公交车来看我，她说一听到我来了就很激动，多年来一回想我上课的情景就很温暖，她还说我曾经表扬过她，可是我却不知道她叫什么名字。当时我真的无地自容，真想钻进地洞里去。说心里话，我特别想记住自己每个学生的名字。我研究生刚毕业时当了一年班主任，这个班三四十名同学我至今还能叫出很多人的名字，甚至还能想起他们的笑容。但我们现在的教学模式让老师无法记住他们的学生，一是学生人数太多，二是接触的时间太短，三是教师的负担太重，四是莫名其妙的杂事太多。

更可怕的是，现在学校这种管理模式，并不鼓励师生之间的交流，大学只看重教师的论著论文，并不太在意他们的教学态度，更不关注他们是否与学生交流。于是，一个教师就只专注于应如何写书，很少思考应如何教书。我觉得学校应该兼顾教学与科研，将本科生分成小班，让教授分别在各个班做班主任，这样便于师生之间的交流，时间一长师生就会成为忘年交，这会让学生受到各方面的熏陶，也会让教授永葆生命的活力。我觉得大学是人世间最美好的地方，只有这种地方才会接纳个性鲜明的学者，只有这种地方才能包容离经叛道的言论，也只有这种地方才会有新潮的思想观念。学生在这种地方，可以从老师的著作中获取新知，更可以和老师面对面交流，磨砺思想的锋芒。

师生接触的时间越长，师生之间的感情自然就越深，这一点我深有体会。我自己的应届博士毕业生赵目珍，跟着我从硕士读到博士，他人生最美好的年华都是和我在一起。他现在不仅是我的学生，也是我的朋友，我希望他学有所成，更希望他未来生活幸福。可见，师生之间有接触才会有感情。

台湾很少有大陆这种"航空母舰式"的大学，台湾社会少子化问题非常严重，各专业一个年级的人数不多，我的课堂上只有二三十名学生，每周七节课分成三次上完，一周时间师生就混熟了。我们华中师范大学中文系是全校最大的系，现在每年招本科生几百名，一个课堂上一百多名学生，课前点一次名也要花上十分钟时间，我一直觉得这不是在上课，而像是在做学术演讲，师生之间不能充分互动。我感到很苦闷的是自己教了二十多届学生，但对这些学生最多只是面熟，能叫出名字的少得可怜。这并不是大学普及的必然代价，是我们教学管理中存在的问题，也是学校和教师价值取向中的失误。

是学生给学校带来了生机，是学生给老师带来了活力，是学生使学校充满了春意。现在我们学校应该深刻反省：学校给自己的学生提供了什么样的学习条件？我本人更应该扪心自问：自己长期以来是在"育人"还是在"误人"？

我觉得愧对自己的学生。贺慎同学，谢谢你！正如你说的那样，"我们之间的师生情"是人间最美好、最纯朴的情愫。因前几天同学聚会感冒，今天我还在发着低烧，看着贺慎同学在我博客上的留言，翻阅历届同学毕业时的纪念册，我的眼圈一阵阵发潮。历届同学的微笑、温情、鼓励、赞美，让我感到温暖，让我变得自信，更让我工作充满激情。今生今世我会像珍惜自己生命一样珍惜它。

中文系2008级同学即将离开母校，我最应该向同学们感恩道谢。亲爱的同学们，谢谢你们！我教过的历届同学，谢谢你们！我一定会加倍努力工作，让自己配得上你们给予我的荣誉和信任！

　　同学们，再见！

2012年6月1日

枫雅居

人情味
——台湾纪行之一

从台湾回来一个多星期了，朋友和学生一见面就问我对台湾的印象。讲学六七十天，我对台湾最美好的印象就是浓浓的人情味，台南更是民风淳朴，使我这个外乡人感到无比温暖，台湾同胞让我真正体验到了什么叫"宾至如归"。

台湾学生给我的温暖和感动，我写在《人间最美师生情》中，稍事空闲我还要写这些可爱的学生，今大谈谈我日常生活中的点滴感受。

我住在"屏东教育大学"专家楼里，住所对面就有一家"原家牛肉面馆"。这家的牛肉是从澳大利亚进口，牛肉面分大、中、小碗，价钱分别是九十、八十、七十台币，合人民币约二十、十八、十六元一碗。面里不仅牛肉很多，味道也特别可口。有一次我在这家面馆吃了一大碗牛肉面，回到宿舍才发现忘了付款。我匆匆忙忙回去补付面钱，店主非常和善地连声道谢，我连忙对他说"应当我谢谢您"。临走时我笑着埋怨他说："您明明看着我走时没有埋单，怎么不和我讲一声呢？"老板爽快地笑笑说："不就是一碗面呗，我知道您是忘了。"估计他是看我的头发花白，不愿意让我没有面子和尊严。我在大陆生活了五十多年，这样的店主我还从未遇到过。

我常去的另一家餐馆是"台大自助餐厅"。餐厅每餐有很多牛肉、海鱼、猪蹄，还有二三十道素菜。这家餐厅是自己先选菜，然后店主再根据顾客选菜的多少算钱。用餐次数多了就与店主和服务员面熟，他们知道我是从大陆来的，我用餐时他们喜欢和我交谈，饭后有时给我送点水果和糕点。有一次晚餐后，一位女服务员送我一块红豆饼，她说是刚从饼店买的，拿回去明天家人早餐时吃，还特地告诉我"马英九也爱吃这种红豆饼"。在我看来，马英九到这个地方大吃红豆饼，也许是真的爱吃，也许是选举的需要，也许是亲民的作秀，可她深信马英九真喜欢这种味道——她对人总是朝"好处"想。她的眼神中流露着幸福，她的言谈浸透了善良，她的笑容更是天真爽朗。老板娘也送我一个像大陆粽子那样的东西，糯米和肉一起粘成长圆柱形，味道非常好——糍、糯、软、香。老板娘送东西给我这个顾客吃，大陆朋友可能会从"坏处"想——说她是放长线钓大鱼，希望我下次再来光顾。女服务员送东西给我吃，你就不能"以小人之心度君子之腹"了，我来不来吃饭她都是拿同样多的工资，我来的次数越多，她的劳动量反而越大。

由于多年胃溃疡，我早戒了烟和酒，但对茶有特殊嗜好，特别喜欢台湾的乌龙茶。在大陆时也偶尔有台湾同行给我送点那里的茶叶，这次有机会在台湾讲学，我自然要把台湾好茶品个够。晚餐后我常一个人溜达到街上的各个茶庄，去得最多的是林森路上的永隆茶庄，茶庄主陈老板祖辈是福建客家人，在台湾生根落地已经二百多年了。他听说我从大陆来，每次到他茶庄，他和太太都要给我泡上好茶。陈太太特别热情好客，有时还要拿出点心和水果，次次都是宾主尽欢，我回到宿舍很长时间还口齿留香。另一家永吉茶庄也去得较多，茶庄主人张先生自己是制茶高手，茶庄主要由他太太经营。在这家茶庄品茶和闲谈中，我从张先生那里学到了不少有关台湾茶的知识。在这些茶庄品茶多了，我内心觉得欠人家的人情。一次我对陈老板说要买点茶叶，他说回大陆再买也不迟，在台湾时就到他们茶庄品茶。其实他们不在乎我一个人买不买茶叶，我看他们对其他顾客也同样热情。生意人当然要赚钱，我在这种氛围里掏钱也很乐意，不仅买到了好茶叶，也交到了好朋友。我在台北一家茶庄里也品了一次茶，主人给我冲泡的是炭焙茶，一入口我就说出了茶的味道，茶庄主人知道我比较内行，又要给我再泡没有炭焙的青茶（台湾同胞叫绿茶），可惜我没有时间坐下来细细品味。十几年没有写过诗了，在台湾我一口气写了六首《品茶诗》，其中有一首说："人间方蚁斗，得失尽鸡虫。乌龙闲饮后，世事入松风。"在台湾这些茶庄里品茶，既能让你闻到茶的醇香，又能让你感受到情的淳厚。

我刚到台湾第三天，骑自行车时一不小心撞到了一位中年男性，我连忙下车向这位先生赔礼，没有想到他连连说"不会，不会"。台湾同胞听到别人道谢时，通常都说"不会不会"，大意相当于大陆说"不用谢"。虽然没有把他撞伤，但把他身上弄得很脏，我赔礼的确是表达真诚的歉意，他越是和善友好越是让我过意不去。

高雄、屏东有的商店门前放了一些雨伞，并特地交代下雨时任何人都可以取用。台湾宝岛上的"活雷锋"最多，不信，你到台湾任何地方走走，随便找个人问一下道路，只要连续问几次路，你一定觉得台湾人人是"雷锋"，台湾处处有"雷锋"。我和另一位大陆教授在台北逛街，准备去中正纪念堂看看，向一位迎面走来的四十多岁女士问道，她先是告诉我要买什么票，在什么站下车，说完后她还是不放心，又把我们带到地铁站帮忙买好票再离开。像这样的事你在台湾随时都可以遇到，台湾同胞好像没有把这些当作"好人好事"来宣传。

在台湾两个多月，听到最多的就是"谢谢"，看到最多的就是笑脸。

台湾没有多少名山大川，没有多少宽阔的街道，没有多少高楼大厦，老实说，这些东西都不能吸引我。台湾的美，不是它的风景，而是它的人情；不能只用眼睛来欣赏，而必须用心灵去感受。

2012年4月23日

枫雅居

在台湾南部农家做客

——台湾纪行之二

　　我在台湾的学生庄蕙菡来自台南，她的父母都是台湾屏东的农民，听说我想走访一下台湾农民家庭，便热情邀请我到她家做客。我和另两位学生赖盈如、刘家秀乘火车到蕙菡家所在的屏东潮州镇，蕙菡和我的另一学生王文君开车到镇火车站接我们。

　　火车窗外的屏东平原，举目所见不是葱郁的槟榔林，就是翠绿的水稻田，要不就是墨绿的芭乐树和莲雾树，总之，一睁眼全是养眼的绿、绿、绿……

　　庄蕙菡父亲庄瑞驰先生和我同龄，他和太太都是虔诚的佛教徒，他们夫妇养育一儿一女，女儿庄蕙菡在上大学，儿子正在念高中一年级。庄先生一家人都吃素，庄先生和庄太太身体很好，他们的儿女也非常健康可爱。

　　他们主要以种植水果和蔬菜为主，水果栽种面积最大的是莲雾、芭乐，蔬菜品种则随季节而变换。庄先生种得最好的是莲雾，据蕙菡说她爸爸潜心研究莲雾十多年了。这年头不管是人还是物，中看的不中用，中用的不中看，而他家年年产的莲雾好看又好吃，难怪总是台湾水果市场上的抢手货。他家销售水果的方式是委托代销和自己直销。所谓直销就是自己既当果农也当果贩——他们夫妻俩将莲雾用自家卡车运到高雄去卖。今年莲雾收成很好，他们一家因丰收而争分夺秒，也因丰收而喜上眉梢。我上他家时他们正在分拣莲雾，将不同成色的莲雾分开包装，上乘的莲雾和次等的莲雾，售价相差两三倍。比较次的莲雾每斤二三十台币，成色好的每斤七八十台币。后来我才知道，其实我这次根本没有到他家，是到了他们在果林的简易住房，在莲雾收获季节他们一家都在这里住，但水、电，还有冰箱、电视等现代家庭日用品，样样齐全。

这里农民多是住二三层楼的独体房，也有少数农民住一层楼的平房。蕙菡说现在台湾农民一般都达到了小康生活水平，谈不上富有，但大体上还算殷实，住平房不一定是建不起楼房。蕙菡家有一辆小车、一辆卡车，看样子日子过得还比较滋润。他们只要辛勤务农，就能过上这样的小康生活。

庄瑞驰先生和他的太太，为人纯朴憨厚，待人热情实在，我和庄先生谈得十分投机，庄太太还表扬我的"国语讲得好懂"。晚餐在他家吃素菜炒米粉，我一连吃了四小碗，用我们大陆那一句广告词来说："味道好极了！"

庄先生因农务太忙没有离开过台湾，估计他的信息主要来于农民兄弟间的口耳相传，来于台湾南部的地下电台。庄先生非常单纯善良，单纯便容易轻信别人的说辞，善良就总是把人"往好处想"。

庄先生夫妇和善可亲，他们一对儿女聪明可爱。

感谢他们的热情款待，愿他们的莲雾越来越甜，祝他们的生活越过越好！

2012年3月10日

台南市走笔

——台湾纪行之三

今天是台湾"二二八"四天长假的第三天，校方把大陆和日本专家送到台南市旅游。

台南市原名赤崁，坐落在台湾西南海岸嘉南平原上，明清两代都是台湾的首府，政治、经济和文化独冠全台，台南人仍然得意地称自己的城市为"府城"。至今这儿的文物古迹为台湾之最，特别是寺庙、道观、教堂很密，台南市"三步一庙""五步　神"，台南人这种夸张说法中，流露了他们对自己城市的骄傲与自豪。

这次在台南市的跑马观花，它悠久的历史积淀和深厚的文化底蕴，给我留下了深刻的印象。古人说"腹有诗书气自华"，城市又何尝不是这样呢？一个人的气质个性、文化修养、灵气才情，在他的言谈举止和轻颦浅笑之中会不经意地流露出来。一个城市的建筑格局、文物古迹、文化机构、大学书店、市民风貌，也不自觉地向人们"讲述"它的历史，无形地向人们坦露它的文化，无声地对人们显露了它的品位和格调。

号称"全台首学"的孔庙，闻名遐迩的成功大学，给台南市的确增色不少。旅游行程中原来没有游览成功大学，是应我的要求才临时补上的。

恰好陪同我们的校长助理许博士是成功大学的校友，所以我们第一站就是游成功大学。成功大学是台湾历史最悠久的两所现代学府之一，另一所是台北的台湾大学，现在成功大学在台湾的学术排名也是在二三名之间，最近被西班牙学术机构排为亚洲大学第三名。我们这次是游成功大学的老校区——光复校区。

光复校区古朴、雅致、沉静，各个建筑的样式和色调非常和谐，榕园那棵古老的榕树凸显了成功大学的自在与从容，小巧的成功湖让成功大学充满了灵性与智慧。一个人在榕树下面翻翻闲书，与好友在小湖旁边说说闲话，那肯定既很风雅也很有趣。在学校的图书馆里，在校园的书斋中，不管是读经还是读史，不管是读线装书还是读英文书，听到的是鸟语，闻到的是花香，见到的便是婆娑的树影，对于一个穷书生来说，到什么地方能找到比这更惬意、更快乐的事呢？成功大学著名学者陈怡良教授，一直和我有比较密切的学术联系，前中文系主任江建俊教授还赠送我一套纪念邮册。对他们有这样的工作环境和学术环境，我真的是羡慕得有点嫉妒。

台南市除成功大学这所台湾的顶尖名校外，还有台南大学、台南艺术大学、交通大学（台南校区）、台湾首府大学、长荣大学、真理大学（麻豆校区）、康宁大学、兴国管理学院、南台科技大学、昆山科技大学、嘉南药理科技大学、台南应用科技大学、远东科技大学、南荣技术学院、台南护专、敏惠医护管理专科学校等几十所现代学府。这座只有六十多万人的中小城市，拥有如此多的大学和学院，加上它大街小巷林立的书肆，遍布东西南北的庙宇教堂，使这个历史名城弥漫着浓厚的文化宗教气息。

到达台南孔庙时已经是下午四点三十分了，虽然没有时间慢慢游览，更没有工夫细细品味，但一进孔庙的大门就能感受到它的肃穆庄严。大门上方有"全台首学"的横匾，大门左侧立有下马碑，碑上用满汉文写着"文武官员军民人等至此下马"十二个字。古代文武百官懂得必须在学问和知识面前低头，不像今天的某些政客在孔子面前也敢撒野。我这次不仅感受了一下孔庙的氛围，还抢拍了孔庙和旁边小学的很多照片，台南人民如此细心保护孔庙，不只是出于对自己先贤的敬仰，也是由于他们对知识、学问的敬畏。1949年后，当大陆一次次批判孔子的时候，台湾年年照常举办祭孔大典，海峡两岸这些新闻照片，要是有人将它们放在一起进行比较研究肯定很有意思。如今的大陆，除了曲阜孔庙得以保存外，其他地方很难找到台南市这样完整宏伟的孔庙。台湾除台南市有规模宏大的孔庙外，还有保存完好的台北市孔庙、嘉义市孔庙、彰化市孔庙，以及兴建于1974年的高雄市孔庙。即使是日本殖民时期，中华传统文化在台湾也未曾中断，台湾同胞保存文化血脉反而更加用心。当1974年大陆大肆捣毁孔庙的时候，台湾高雄新修孔庙；当大陆又提倡传统文化的时候，台湾少数政客却在别有用心地斩断台湾与大陆的血脉联系。

在台南市孔庙，我想看的很多，我想说的更多，留待他日慢慢看慢慢说吧，今天我"看"得太匆忙，"说"得也不可能深入。

台南市的小吃花样多，味道好，每种小吃都有自己久远的历史，每种小吃后面都有一个精彩的"故事"，每种小吃都见证了台南市当年经济的繁荣，每种小吃也在倾诉着台南市往日生活的精致。据说过去作为台湾首府时，台南市民的生活富裕悠闲，有了富裕与悠闲就必然要求生活精致，吃饭不只是为了填饱肚子，还要求吃得有品位，吃得有情调，吃得有文化，这就琢磨出各种各样的风味小吃：担仔面、虾卷、蚵卷、红烧马鲛鱼羹、鳝鱼意面、棺材板、米糕、虱目鱼料理、咸粥、牛肉汤、虾仁肉圆……中午时分，我到一个叫"羊肉烩饭"的小吃餐馆吃饭，只花了七十五台币，相当于十五元人民币，味道又好，价格又便宜，在我所生活的武汉市十五元钱绝对买不到这样的羊肉烩饭。就味道而言，台南的"羊肉烩饭"，郑州的"羊肉烩面"差可比肩，从价格上看，郑州的"羊肉烩面"要贵不少。

随便走进台南哪家小吃店，用不着掏多少腰包，就能大饱一次口腹。

在台南市街上闲逛，你会觉得自己是在追溯历史，又好像是在奔向未来，这座城市有厚重的历史感，也有新潮的现代感，历史传统与现代文明在这儿水乳交融。成功大学的建筑专业很有名，台南市的现代建筑很别致新颖，少数建筑还具有后现代风格。街道和学校到处都是现代雕塑，成功大学光复校区门口的"思想者"雕塑就很抽象。台南市青年男女穿着都很时尚，青年小伙喜欢扮酷，花样姑娘更是仪态万千，他们在非常古老的城市里，过着非常现代的生活，拥有非常超前的思想。

台南市，我无疑还会"想"你，肯定还要再来"看"你……

2012年3月3日

2014年第3期《海峡瞭望》转载

黄果树瀑布：生命的启迪

——贵州游杂记

黄果树瀑布是贵州第一风景名胜，几次有幸到贵州开会讲学，却没有一次游黄果树瀑布的冲动。这倒不是我看厌了瀑布，而是不少名胜让人十分沮丧，某些"名胜"酷似某些"明星"，电视上看看还十分动人，近距离接触就大煞风景。前年到江南一水乡旅游，给我留下的印象至今还让人反胃，花了一个星期时间，赔了一笔冤枉钱，流了一身臭汗，最后只看到几沟臭水。据说，黄果树瀑布群是世界上最大的瀑布群，还被列入了吉尼斯世界纪录。正是由于自己太喜欢瀑布了，我才不敢去看黄果树瀑布，怕看后同样也叫人大失所望，我想一直保持对它的美好印象，一直保留对它的无限神往。

今年，我又参加了"爽爽的贵阳文化周"活动，这次的文化周由贵阳市政协和贵阳国学大讲堂联合举办。国学大讲堂创办人是贵州省作协前主席李宽定先生，李先生有才、有学、有情、有趣，大会结束后的游览考察路线是他一手安排的，一路上还有贵阳市政协副主席杜正军先生陪同。黄果树瀑布是我们去威宁草海和石门坎途中游览的第一站，这次我当然只好随大流了。

到达黄果树瀑布时已经十一点多，我们在风景点附近的餐厅吃过午饭，游瀑布时已十二点半了。以过去在国内旅游的经验，名胜越是有名就越难副实，一路上我都有点忐忑不安，怕闻名遐迩的黄果树瀑布徒有虚名，让自己心目中的美梦一个个地破灭。进景点大门后悬着的心才放了下来，导游小姐说今年贵州雨水很多，黄果树瀑布上游白水河水势很大，黄果树瀑布也就特别壮观。果然，没走几步就能听到瀑布的轰鸣，闭上眼睛也能感受到自己与瀑布的远近，离瀑布越远声音就越沉闷，这声音好像不是来自地表而是来于地心，越走近瀑布声音就越洪亮，好像这飞泻的瀑布一定要震得地动山摇，在瀑布旁边你会觉得大地似乎在颤抖。当"遥看瀑布挂前川"的一刹那，耳边传来"砅崖转石万壑雷"的巨响，眼前突然挂起上百米高的白练，瀑布飞珠溅玉，四周水雾蒸腾，这种震天动地的磅礴气势，这幅青山白练的壮丽画卷，再迟钝麻木的人也会怦然心动。李白当年在《望庐山瀑布》中说，"飞流直下三千尺，疑是银河落九天"，要是看到"中华第一瀑"黄果树瀑布，这位才气纵横的诗仙不知该如何着笔。没有博大的胸怀和恣肆的笔力，无法写出黄果树瀑布壮伟的气势，中唐诗人徐凝那句"今古长如白练飞，一条界破青山色"，格局还嫌太小，笔力更是太弱，难怪苏轼刻薄地说"飞流溅沫知多少，不与徐凝洗恶诗"了。

且不说徐凝的《庐山瀑布》，即使李白的名诗《望庐山瀑布》，不妨狂妄地说，我觉得也只是写出了瀑布之"形"，而没有写出瀑布之"神"；只写出了瀑布外在形象的雄奇壮美，没有写出瀑布内在品格的刚毅高贵。看了黄果树瀑布后，我想起了早年胡笳的一首《瀑布礼赞》：

> 从不悲观失望，更不止步倒退，
>
> 尽管过去的道路几经曲折；
>
> 为了奔向理想的目标，纵身跳悬崖——

虽然粉身碎骨，却是壮怀激烈！

黄果树瀑布给我们大家一种生命的启迪：活，要活得辉煌；死，要死得壮烈！这也就是宋代杰出女词人李清照所讴歌的那种人生境界："生当作人杰，死亦为鬼雄！"

黄果树瀑布飞泻犀牛潭后，河还是那条河，水还是那泓水，但人们的目光都投向了瀑布，很少人去欣赏瀑布下的水潭。黄果树瀑布景点中那些摩肩接踵的游客，花几千元钱，跑数千里路，当然不是来看这条并不宽阔的白水河，不是来欣赏这个并不大的犀牛潭，为的就是一睹黄果树瀑布的雄奇，感受黄果树瀑布的壮丽。黄果树瀑布使人惊心动魄，既是由于其形的壮美，更是由于其神的壮烈，它能唤起我们内心深处被久久压抑的英雄主义激情。

现代生活消磨了人的英雄豪气，办公室埋头于文案让我们变得精神萎靡，官场职场的勾心斗角让我们只工于算计，日常的柴米油盐又让我们变得猥琐小气，大家整天只念叨位子、房子、票子，很少回味一下自己到底过的是什么日子，很少思考自己生命的价值。

大多数人都信奉"好死不如赖活"的人生信条，崇尚生命的生理长度而忽视了生命的精神高度。"赖活"中包含了贫穷、卑微、屈辱，对千千万万下层子弟来说，谁没有尝过"赖活"的辛酸？在实现自己生命价值的过程中，我们许多人往往是从贫穷到富有，从卑微到高贵，从屈辱到尊严，也许只有富二代和官二代才能例外。如果将它作为以屈求伸的人生手段，"赖活"当然值得下层子弟推崇，不能忍受贫穷和委屈就无法改变自己的命运。可是，"好死不如赖活"这一信条中，"赖活"成了人生的终极目的，哪怕活得再卑微，哪怕活得再屈辱，哪怕活得再窝囊，只要活着就是人生的胜利！

人生的意义和价值竟然就是为了活着，而且是"赖活"，真可悲！

大家常常误以"平庸"为"平淡"，还自欺欺人地说"平平淡淡才是真"。其实，"平庸"就是浑浑噩噩、碌碌无为，没有志向也没有追求，没有才华也没有事业，平庸的人所说的"赖活"就是"苟活"——不管多么屈辱也要赖在人世苟且偷生。"平淡"则是"繁华落尽"后的从容，是"山花烂漫"后的潇洒，是"功成身退"后的淡定。

我们——尤其是我自己——这一生何曾"平淡"过！我们从没有想到要将自己的一生"写成"一首可圈可点的宏伟诗歌，最后这一生便沦落为一篇又臭又长的平庸散文：生前没有为世界增添任何东西，死后也不可能给世界留下任何空白。因此，活着不值得别人为我们鼓掌，死了也不值得别人为我们悲伤。光着屁股来，光着屁股走，只给人世添一些废气，给后代留几堆垃圾。

造化在人间造就黄果树瀑布，或许就是要警醒人们生命的价值何在，并昭示人们实现生命价值的途径。要想人生活得精彩，就必须像黄果树瀑布那样能够豁出去，为了实现自己的理想不惜粉身碎骨；要想成就自己生命的辉煌，就得像黄果树瀑布那样果决刚毅，不能畏首畏尾、患得患失；要想实现自我的价值，就必须像黄果树瀑布那样锲而不舍，像它那样冲破重重阻力，绝不能一曝十寒或半途而废。尼采在《不合时宜的思想》之三中说，让人生平庸的罪魁祸首是"懒惰"和"怯懦"。懒惰就必然贪图安逸，干任何事情都难以坚持到底，"千淘万漉虽辛苦，吹尽黄沙始到金"，懒人只是羡慕别人口袋里的金子，但不愿意付出"千淘万漉"的辛苦；怯懦就不可能有任何断腕的壮举，不可能有破釜沉舟的决心，胆小如鼠的人从来没有攀上过任何"险峰"，自然也就领略不到人生的美好风景。

每个人都可能成为随波逐流的臭水沟，也可能成为壮丽无比的黄果树瀑布，关键是我们有没有黄果树瀑布那种百折不挠的毅力，有没有黄果树瀑布那种纵身悬崖的勇敢，有没有黄果树瀑布那种不惜粉身碎骨的牺牲精神。

　　黄果树瀑布，它既给我们以审美的愉悦，也给我们以生命的启迪；它无须我们的感激，更不希求我们的赞美！

草于2012年8月25日

改于2014年3月16日

枫雅居

同道切磋

"出家"与"回家"

——评张三夕教授的《在路上》

三夕兄的随笔集《在路上》送给我快一年了。拿到书的当晚我便匆匆翻了一遍，当时就准备写一篇书评。后因内人患病和其他琐事，使我的书评和他的书名一样——至今仍"在路上"。

我在网上写大量的随笔杂文，主要还是来源于他的启发和影响。记得七八年前一次聚餐闲谈时，他说自己在新浪上开了一个博客，我这才知道在博客上可以随时发表自己的文章，那时不像现在这样要经讨审查才能发布。回家就点开了他的博客，他博客中的文章，内容上"千汇万状"，体裁上"五花八门"。读着读着我有点目迷五色，接着自己也开始技痒，开了博客后便一发而不可收。此后几年里，我一口气写了四百多篇随笔杂文，写杂文随笔成了我精神生活最大的兴奋点。在《在路上》的后记中，三夕兄自谦他的点击量比起我是"小巫见大巫"，可文章的好坏并不以读者的多寡来定，否则一则花边新闻便可获诺贝尔奖，再说，我开博客写杂文随笔，是三夕兄"导夫先路"。

如果说某人的学术专著，就像他西装革履，那么此人的杂文随笔，就像他趿拖鞋穿睡衣；如果说某人的学术专著，就像他在讲坛上抑扬顿挫的演讲，那么此人的杂文随笔，就像他在茶室里随意闲聊。因而，学术论文、论著即使不打官腔，也要压抑自己的个性情感，因为价值中立和感情淡化，是现代学术的基本要求，而杂文随笔恰恰需要独特的气质、鲜明的个性和迷人的趣味，没有个性、气质和趣味，杂文随笔自身便索然无味。写论文、论著固然离不开才学识，写杂文随笔则除了需要才学识之外，"还"得有或"更"得有情与趣。要了解张三夕教授的学术成就，当然必须读他的《批判史学的批判》《通往历史的个人道路》《中国古典文献学》等学术著作，但要想认识张三夕其人，最好去读他这本随笔集《在路上》。

《在路上》不仅表现了张三夕的价值取向、人文关怀，不仅表现了他的情感好恶、审美趣味，而且烙下了他的人生印记，更带有他的生命体温。

我将这篇书评标题名为《"出家"与"回家"》，是因为《在路上》中有一篇《出家》，可他一生又从未真的"出家"，他虽然的确有过短暂的"分家"或"离家"，但不久又重新"成家"和"回家"。"出家"不过是他偶尔的精神向往，"回家"才是他身心的真正归宿。当然，在"出家"与"回家"之间难免困惑纠缠，但他的气质、个性和价值取向，决定了他的生命抉择和人生结局。这倒让人想起苏东坡的名句："我欲乘风归去，又恐琼楼玉宇，高处不胜寒，起舞弄清影，何似在人间？"他宁肯在"人间"和朋友们一起嚼老面馒头，也不愿到"琼楼玉宇"去陪玉皇大帝饮奶酪。作为我国第一个历史文献学博士，三夕兄饱读儒、道、释典籍，对中国传统文化浸润极深，但佛门的空寂不合于他的心性，老庄的自然与逍遥也只是使他动心，他的人生追求和气质个性更近于儒门。《在路上》中的三夕兄属于"我辈中人"，他既很少有缥缈奇幻的遐想，也少有对人生后现代式的荒谬体验，书中多的是对人际的关怀——思人、怀旧、弄孙，更多的是"生活的艺术"——如何识人，如何交友，如何理解女性，如何安身立命……该书给我最深的印象是理性、温暖、亲切、近情。

要谈他的"回家"，自然要从他的"出家"开始。

在《出家》一文中作者忘不了"咬文嚼字"，转述了一位清代文字学者对"家"字本义的考证："家"原来是"猪住的地方"，从字形上看宝盖头即房屋，而"豕"就是猪，由此我们可以把"家"引申为"关牲口的地方"。可见，人在"家"中，恰如猪在圈中，鸟在笼中，鱼在池中。人住在家中其实形同兽关在笼中，许多清规、习俗、人伦、道德，形同一条条锁链使人不得越雷池一步，稍有不慎就会背上不孝、不忠、不慈和不负责任的骂名。三夕兄觉得"家对人的专制无异于国家"，小孩一时冲动离家出走这种负气行为，其意义就"在于证实了一个真理：人原本是没有家的，人天性中就有一种'出家'的本能"。文中还数落了人在"家"中所经历的种种"磨难"，声讨了"家"对人的种种异化——"夫妻间不管如何没有感情，视若路人，如何同床异梦，貌合神离，如何怀疑猜忌，争吵不休，甚至连同房的快乐也成了例行公事或根本没有，但家的形式仍旧是神圣不可动摇的。个人可以死去，可以行尸走肉，家不能散。"成"家"似乎不是为了自己更加幸福，而是必须为"家"赔上自己的幸福——丫鬟变成了小姐，手段反转为目的。家居对人成了一种精神折磨，家庭就成了家人的坟墓。巴金的《家》成了囚禁人的城堡，砸碎"家"的锁链便是他《家》的中心主题。三夕兄还以当代作家谌容的《懒得离婚》为例，阐明"家"使个人原来旺盛的生命力萎缩，使至亲的亲人变得冷漠，使最亲近的人变得疏远，使原本相互吸引的异性变得厌倦。"家"泯灭了所有激情、幻想和冲动，家人都在不死不活中苟且偷安，最后失去了追求美好生活的勇气，甚至失去了对美好生活的向往。谌容《懒得离婚》中主人公有这样一段表白："我佩服那些离婚的人，他们有勇气，他们活得认真，他们对婚姻也认真。我嘛，虽说家庭不理想……嗐，看透了，离不离都一样，懒得离！"可见，"家"浇熄人们所有的生活热情，打消了人们对美好生活的希望，"离不离都一样"

表明已经"心死"，囚禁得太久的人不想获得释放，觉得监狱的内外都完全一样。成人在"家"待久了便"习惯成自然"，只有小孩还有离家出走的勇气。不过，小孩的勇气来自他一时冲动，受父母打骂后愤怒离家，过几小时或几天又乖乖回家。三夕兄认为"小孩离家出走的意义在于证实了一个真理：人原本是没有家的，人天性中就有一种'出家'的本能或可能性。这正是宗教能够吸引无数善男信女的基础所在。"

"出家"是否是宗教——尤其是佛教——吸引信徒的根本原因暂且不论，但和尚和尼姑必须出家却是事实。佛教徒出家自然是看破了红尘，而寺庙至少能在形式上隔断红尘，所谓"跳出三界外，不在五行中"。信徒出家既打破了家的桎梏，似乎也解脱了尘世的烦恼，而且为出家找到了一种堂而皇之的理由。另外，寺庙还有稳定的生活保障，解除了生存的后顾之忧。这样，小孩离家出走被视为青春叛逆，信徒出家则被当作人生正途，难怪东汉以后汉人出家者众，"南朝四百八十寺，多少楼台烟雨中"。不过，对于我们这些凡夫俗子来说，大家更热衷于"春风得意马蹄疾"，看不出古殿青灯的蒲团生涯有多少乐趣。那些在家念佛的"居士"，既要享受妻儿带来的天伦之乐，又想挣脱人世的残酷争斗，希望同时吃到鱼和熊掌，甚至比芸芸众生更加多欲，他们"说是出家却在家，向往袈裟着乌纱"。至于三夕兄说到出家另一种方式——独身，在我看来算不上是"出家"的变通方式，一直独身者无"家"可出，离婚而未再婚则属于弃家，"出家"的前提是已经有"家"，而"独身"是原本无家，离婚则只算是曾经有家。

书中另一篇《异乡的召唤》，写的是作者为"南下潮"所裹挟移居海南的心路历程，真实地表现了三夕兄那颗不安分的灵魂。他对此毫不隐讳地说："异乡——南方的召唤何在？异乡——南方，对于火车站前或火车厢内的'盲流'来说，意味着'能挣钱的地方'。异乡的召唤，首先是钱的召唤。"从这一意义上讲，他不是要逃避这个社会，而是要更深地介入这个社会——思想上成为引领时代的先锋，经济上成为自己时代的富翁，生活中成为时代大潮中的弄潮儿。该文其实说的是离开"家乡"，与"出家"是两码事。抛妻弃子的"出家"可能是寻求精神自由，而背井离乡则要么是为了实现人生的价值，要么是追求富裕的物质生活。只要能获得足够的财富，异乡就是自己人生的福地。当然，"离乡"与"出家"也可能有某种重合或关联：或者是由于"净身出户"，只好"背井离乡"；或者是为了摆脱家庭，于是选择离开家乡。前者是被逼的无奈之举，后者是自己的主动选择。三夕兄到底是哪种原因不得而知，这涉及他的个人隐私不便缕述。不管属于哪种情况，反正他听从了"异乡的召唤，终于不远万里来到了海南"。可是，当"确确实实在异乡的路上"时，他"心里总有某种漂泊不定的感觉"，身在异乡他又不断追问："这世界有没有属于我的异乡？""椰林、阳光、沙滩、海水"，海南的旖旎风光只是"看上去很美"，实际上并没有成为他灵魂的归宿，海南不过是他人生的"客栈"。你看他刚到海南，就准备离开海南："我不知道在海南会待多久，何时会离开海南。朦胧中、潜意识里似乎有一种异乡的声音在召唤着我。"

然后，三夕兄最终并没有听从"异乡的召唤"，几年以后又背起行囊"回家"——回到武汉，回到华中师范大学。更具象征意义的是，在武汉很快又重建了个人的小家。

你具有什么样的精神结构，你就会选择什么样的生活空间。

喜欢长期漂泊异乡的人，是那些精神上的流浪汉。

与其把哲学家分为狐狸和刺猬，还不如把他们分为"流浪汉"与"安居客"。哲学中的"流浪汉"，不断地否定自己，不断地改变论域，不断地冲向新问题，他们的运思从来不"安分守己"；而哲学中的"安居客"恰恰相反，他们年轻时就建起了思想大厦，后来一生就为这座大厦装饰粉刷，将这座大厦打扮得越来越精致，他的思想一辈子就"住"在这座大厦中，从来不"左顾右盼"，更不会"见异思迁"。前者就是罗素，后者则为康德。思想上，罗素一生游走于数学、逻辑学、哲学、社会学、文学……而康德一生就守住他的思辨哲学。生活中，罗素一生都在忙着离婚结婚，而康德一生就选择不婚。

三夕兄的精神在安分与不安分之间，所以他离婚又结婚，所以他离家又回家，但总体上看属于安分者，再婚后就心满意足，回家后便不再离家。在理性与感性的钟摆中，他精神的天平倾向于理性。他更喜欢稳定、和谐，所以他需要幸福安宁的家，离不开体贴本分的女人。在三夕兄那儿听不到流浪异乡的神奇体验，但你能发现他在"家"中的生活智慧。

书中有一篇谈《酒》的文章，另外又有一篇《酗酒者戒》。尼采的名著《悲剧的诞生》，将希腊悲剧的诞生，归结为日神与酒神的冲突，"酒神"便是非理性的代表。刘伶有一篇妙文《酒德颂》，拿来与三夕兄的两篇文章稍作比较，就不难发现刘伶纵酒完全是感性的狂欢，而三夕饮酒"逾多不滥"——他的理性始终能管住感性。他即使放纵的时候，也谨守儒家"乐而不淫"的古训，好酒而绝不酗酒。

他在两性关系上的态度，大致是"好酒而绝不酗酒"的延伸——"好色而绝不贪色"。至少我还没有发现他贪色的蛛丝马迹。当然，不贪色也许不是因为严守男女的"边界"，而是由于现实的诸多制约——或者是没有钱，或者是没有闲，或者是没有胆，或者是既无钱又无闲更无胆，谁知道呢？

《女人的逻辑》是一篇奇文，此文由三个部分组成："请对女人的新衣服说好话""恨屋及乌""不要结果的争吵"，与这三部分相对应的逻辑表达式是：$A+B+A_1=1$、$A+B+A_1=-1$、$A+B+A_1=0$。即使数学大师和逻辑学大师罗素，也从来没有对女人进行过如此严谨的逻辑分析。不，不，不，他从来没有对女人进行过逻辑分析。在漂亮的女人面前，大多数男人是心灵的战栗，而不会展开逻辑的分析。拿着 X 光透视女人的男人，需要多么强大的理性，我的天！

《善解人意》主要是谈男女之间的相互理解，仍然可见三夕兄在两性关系上，喜欢用智而不易动情。在他看来，"夫妻间、情侣间的大多数摩擦、争吵、冲突，都来自一方或双方不能'善解'对方之'意'"。于是，他试图以"'善解'为理解对方设立一个尺度。'善解'，不是一味地妥协，一味地退让，一味地迁就，而是善于妥协，善于退让，善于迁就。当一种矛盾还没有激化时，'善解'往往能提前化解矛盾，使冲突不至于爆发"。接着他指出了"善解人意"两个"不易克服的困难"：一是"'人意'的丰富性"，二是"'善解'的交互性"。再分析"妨碍'善解人意'的行为方式"，最后阐述"善解人意"的目的和"好处"。"善解人意"的方方面面都涉及了，简直就是一篇有关"善解人意"的博士论文提纲。一个如此理性的男人，一般会扎紧男女之间的"篱笆"。

如果说《善解人意》是守住两性的边界，那么《我想守住什么》就是守住"人"的底线。该文一开头就说："人生在世，有两重境界最难达到：一是创造，二是守住。"创造需要才气，容易被人赞美，守住则需要定力，不容易引起别人注意。创造属于认识论和实践论的范畴，关涉到人与外在对象，如科学的突破、难题的解答、深奥的理论、艺术的杰作、优美的诗歌、美妙的音乐，或者能给人带来生活的方便，或者能给人带来精神的快乐。而"守住"属于伦理学的范畴，只发生于自己的心灵世界之中，是自己灵与肉的搏斗，这一切人们都看不见摸不着，所以，人们会给善于创造的人鼓掌，但没有谁愿意给坚持"守住"的人献花。三夕兄所说的"守住"，"是指守住支撑个人心灵世界的信念或信仰"，"守住个人安身立命的根本"，"最终是守住人的真实性存在状态"。人类很难摆脱自己的动物本能，孟子说"人之所以异于禽兽者几希"，就是说人与禽兽之间只隔一层纸。人一半是天使，一半是动物，高尚与卑鄙、无私与自私、清廉与腐败、真诚与虚伪……时时刻刻都发生交战，道德信念的堤防一旦失守，人就将无所不为或为所欲为。

《庄子》中有一则故事说，子夏有一天去拜访曾子，他们曾一起在孔子门下读书，当年同窗时关系很亲密。曾子一见到子夏就说："几年不见，老兄看起来发福多了。"子夏回答说："我占用了自己，所以长胖了。"曾子大惑不解地问道："老兄的话我一点也没听明白。"子夏解释说："以前读到那些写圣贤高风亮节的文字，我就心生敬仰。出门看到别人享受荣华富贵又很羡慕，既想做一个品行高洁的君子，又想贪图眼前的荣华利禄。这两种念头在心里相持不下，二者长期不分胜负，所以人越来越消瘦。现在圣贤的道德战胜了利欲的贪求，崇高镇住了卑劣，看到别人夜夜笙歌也不眼红，心里永远都非常平静，日子清贫也充实快乐，这样下来怎么会不胖呢？"这层道理陶渊明《咏贫士》一诗提纯得更加凝练："贫富常交战，道胜无戚颜。"

三夕兄说"守住人的真实性存在状态"，就是海德格尔所谓"此在的本真状态"。从这种意义上讲，他的"守住"本质上就是陶渊明的"守拙"和"养真"："开荒南野际，守拙归田园"（《归田园居》），"养真衡茅下，庶以善自名"（《辛丑岁七月赴假还江陵夜行涂口》）。"拙"的反面就是"巧"，为什么要"守拙"呢？一个人被世俗污染后很快就机巧百端，一旦机巧百端就失去了生命的真性。古人有言："破山中贼易，破心中贼难。"要想不成为灵魂深处那些贪婪、放荡、堕落等阴暗欲念的俘虏，我们就得"守住"自己生命的真性和崇高的信念。卢梭觉得"守住"比"创造"更难："最可怕的敌人在我们身上，无论何人只要能善于和自己身上的敌人做斗争，并战胜它们，他在光荣道路上的成就，在哲人们看来，是比征服宇宙还大的。"三夕兄也将"守住"作为人生的最高境界之一，是卢梭这段名言的现代回响。要是能够看到三夕这篇文章，我相信卢梭一定会含笑于九泉。

《人生要有几个借钱不打借条的朋友》一文，是说人的一生要有莫逆之交，彼此之间绝对信任，完全可以生死相托。借钱立下字据，欠债必须还钱，这几乎是天经地义的事情，但真正的知己借钱"就是一句话的事儿"，"立下字据"反而显得生分，因为世上还有比金钱更贵重，比借条更可靠的东西，这就是我们常说的"兄弟情"。记得鲁迅曾对瞿秋白说："人生得一知己足矣，斯世当以同怀视之。"此文是谈知己情谊，也是谈人生智慧。

作为现实生活中的一位智者，三夕兄能够适应现代生活的节拍，能够享受现代生活的快乐，自然也绕不开现实生活的烦恼。他饱尝过"乘公交的痛苦"，所以羡慕布达佩斯的交通秩序，也品味过"足球狂欢的盛宴"，难忘李娜带给他的"一个难忘的夜晚"，还欣赏过"维也纳新年音乐会"，兴奋之余写下《2012年维也纳新年音乐会感言》，他更明白现代社会科技发展的速度，并断言人类已由"适者生存"变为"快者生存"。

三夕兄的朋友遍天下，真可谓"天下谁人不识君"。他经常去飞机场、火车站接送朋友，马良怀兄曾戏言"三夕的小车一直'在路上'"。他喜欢与同道交友，别人更喜欢与他相交，因为三夕本人很有趣，他的朋友也同样有趣。遗憾的是，三夕之文的趣味，稍逊于三夕其人。可能是长期的学术训练，他笔下流出来的还是学术语言，还不习惯随笔的调子语气，哪怕是谈论爱情也是"一本正经"，这使他的随笔不那么"随便"。

除了非洲以外，三夕兄的足迹遍布全球，书名《在路上》既大有深意，也符合他的人生步履。在此，我想将苏轼当年《送钱穆父》一词转送给三夕兄，算是即将来临的2019年的新年礼物，也算是我这篇拙文的结尾：

一别都门三改火，天涯踏尽红尘。依然一笑作春温。无波真古井，有节是秋筠。惆怅孤帆连夜发，送行淡月微云。尊前不用翠眉颦。人生如逆旅，我亦是行人。

2018年12月11日

枫雅居

在兼善与独善之外

——评周光庆《中国读书人的理想人格》

前不久在书肆上看到一本美国人写的《知识分子》，它将西方近现代一二十名知识界的泰斗都不温不火地调侃了一番，如数落罗素把自己的每次稿费都记在一个小本子上，还不时翻开它来自我陶醉，而且他自己连咖啡也不会煮。出身贵族的罗素先是由于不必，后竟至于不会煮咖啡，也许不是作者的无中生有，不过只让人看到罗素不会煮咖啡的"低能"，并不能使人理解他何以写出了《数学原理》那样的划时代巨著，只奚落知识界领袖们的"污点"，也不能使人理解西方近几百年来自然科学与人文社科的突飞猛进。周光庆先生的《中国读书人的理想人格》，不仅笔端不像《知识分子》一书那样刻薄，而且从大处着墨为读者展现了一条几千年来中国读书人人格风采的"长廊"：儒者"杀身成仁"的价值献身，外现为"穷则独善其身，达则兼济天下"的社会关怀和人格完善；道家鄙薄"弊弊焉以天下为事"，因而要求解脱一切社会束缚而"任其性命之情"，注重精神的超越与心灵的自由；还有稷下先生那坦荡傲兀的风骨，魏晋士人那玄远而又潇洒的襟怀，苏轼那"惊起却回头"的"缥缈孤鸿影"，宋明理学家那崇高而又活泼的"圣人气象"，以及清末关于人文理想的重构，当代读书人对自身人格的反思、焦虑和对新理想人格的追寻……读此著真如王子敬山阴道上行，使人有"应接不暇"之感。过去有不少论著评点某一个人人格的崇高与卑劣，像此著这样系统地阐述中国读书人人格特点及其变化的专著仍然比较少见。

当然，更使我感兴趣的是全书的最后一章《关于重建读书人理想人格的思考》。该章所说的读书人应"不以'教化'为职责，而以'批判'为己任"，可谓触到了我国读书人的痛处。中国古代士人当然不能与现代西方所说的"知识分子"画上等号，原因之一就是古代读书人都缺乏自觉的社会批判意识。这倒不是说我国的读书人都缺乏社会关怀，相反，他们多的是"以天下为己任"的博大胸怀，多的是"致君尧舜"的宏伟抱负，多的是"欲回天地"的济世热肠，只可惜他们把社会关怀等同于"治国平天下"的政治介入，又把政治介入等同于"食君爵禄报君恩"。几千年封建社会中的历代王朝都是家天下，国家也就是皇家，如汉朝又称汉家，唐朝又称李唐王朝，因而在士人眼里爱国与忠君是一回事。《论语》说"学而优则仕"，还认为士人"不仕无义"，《孟子》更认为"士之仕也犹农夫之耕也"，就像农夫必须下田耕种一样，士人也必须出来为皇家效力，也就是说，出仕是士人的天职。从小"学成文武艺"，长大"货与帝王家"，连桀骜不驯的李白也说"我欲攀龙见明主"。几乎每个士人都企望君主圣明和君臣遇合，自己也好做官得志兼善天下，而事实上"朝朝染翰侍君王"的人毕竟极少，大多数读书人总不免时乖命蹇沉沦当代。不管是时代的幸运儿，还是社会的倒霉鬼，他们有一点是完全相同的：谁也没有想到要进行自觉的社会批判。读书人一旦出仕为官，便由想象中的帝王师友，变为事实上的皇家臣属，其精神和心理都成了皇家意志的容器。一方面他们必须维护和宣传国家（也即皇家）意识形态的合理性和合法性，在社会上扮演着"教化"者的角色；一方面又必须进行现实的政治操作，使国家（即皇家）机器得以正常运转，尽一个官吏应尽的职责。臣子只对皇家负责，无须对社会负责，自然意识不到有社会批判的义务，社会批判也就无从谈起了。那些沉沦不偶的倒霉鬼，既放弃了自己在政坛上出人头地的希望，也放弃了自己的社会关怀，甚至连孔子也认为"不在其位，不谋其政"。既然国家就是皇家，国家的大事也就是皇家的私事；既然皇家未诏其出仕，自己也就不必为国事操心，一如没有出嫁的姑娘，就不必操持未来夫家的家务，所以古代把未出嫁的闺女叫处女，把未出仕的读书人叫处士。由于将国事视为国王的家事，因而孔子说士人应"邦有道则仕，邦无道则可卷而怀之"，"邦有道，危言危行；邦无道，危行言逊"。不管政治多么腐败，任凭社会如何黑暗，都无妨辞官的隐士和未仕的处士们流连风月，啸傲林泉，他们丝毫感觉不到自己对社会的责任，只觉得"无官一身轻"自在轻松。如果国君昏庸时士人都遁迹山林，如果政治险恶时士人都出言恭逊（即孔子所谓"言逊"），那政治如何清明？民族如何强盛？如果"邦无道"时士人都"隐"起来任其生灵涂炭，那读书人的社会良心何在？在古代中国难得见到自觉的社会批判，充耳的是怀才不遇的哀吟。奇怪的是读书人总自我感觉良好，动不动就自比管乐，口口声声要学究天人，一旦未被皇家征诏"出山"，就感叹"英雄无用武之地"。处士和隐士们怀才不遇的自伤，酷似老大不嫁的处女顾影自怜。对个人仕途穷达的过分敏感，使他们对社会批判变得比较迟钝。二十世纪上半叶受西方文化的影响，产生了一批无意于安邦治国却热心于社会关怀的知识分子，以在野读书人的身份对社会发言，二十世纪下半叶则物换星移，这类述学又议政的读书人几近绝迹，因而"不以'教化'为职责，而以'批判'为己任"的呼吁，反映了一代读书人痛定思痛的共识。

　　作者在这一章中还提出读书人应"不以'俗谛'为转移，而以文化为'托命'"。说到这一点也许我们大多数读书人会脸红，作者虽举出了王国维、陈寅恪和顾准为其楷模，但近半个世纪我国读书人中这方面的楷模找不出几个，否则上面三位先生就不会那样令人肃然起敬了。先秦时的孔子、孟子、老子、庄子等人，对各自的学说思想及其价值都十分自信，甚至执着到了近乎固执的程度，汉以后的读书人就不像他们那样死心眼儿了，许多儒生既懂得了如何识"时务"，也学会了怎样"与时变化"，如那位官运亨通的公孙弘便善于"取学阿世"。想来汉武帝穷兵黩武时肯定有不少文人论证这一政策如何英明，朱元璋登基后大杀功臣和文士时，无疑也有许多文人站出来阐述这样做的必要性，遗憾的是当年那些密奏大多没有留下来。不过，三十多年前那场内乱中，那么多文人称颂它"史无前例"的谀辞闹曲还言犹在耳。一代儒宗跳出来狠批孔子，著名学者站起来揭发恩师，文坛领袖糟蹋过去的一切文化创造……一时很多读书人成了"识时务"的"俊杰"。另外，我国读书人总在为社会道德沦丧而痛心疾首，却很少因自己缺乏文化创造力而紧张焦虑，也就是说，只不满于国人的道德水平，但满足于自己的学术贡献。我们占了这个星球五分之一的人口，大概至今尚未取得与人口相称的文化成就，现代学术成果中最先出自中国原创的东西少之又少，数来数去就是古代的四大发明，在老外面前说多了恐怕连我们自己也不好意思。

总之，我国读书人在"兼善"与"独善"之外，似乎还应干点什么别的事，比如自觉的社会批判，潜心于学术发明，执着于文化价值等等，这样，我们的生命空间可能更加广阔，我们的人格兴许更为健全。眼下很多人谈论诺贝尔奖、菲尔茨奖，时常还有人盼望出现学术大师，尽管言谈之间有点愤愤然，尽管情绪免不了还有点浮躁，但明白自己没有原创力，总比动不动胡吹什么"学究天人"要清醒许多，这终究是件好事。

这些议论都是在读《中国读书人的理想人格》时触发的，其中那些沉闷、肤浅的部分是我的感想，稍有亮色的部分多半来自该书。任何人读书都会有许多盲点，写书评更有可能会买椟还珠，读者若想得其精粹，还是去读周光庆教授的原著，书中比我叨唠的要精彩有趣得多。

《中国读书人的理想人格》

湖北教育出版社2000年版

在"言"与"意"之间
——评阮忠《庄子创作论》

　　庄子的思想与文章在思想史和文学史上都产生了巨大的影响，可惜历来庄子研究者大多从哲学角度阐释庄子的思想——"意"，而相对忽视了从文学的角度分析他的语言形式——"言"，这也许是"以其人之道还治其人之身"，谁叫庄子自己主张"言者所以在意，得意而忘言"呢？然而，如果说"语言是存在的家园"，那么，庄子的"言"与"意"就应是不可分割的整体：没有无"意"之"言"，也没有无"言"之"意"。阮忠兄的《庄子创作论》从文学的视角打通了庄子的"言"与"意"，为我们弥补了学术史上这一长期的遗憾。

　　庄子散文的语言风格既恣肆深闳，又奇诡参差，更高迈玄远，这已是学术界的定论，可是为什么形成这样的文风呢？由于文学史家只满足于描述传"意"之"言"而不涉及所传之"意"，大家对此也就只停留于知其然而不知其所以然。该著指出，庄子对"天下沉浊"社会现实的体认，使他认定"不可与庄语"，"即不能够说严肃认真的话，他以此为写作的指导思想"；加之他所居的蒙城隶于楚近于齐，楚地原始的宗教崇拜，齐地对神仙传统的兴趣，成了庄子创作中的文化依托，因而《庄子》中多的是荒唐谲怪的人物，多的是奇幻丰富的想象。既然"不可与庄语"，于是就以"谬悠之说，荒唐之言，无端崖之词"的"寓言""重言""卮言"来寄其"意"，这样就形成了庄文的"奇诡"。庄子的人生哲学中既有"独与天地精神相往来而不敖倪于万物"的超世一面，又有"不谴是非，以与世俗处"，"知其不可奈何而安之若命"的顺世一面，这"使他的散文在浪漫精神之外，现实精神是那样葱茏"。逍遥游式的超绝追求，与天地精神相往来的宽广胸怀，自然就形成了庄文"无端崖"的阔大境界，形成了庄文恣肆深闳和高迈玄远的文风。

在此基础上，该著进而细绎庄子"谬悠之说，荒唐之言"的文字形式。庄文如行云流水那样不可捉摸，阮忠兄对其篇章章法、寓言章法、造句之法、用字之法的阐释，显示了他独到的艺术感悟力和对庄子之"言"的精微把握，读来大有战争中破译敌人密码的快感。如"造句之法"一节中，分别论述了庄文中的散句、对句、平行句和递进句，勾勒了庄子之"言"多彩多姿的艺术特色，如散句的潇洒，对句的整饬，平行句的气势，递进句的连贯，由此我们得以从理论上明了庄文何以既飘忽奇诡又恣肆深闳的深层原因。

如果说《格调篇》和《章法篇》是从"意"走向"言"，那么，《人物篇》和《言意篇》就是从"言"走向"意"。《庄子》是一本哲学著作，不以塑造人物形象为其目的，书中的形象只是其哲理的代言者或象征物，他笔下的历史人物、现实人物和虚构人物都有不同程度的夸张和变形，《人物篇》再现了这些"徘徊在虚实之间的人物画廊"。《言意篇》共解剖了庄子的七个寓言，在方法上是从其"微言"探其"深意"，如由"轮扁斫轮"辨析"言"与"意"的关系，由"濠梁之辨"肯定庄子对本真的追求，由"庄周梦蝶"深究其生命哲学……或驳前人旧说，或申一己新见，文心既十分敏锐，思辨也同样缜密。

由于该著打通了庄子的"言"与"意"，所以论述其哲学思想不流于浮泛，论述其语言艺术又不失之单薄，全书显得沉甸丰厚。当然，该著也有些地方让人摇头惋惜，如"历史进程中的庄子"一章，主要交代庄子思想史上的走红与背时，很少注意他在文学史上的潮起或潮落，作者好像忘记了他写的是《庄子创作论》。

原刊《华中师范大学学报》1997年第4期

文学研究与人文关怀

——评谭邦和《在文学与文化之间》

在文学创作中，既有"为艺术而艺术"的唯美主义者，也有主张文学服务社会、关注人生的作家，同样，在文学研究领域，既有就文学论文学的专家，也有于文学批评中寄寓人文关怀的学者——谭邦和兄就属于后一种学人。在"漫游"逝去的古典文学星空之际，他所关注的焦点是如何通过文学研究，来更好地保护我们"精神世界"的"生态平衡"，更深刻地反思已经成为过去的"历史"和正在经历的当下"人生"。

这一文学研究的目的决定了他文学批评的切入角度："在文学与文化的关系中研究文学。"书名《在文学与文化之间》(湖北人民出版社2001年3月第1版)，对全书的内容来说是再贴切不过的了，作者在该书的《后记》中阐述自己选择这一研究视角的原因时说："在文学与文化之间，我们可以更好地反思社会、历史和人生；在文学与文化之间，古典文学的潜在蕴涵和现代意义可以得到更好的发掘；在文学与文化之间，我们容易变得深刻、深邃和深沉；在文学与文化之间，我们可以找到古典文学与当代生活的许多话题。"可见，他对于古代文学的研究正是为了今天人文精神的重建，他关注中国古代文学现象正是为了拓展今天的社会文化空间。

作者认为，"文化学术的终极关怀，应该以社会不断进步、人类愈臻善境为最高追求"。

文学研究的这种志向和抱负，以及决定于这种志向和抱负的研究角度与方法，首先使作者具有相当开阔的学术视野，这正如邓绍基先生在该书《序》中所说的那样："邦和做学问，写论文，长于宏观思考，多从文化入手，即使他的专门论述'大宏观'问题的论文并不很多，但他在对一些具体学术命题论述时，多有宏观思考作映衬。"

书中《论元代散文的文化境遇——兼释元代散文的跌落》《论竟陵派诗论的现实土壤与历史渊源》《论明末清初启蒙思潮中的廖燕散文》《乱世英雄的喜剧悲歌——〈三国演义〉的复杂文化蕴涵刍议》《潘金莲畸形人格心理的文化阐释》等论文，无论是综观一代还是论述一人，无论是分析作品还是解读形象，作者都将其研究对象放在广阔的文化背景上进行审视。

由于研究者站在一个较高的视点上，所以常能见他人之所未见，言他人之所未言。廖燕这位明清易代之际的作家，既为前朝正史所不载，也为今天"文学史"所不提，邦和是当代较早注意其重要存在价值而进行专门研究的学人，他在初稿于1986年、出版于1997年的《中国散文大辞典》（中州古籍出版社）中，就以多个条目对廖燕"燃烧着思想火焰的激扬文字和特立独行的写作个性"做了很高的评价，十年以后又写了一万多字的长文对他进行更深入的考察。把廖燕散文放在"明末清初启蒙文化思潮"这一坐标中，就不难看出他那奇警动人的议论和奇气贯注的独特魅力。散文贵在有新颖精辟的见识，廖燕对传统的人生模式、伦理道德和科举制度，有深刻的反思和激烈的反叛。他的散文"总能发前人所未发，而与庸谈俗见相抵触，与正统观念、官方意志也多有违背"，常能揭示"专制政体的文化机密"，因而其文既被同代智者所称叹、赞赏，就是现在读来仍然益人神智。散文也贵在有奇特的个性，廖燕"应该不乏科场一搏的实力"，但当他发现他所作的千百篇八股制义，只能堆起来做个"曲江廖某不遇文冢"的时候，他便毅然退出科场。这一选择意味着他拒绝了进身之阶，拒绝了功名利禄，廖燕散文就是这种独立自由的人格和狂狷不羁个性的结晶。廖燕散文中的见识与李贽、黄宗羲等人为代表的启蒙思想完全一致，而他年龄又在李贽、黄宗羲之后，"在吴敬梓、曹雪芹等人之前，承启之间，其思想，其散文，其人，都不但是一个重要的存在，而且是一个独特的存在"。在文学纵横的历史参照系上，作者勾勒了廖燕继往开来的历史地位，其结论既精到又可信。

《论竟陵派诗论的现实土壤与历史渊源》也是一篇颇见功力的论文，过去研究竟陵诗派的论文，对其诗论大多就事论事，只能入乎其中而不能出乎其外，所以不管是说好说坏，还是论是论非，不是流于隔靴搔痒，就是失之"简单武断"。竟陵派诗论何以要重视"幽情单绪"的诗人情感，何以要提倡"孤行独寄"的创作方法？该文"从前后七子、公安三袁以及元明其他论家与竟陵诗论的纵横比较中"，做出了令人信服的解答。在广阔的"现实土壤"和深远的"历史渊源"中立论，其文章自然就显得丰满而有深度。这里还要提到《诸葛亮悲剧形象的文化解读》一文。作者将诸葛亮置于"中国历史全时空思维视野，来思考中国封建社会智性文化受畸形德性文化摧残、压迫之普遍而经久难改的沉痛历史"，认为"诸葛亮的悲剧是封建专制时代道德异化智慧的深刻悲剧"，并由此"思考民族传统文化和民族传统性格的一个深层缺陷"。这里我们又可以看到谭邦和开阔的学术视野，也又一次感受到他文学研究中的那种深切的人文关怀。当然，我并不完全认同他对诸葛亮悲剧形象所做的分析，他说"诸葛亮出山是德性文化战胜智性文化的结果，是失智的选择"，在刘备一手"导演"的三顾茅庐中，"刘备与孔明这一番'道德'与智慧的反复较量，终以刘备如愿以偿、大喜过望而告结束，孔明感其'德'而终失其智，决定效死愚忠"。

在我看来，三顾茅庐后孔明出山不是"感其'德'"，而是感其"诚"，不管刘备如何谦恭地顾过茅庐多少次，对于此时尚未称臣的诸葛亮来说并无"德"可言，刘备顾孔明只是为了自己得天下，因而孔明出山说不上是"道德战胜了智慧"，他走出茅庐当另有深层的动因。我们不能将历史道德化，把成败说成是个人德性的结果，也不能将历史智慧化，把历史成败说成是个人智慧高低的产物。假如刘备事事依从孔明，使孔明的"智性"发挥到极致，难道西蜀在当时的历史条件下就能一统天下？孔明就能避免人生的悲剧？假如孔明不那么"道德"，刘备死后取刘禅而代之，难道偏于一隅的孔明就能成为神州的新主？不过，不完全认可作者的观念无妨我激赏他论事的眼光和文章的力度。

在文学研究中寄寓自己的人文关怀这种学术目的，一方面像上文所说的那样使作者具有开阔的学术视野，另一方面又不断驱使他拓展自己的学术论域。邦和不是那种死守一经作茧自缚的学人，在研究文学的过程中他很注意延伸自己的学术空间，邓绍基先生在该书《序》中肯定邦和"治学方面较广，方法上多从文化角度解释文学，既涉及学术史专题，更有对元明清小说、戏剧和诗文的研究，对媛诗也有研究兴趣，还论及了当代的历史小说"。他能驾驭如此宽阔的学术论域，从个人努力上说是"邦和勤奋用功"，从学术动因上说还得归因于他对人文的关怀。《论李贽对专制社会文化空间的拓展》《精神世界的生态平衡与李贽在中国文化史上的意义》两文，就所论及的对象而言真的是处于"文学与文化之间"，从文章的标题也可以看出涉及人文科学乃至社会科学的不同侧面。李贽思想之可贵就在于他"从不同角度上拓展了明代封建专制制度控制下的文化空间"："第一，为市井细民乃至商贾、女性争夺生存空间；第二，为进步学术乃至异端言论争夺思维空间；第三，为性灵文学和市民文艺争夺审美空间。"这使人想起社会学界时下所探讨的"公共空间"问题，如果一种文化除了主流意识形态之外，扼杀公民所有不同的公共空间，那么精神世界的文化生态就会严重失衡，一个民族或国家的文化缺乏兼收并蓄的气度，那么国民的精神生活就会贫乏、僵化和枯竭。《明代自宫潮的社会文化心理阐释》是一篇很有趣味的学术文章。一个民族竟然掀起了全社会的"自行阉割"风潮，看起来的确有点匪夷所思。作者摘引的《金瓶梅词话》第六十四回中一段各色人等曲意逢迎、巴结宦官那一场面，暴露了各阶层形形色色阴暗的社会心理，因而也揭示了全社会"自宫潮"的隐衷：令人胆寒的生理自残，正是由于极端专制制度使民族心理产生"畸变"的结果。假如不是丧失了灵魂、丧失了人格、丧失了尊严，谁愿意主动去进行生殖阉割呢？生殖的自阉不正是首先由于精神的自阉吗？透过这些行文严谨的学术论文，人们自然可以看到作者对民族、历史、文化及时代强烈的责任感。

我和谭邦和一样不认同"为学术而学术"的观念。假如一个电脑专家说自己是"为电脑而电脑"，大家肯定会说他精神出了毛病，其实，人文学者称"为学术而学术"就像电脑专家称"为电脑而电脑"一样可笑。过去"学术为政治服务"造成的学术灾难人们至今还心有余悸，使得有些人从一个极端跳到另一个极端。学术本身并不能成为目的，正如电脑本身不成其为自然科学的目的一样，所有科学的目的都只有一个：为了人或人类，人或人类才是科学研究的目的。人文学者和自然科学家一样，从事各自的职业往低处说当然有为稻粱谋的生存考虑，往高处说无疑是对民族乃至人类的深情关注，对于那些有成就的学者而言，后者会开拓研究者的学术视野，提升他们的学术品格。麦克米伦出版公司1985年出版了一本加拿大著名古典文学研究大师乔治·沃雷的论文集《文学研究与人文科学》(George Whalley, *Studies in Literature and the Humanities*)，沃氏的学术观点正好是我们观点的有力佐证。谭邦和的学术成就也许还不能和沃氏相比，但他的学术路数则与沃氏暗合，相信邦和会在自己选定的道路上走下去，不断向更高远的学术境界跋涉攀登。

原刊《华中师范大学学报》2001年第6期

学术性与工具性的有机统一
——评陈文新主编《中国学术档案大系》

但凡参加了工作的人都有其个人档案，档案中记载了他的成绩与劣迹，一翻开档案就能了解他为人的好坏和能力的大小。可惜，无论是图书馆还是档案馆中，从来找不到一份"中国学术档案"。陈文新教授主编的《中国学术档案大系》，为学界填补了这一空白，也为学人弥补了一大遗憾。

该丛书体例上非常新颖，这套丛书的宗旨是"鸟瞰学术版图，聚焦名家经典，梳理百年史事，指点求索路径"，这要求编者将学术史论与文献梳理结合起来，将工具性与学术性结合起来，通过文献整理来"辨章学术，考镜源流"。

丛书几乎囊括了人文科学的各个学科，其中每一种都由四个板块组成：百年学术史概述、名著名文评介、学术论著提要、学术史大事记。由于每种学术档案的编者大多是该领域的学术专家甚至名家，所以"概述"既能高屋建瓴，"评介"又能切中肯綮，"提要"也能要言不烦，"事记"更能细大不捐。如《国学档案》《六朝小说学术档案》《中国散文史学术档案》前面的概述都堪称"大手笔"，它们从纵横两个层面勾勒了各学科学术百年来的发展历程，阐述了各学科百年来的学术转型，论析了百年来学术的成就与不足。选定名著需要学术眼光，评介名著更见学术功力。"评介"近似于古代文献学中的叙录解题，要写好一篇名著评介，一方面要"深明道术精微"，另一方面要审定"群言得失"（章学诚《校雠通义》），绝不能像写诗词赏析那样，可以轻松地驰骋想象，可以任性地随意发挥。要评定名著的学术得失，论定它们的学术地位，要有扎实的专业功底，要有广阔的学术视野，还要有一定深度的见识。如果说"名著名文评介"中的评介近于《四库全书总目提要》，那么"学术论著提要"则近于《四库全书简明目录》，前者详尽深入，后者提要钩玄。"学术史大事记"又近于史书中的编年，它可以弥补"评介"和"提要"中的遗漏，还可以补充名著、论著的背景，交代它们产生的原委。这种四大板块的设定和划分，的确体现了主编的巧意与匠心，"名著名文评介"是点，"学术论著提要"是面，"学术史大事记"是线，点、线、面三者有机结合，使每本学术档案都是一部别具一格的百年专科学术史。

既然称为"学术档案大系"，那就应在满足其学术性之外，还得满足其工具性和实用性的要求，也就是说，这套丛书的每个编者不能只顾着自己登山，还要时时给后来人"指路"。近百年是中国文化学术转型时期，这一转型不仅仅是学术形态从传统变为现代，儒家经典也从价值之源变为知识之源，很少人再以十三经来安身立命，所以经学著作也从为经典辩护，变为对经典进行分析批判。一册《经学档案》在手，学者可以神驰于上下百年倒在其次，学生可以从流以溯源却受用无穷。这套档案大系最大的特点，正是经由"考镜学术源流"，来指点学术门径。

当然，我们肯定该丛书"为用益弘"的同时，也不得不指出它留下的"些许遗憾"。如《经学档案》和《国学档案》，一是论著提要部分收书不太全——该有的却没有；二是这部分收书略嫌滥——该删却未删；三是名著和论著的划分有点随意——少数没有名的却弄成了"名著",有名的反而打入普通"论著"。

几年前陈文新兄主编的多卷本《中国文学编年史》让很多人赞叹,这套档案大系又让人耳目一新,想不到,他本人既是学术的优秀"前锋",同时还是学术上的出色"教练"。

原载2012年2月23日《人民日报》

序言后记

《"竟陵八友"考辨》序

去年柏俊才的专著《梁武帝萧衍考略》由上海古籍出版社出版，因该著是他博士论文中一章的扩展，付梓前他就向我索序，我委婉地拒绝了他。在我的心目中，写序的多是那些年登耄耋之年的硕学名流，而我自己虽然头发白得一塌糊涂，可实际年龄也许还够不上老，至于学术名流，我自己更是靠不上边。写序于我要耗费不少心思和精力，于他的专著又不能增色半分，真是劳己而又不能助人，何苦呢？

今年他的博士论文《"竟陵八友"考辨》入选《中国社会科学博士论文文库》，在中国社会科学出版社付梓前，俊才又索序于我，这次我是想推也推不掉了——该文库要求入选的博士论文，指导教师必须写一篇序言。再说，这篇从开始选题到纲目设定，我都全程参与过的博士论文，今天能入选《中国社会科学博士论文文库》，我与俊才一样由衷地高兴，要是再拒绝为此书写序，于情于理都说不过去。

记得五年前柏俊才带着他那篇《吴融年谱》长文来考我的博士，读罢文章我当即就决定录取他。可惜他的考试成绩并不理想，更要命的是英语成绩没有达到我校规定的最低分数线，我向校方打了两次报告，向负责人费了多次口舌，好不容易才将他破格录取。几年后他写出来的这本沉甸甸的博士论文，向世人证明了他的学术实力，也说明我当时的努力没有白费，当校外的评审专家和全体答辩委员（我们学校的博士论文评审都是匿名盲审，至今不知他论文评审专家的名字），一致都对论文好评如潮时，我多少还有几分得意——暗暗庆幸自己有识人之明。

俊才踏实、认真、聪颖，熟读六朝史部与集部，特别难得的是他读书有间，能于无疑处生疑，所以常能见他人之所不曾见，言他人之所未尝言。这篇论文八章五十二篇考证文章，无论是"竟陵八友"的生平事迹考，还是他们各自的交游考，抑或其诗文系年，无一不是新意迭出。如《谢朓任随郡王文学的时间考》首次确定其任职时间；《谢朓"忝役湘州"试考》以确凿事实解开谢朓生平中一段难解之谜；《王融家风考》经由考证琅琊王氏家风进而诠释王融的人生悲剧；《王融生平仕履考》首次最为详尽地勾勒了王融的生平履历；《沈约"起家奉朝请"的时间新考》从刘宋"起家奉朝请"的建置、具体的分封时间和人员切入，力排众议，确定沈约"起家奉朝请"的时间；《沈约永泰元年赴天台桐柏山辨误》对学界所谓沈约永泰元年赴天台桐柏山一事做了合情合理的辨正；《梁武帝萧衍登祚前行踪考》辨析史书所载之误；《梁武帝佞佛事迹考》首次较为全面地揭示了这位"菩萨皇帝"的真实面目；《任昉籍贯考》重新考定任昉的籍贯；《萧琛生卒年考辨》考定萧琛之生卒年；《萧琛生平仕履考》更首次较为全面地勾勒了萧琛的一生；《范云生平仕履考》《范云交游考》《陆倕生平仕履考》和《陆倕交游考》四文都是填补空白之作。一篇博士论文如果能在上面许多问题中提出或解决一两个问题就很不容易了，而俊才这篇论文能同时考辨乃至解决这么多学术难题，足见这篇博士论文的学术分量。

由于俊才是我的博士生，此文又是我指导的博士论文，要是我对文章的好话说多了，难免有偏爱和自吹之嫌，要是我说这篇文章写得不好，自己又觉得有点违心和不忍，还是让校外那位我们还不知道姓甚名谁的评审专家来评说吧：

"该文选材立论，皆重证据；史论结合，体悟精细；思路新颖，论述缜密，对'竟陵八友'的文学成就做了深刻的揭示，具有极高的学术价值，已达到申报百篇优秀博士论文的水平。"

答辩委员会也建议这篇博士论文参评全国百篇优秀博士论文，至于后来我们学校是否送评了，最后评奖结果又是如何，这就不是我这个教书匠所知道的了。我们国家的学术评奖，太阳底下和月亮底下的人，谁不知道它是怎么回事呢？好在俊才的这篇论文即将付梓，它的好坏优劣世人自有公断。

当然，这篇论文还有诸多遗憾：由于材料本身及阅读范围所限，文中有些观点仍属推断和猜测，一时还找不到坚实的证据；由于时间仓促和篇幅过长，论述文字还有待删削凝练。前者的不足会让人将信将疑，后者的不足可能让人读不终卷。

俊才目前正在刘跃进先生门下做博士后，既处首善之区，又侍名师之侧，更兼本人刻苦勤奋，还愁他写不出更多更好的东西来吗？

乐为序。

《"竟陵八友"考辨》

中国社会科学出版社2011年版

《柳宗元永州事迹与诗文考论》序

　　中国古代极少"为文学而文学"的作家，流传下来的诗文大多出自曾经、已经或准备进入仕途的士人之手：他们不是在庙堂上积极"立功"之余舒心地舞文弄墨，就是在贬所衙门点卯之后专心地创作"立言"，要不便是为了日后博取功名而用心地吟诗作赋，所以中国古代很多文学作品不是庙堂文学，便是贬谪文学，或者是广义的"行卷文学"。庙堂文学少不了装点应酬，往往失之浮泛甚至肤浅；"行卷文学"是为了官人和时人叫好，自然免不了要投其所好；倒是贬谪文学常能抒写真情实感，古人将贬所出文学精品的现象归结为"江山之助"。其实，"江山之助"可能只是原因之一，更重要的还是人生遭遇的剧变。原本就极有才华的士大夫，正当春风得意时突然遭到意外的沉重打击，正当一帆风顺时忽然跌入政治的险恶旋涡，因而对社会有了更新的认识，对人生有了更深的体悟，加之创作经验和社会知识的积累，赋闲之后又没有多少人事的牵绊和干扰，于是，他们在贬所爆发出耀眼的天才，表现出旺盛的生命力，写出了许多不朽的杰作，如柳宗元之于永州，又如苏轼之于黄州。这大概就是古人所谓"蚌病成珠"吧。韩愈在《柳子厚墓志铭》中说："子厚前时少年，勇于为人，不自贵重顾藉，谓功业可立就，故坐废退。既退，又无相知有气力得位者推挽，故卒死于穷裔，材不为世用，道不行于时也。使子厚在台省时，自持其身已能如司马刺史时，亦自不斥；斥时有人力能举之，且必复用不穷。然子厚斥不久，穷不极，虽有出于人，其文学辞章，必不能自力，以致必传于后如今，无疑也。虽使子厚得所愿，为将相于一时，以彼易此，孰得孰失，必有能辨之者。"

韩愈也许把话说绝对了一点，人生的得失"未必有能辨之者"。每一个人的价值取向不同，"孰得孰失"通常见仁见智。将相的高官厚禄与文学的万世流芳，好像鱼和熊掌不可得兼，得于彼便失于此，失于此便得于彼。即使一千多年后的今天，再让柳宗元来取舍也同样颇费踌躇：到底是愿意身居将相高位春风得意，还是乐意"寂寂寥寥"一生枯槁？是愿意重返长安政治中心与他人钩心斗角，还是乐意身处遐荒永州专心致志于名山事业？从现存的作品来判断，柳宗元无疑要取前者而舍后者。他把永州的山称为"囚山"(《囚山赋》)，把永州的水称为"愚溪"(《愚溪诗序》)，对永州山水的态度就像囚徒憎恶囚牢一样，难怪他做梦也是梦见归去(《梦归赋》)。不过，不管柳宗元本人对永州的感受如何，永州百姓总用他们宽厚的胸怀给他以温暖，永州山水用它们的美丽给他以抚慰。永州十年最终成了他人生最辉煌的十年，他在这里写下了峻洁的"永州八记"，写下了深邃的《封建论》，写下了缜密的《非国语》，写下了凄婉的《捕蛇者说》，写下了孤峭的《江雪》……永州不仅不是桎梏他的"囚山"，反倒是成就柳宗元的福地，永州也因而成了他的第二故乡。永州的一草一木、一山一水都内在于他的心灵历程，要是没有永州十年，柳宗元在文学史上的历史地位就将重估；要是没有永州十年，唐代文学中的散文史就将重写。

可惜，柳宗元的永州十年至今没有被系统研究，翟满桂教授这部专著

《柳宗元永州事迹与诗文考论》恰好弥补了这一学术空白，它既考辨了柳宗元在永州的事迹，也论述了柳宗元在永州的创作，单是选题本身就具有很高的学术价值。专著凡十章，分为上下两编。上编《柳宗元永州重要事迹考辨》，分别考索了永州的人文地理、柳宗元至永州的路线及称谓、柳宗元在永州的寓所、柳宗元在永州的家眷及亲属、柳宗元在永州的交往、柳宗元在永州的行踪。由于作者是永州人，又一直在永州工作，所以考论部分，既有历史文献的梳理，也有地形地貌的实地考察。上编提供了许多新的历史资料，厘清了过去许多模糊的历史问题。下编《柳宗元永州诗文考论》，按文体分别论述了柳宗元在永州创作的诗歌、骚赋、论说文、游记和书启。上编侧重于考，下编侧重于论，考为下文的论做了坚实的铺垫，论建立在上文文献考辨的基础之上，因而考不是为文献而文献，论不是凌虚蹈空的无根之谈，它们表现了作者扎实的文献功底和深厚的理论修养。当然，这部由博士论文修改而成的专著，基本保留了当年博士论文的框架，看来仍有进一步打磨的余地，个别结论或失之武断，少数文献还难以服人。这与其说是该著留下的学术遗憾，还不如说是作者为自己下一步研究预留的阐释空间。

我有幸参与了这部专著的写作过程。记得七八年前翟满桂报考我的博士生，第一次我没有录取她，不是因为她考试成绩不好，而是我觉得她已经是很有成就的教授，我自己没有什么东西可教她；再说她与我是同龄人，我只比她大几个月，觉得以后相处有些尴尬，第二次为她的精诚所动才同意让她来华中师范大学共同学习。后来事实证明我的顾虑纯属多余，我们之间相处得特别愉快，我一直把她当成自己的朋友，我在她身上学到的东西肯定比她从我这儿学到的要多，尤其是她那坚韧不拔的毅力。我比她约早十年就接到了外国的博士录取通知，可我四十出头便借口年龄偏大而放弃了出国学习的机会，她五十开外还精神抖擞地攻读博士，因此每次她来上课对我都是一种有力的鞭策。我很少为朋友和学生的学术著作写序，翟满桂索序我却没有半句推脱，一是要对她学术著作的出版表示祝贺，二是想记下我们相互学习的这段珍贵友情。

可以预料，后来的柳宗元研究者不能也不会跳过这部专著，这是对一部专著学术价值的无声肯定，也是对一个学者辛勤汗水的最好回报。

是为序。

2014年8月21日
武昌
《柳宗元永州事迹与诗文考论》
上海三联书店2015年版

《唐代"三包"考辨》序

　　唐代诗坛虽被历代学者反复耕耘，但聚光灯常照在那些大诗人和名诗人身上，有些诗人至今仍被冷落在"灯火阑珊处"，有些史实仍沉没在历史的深渊中，似乎"世间原未有斯人"。这也许显示了历史的公正，谁给民族和人类的贡献越多、越大，谁的英名就传得越久越远；同时这也许显示了人类的精明，不传诵那些名人名作，难道还要去死记三流乃至末流的诗人、诗篇吗？对于普通读者来说，用有限的时间来欣赏名人名作无疑是最经济的选择，对于学术研究而言，只把眼光盯着几棵孤零零的参天大树，而无视周围广袤的森林，我们就无法了解那个时代的创作生态，无法认识那个时代的精神氛围，自然也就无法知道参天大树的生长环境，更无法深刻理解和鉴赏大树本身。因为任何诗人都不会是"冰山上的来客"，他们都属于各自时代整体的一部分，在李白和杜甫身旁围绕着一个庞大的诗人群体，他们有着相近的人生理想，相近的情趣爱好，相近的审美体验，还有着相近的语言习惯，相近的诗歌笔法，只有熟悉了这个诗人群体，我们才会对李白和杜甫有"同情之理解"，才深深懂得李杜"原来如此"。

　　在群星灿烂的唐诗星空上，该著所考论的"三包"父子——包融与其二子包何、包佶，自然算不上光彩夺目的明星，但也不是可有可无的无名之辈。包融早在神龙中便"扬名于上京"，初盛唐之际与张若虚、贺知章、张旭并称"吴中四士"。包何、包佶兄弟同样诗名早著，史称"纵声雅道，齐名当时"。可惜，他们在历史上的地位和成就，与今天对他们的重视和研究毫不相称。作者在该书的绪论中说，"从生平考辨来看，除包佶生平经由蒋寅、张强等学者的考证梳理而略为清晰之外，包融、包何的生平尚未得到全面细致的梳理考证。自著作整理而言，除包融诗歌被收入王启兴、张虹所撰《贺知章、包融、张旭、张若虚诗注》外，包何、包佶的诗文尚未得到系统的整理"。眼前这部《唐代"三包"考辨》，在一定程度上弥补了这种学术遗憾。该著首次对包融和包何的生平进行了全面细致的梳理考证，探讨了"三包"家世源流，绘制了"丹阳包氏家族世系表"，总结出丹阳包氏家学、家风的特点，并对"三包"交游状况做了详细分类考证，还首次对"三包"诗文进行了全面搜辑、考辨、编年、校对和注释，并编成《"三包"诗文编年校注》。

　　该著是作者硕士论文的修订本，我有幸参与了全文的选题、写作和修改过程，一个硕士生能拿出这样的研究成果大出我的意料。由于是自己指导的学位论文，我对它说好说坏都不太合适，评价高了有点像王婆卖瓜，评价低了又属违心之言，好在该著的学术价值自有学界公论。作为一名在读博士生，刘卓第一部专著的确"出手不凡"。通过这本硕士学位论文的写作，作者受到了良好的学术训练，考辨、阐释、辑佚、辨伪、编年、校注，古代文学研究的"十八般武艺"他都操练了一遍。该著表现了作者良好的学术敏感、敏锐的问题意识、扎实的文献功底及细腻的审美感受。记得当年我跟着曹慕樊师读硕士时，曹师让我给晚唐诗人唐彦谦编年谱，给他的诗歌编年校注，我弄出来的东西真羞于见人，看看刘卓这部即将付梓的几十万字专著，我实实在在地感到"后生可畏"。

刘卓的古诗和新诗都写得像模像样，尽管我不相信朱熹所谓"作文害道"，但认可顾炎武的"作诗费时"，几次告诫他切莫过多写诗，可他总也禁不住技痒。他的师兄赵目珍就是前车之鉴，赵目珍不仅富于学术才华，而且学术研究又完全上路，博士论文获得校外盲审专家和答辩委员一致好评，我们学科和文学院老师都看好他的学术前程。哪知博士毕业去深圳后他便放弃了古代文学研究，有滋有味地当起了新诗人和新诗评论家，大写那些我读得云里雾里的新诗，唉！

　　刘卓聪明而又勤奋，假如聪明人肯下笨功夫，还怕做不出好的学术成绩吗？更何况他已经有了很好的学术开端，人们常说"良好的开端是成功的一半"。这里我想套用韩愈的话说：刘卓勉乎哉！

　　乐为序。

2017年2月27日

枫雅居

《唐代"三包"考辨》

世界图书出版公司2017年版

《少年风华》序

前天王泽龙兄在电话中说，有一本出自中学生之手的诗文书画作品集，因其中的诗词多是古体，想请我为该作品集写一篇序。

老实说，从电视中看到的不少"祖国的花朵"们，给我留下的印象并不太好。许多尚未成人的中小学生，甚至牙牙学语的幼儿园儿童，差不多都是操作千篇一律的社论腔调，开口便是胸怀祖国，闭口就是志向远大，活像一个模子中铸成的标准产品。对大自然没有一丝独特的体验，对社会人生没有一点"出格"的感想，电视上和生活中这些"标准"而又"优秀"的少年儿童，既可悲，又可叹。也许很多人知道，小孩生理上的早熟遗患无穷，可很少人明白，小孩心理上的早熟问题更大。是谁用"精神激素"催熟了我们的孩子？是谁过早地扼杀了我们孩子的想象？是谁泯灭了我们孩子的个性？

亲眼目睹和亲身接触到的这些青少年，让我对中学生诗文书画集提不起兴趣，更不想给它写什么序言，但又不好意思拂挚友的情面，我只好硬着头皮翻阅送来的作品集，可当我翻完了这本《周子钦诗文书画作品集》打印稿后，我的态度有了一百八十度大转弯。周子钦同学的多才多艺让人惊叹不已。这位年仅十七岁的中学生，申请了"真空夹紧螺栓""转炉碳温氧测量仪""高压风工业制冷器"等四项国家发明专利，这些发明专利已全部在武汉钢铁集团投入使用，并创造出了巨大的生产价值和经济效益；书法、绘画作品多次获得国家和省级金奖、银奖、一等奖，多次参演国家电视台和省级电视台节目，并荣获"中华英才少年"称号，还获得乒乓球国家二级证书。且不说四项国家发明专利，单是他所获得的任何一个奖项，即使对一个成年人来说也都非常之难。我学习打乒乓球已经好几年了，至今与任何一个球友比赛都是稳拿第二名，对我而言，拿乒乓球的国家等级证书比上九天揽月还难。周子钦同学获全国"中华英才少年"称号当之无愧。

作品集中的诗文真切地表现了这位小伙子精神生活的丰富：有的感时，如《谢池春》《感时》；有的议政，如《由武汉市"禁改限"所想到的……》；有的表现对国家命运的关切，如《国殇》《续国殇》；有的抒发对同胞苦难的同情，如《血痂——寄5·12汶川地震》《感五月二十三风雨大作》《如果——寄震后二十五天》；有的抒写同学的纯真友情，如《忆少年》《遥寄友人》；有的表现对大自然的细腻感受，如《秋景》(其一、其二、其三)《秋至》《念菊》；有的表现对人生与生命的感悟和困惑，如《生命》《抒怀》。从这些各种题材和体裁的诗词可以看出，周子钦同学真可谓"心事浩茫连广宇"，绝不是那种天天只想着高分数的考试机器，不是那种感情苍白、精神贫乏的书呆子。

作品集中的文学体裁也多种多样，有古体诗，有现代诗，有词，有抒情散文，有记叙散文，有杂文和小品，还有不少对联。我国现在的教育体制很早就把学生分成文、理科，导致青少年视野非常狭隘，恰如《淮南子》中所说的那样，"东面而望，不见西墙；南面而视，不睹北方"。不仅学理科的中学生不懂古体诗词，就是学文科和学理科的大学生又有多少人懂得古体诗词呢？周子钦同学同时还是我们省重点中学理科实验班的班长，既要积极准备高考，又要组织和参加很多学校活动。在时间如此之紧、学习任务如此之重的当儿，他居然干出了那么多发明专利，荣获了那么多青少年科技创新成果赛奖，更让人惊奇的是他还有时间、有心思去写古体诗歌，还能填词，还能作画，还能练习书法，是什么样的家庭教育让他避免了我们教育体制的弊病？作品集中另有四首"藏头诗"，今天的青年大学生有几人知道什么叫"藏头诗"？更别说让他们自己去写"藏头诗"了。诗文书画集中有些文章对社会和人生的感慨相当深沉，有些诗歌的意境比较优美，有些对联堪称"巧对"，集中的书法也颇见功力，至于那些绘画，则完全超出了我的鉴赏能力之外。

当然，周子钦同学毕竟还是一个十几岁的中学生，没有那么多时间去学习诗词格律，这些作品虽然格调清新，但其中古体诗词的平仄和用韵基本上都不太合律，少数文章的学生腔稍浓，少数语言欧化的痕迹偏重，少数诗词的语调略显老成，总之，一眼就可看出它们还相当幼稚。可正是作品中的这些缺点，这些幼稚，崭露出周子钦同学的真性情，显露出周子钦同学成长的年轮。

我至今没有见过周子钦同学，只是从他的诗文书画集中"认识"这位少年才子的。子钦同学兴趣如此之广，精力如此之旺，才艺如此之多，他的发展潜力和发展空间真不可限量。翻阅他的诗文书画集，深感后生可畏，也深觉后生可喜。

乐为序。

2009年8月

枫雅居

《少年风华》

长江文艺出版社2009年版

《道体·心体·审美——魏晋玄佛及其对魏晋审美风尚的影响》序

国良博士论文将由中华书局出版，我和作者一样打从心眼里高兴。

与国良第一次相识是在七年前，复旦大学中国古代文学研究中心召开的一次学术会议上。好像是大会休息的间隙国良来我房间相访，他给我的第一印象是沉静寡言。因自己年长他八岁，我自始至终视他为同行和朋友。后来他报考了我的博士研究生，这才有了我们在一起相互学习的机缘，这才有了我为之作序的这篇博士论文。

读博士之前，国良已是一位很有成就的青年学者，先后发表了几十篇很有见地的学术论文。他讷于言谈而敏于运思，疏于交际而勤于苦读，攻读博士学位期间仍坚持每年发表八九篇学术论文。他的这篇五十多万字的博士论文，是他多年学术积累的成果总结，这部专著中的许多章节，早已分别发表在不同的学术期刊上。

两年前，我否定了国良第一次提交的博士学位论文选题，原因是选题的论域过宽。老实说，他这篇博士论文的选题，开始我也颇多保留和顾虑：一是它的选题仍然太宽，魏晋玄佛的"道体""心体""审美"，其中每一个部分都可以写成一篇甚至几篇博士论文，我担心论域太宽容易流于空泛；

二是这一选题早已被前人和时人反复耕耘过多遍，差不多已是"题无剩义"，如果没有新的阐释框架，如果没有新的材料发现，很难在前人的基础上标新立异、独出新解，我担心最后选题虽大而新意无多，给人以"大山临盆"的滑稽和失望。

国良提交的论文初稿让我大大松了一口气，更让我明白自己的担心和顾虑实属多余。他在这篇博士论文中论证了魏晋玄佛"道体论"宇宙本体的本质规定，辩驳了前人魏晋玄佛"道体"只是人格本体或心理本体，而非宇宙本体的论断；探究了魏晋玄佛"心体论"的基本特征，并对魏晋各流派关于心体至善的具体内涵做了必要的分梳与剖析。如魏晋玄佛各家的"至善"虽都指智的直觉，但魏晋玄学的直觉之智乃是一种道德之智，东晋佛学的直觉之智乃是一种事理之智；玄学之中竹林玄学的道德之智没有等级之分，郭象玄学的道德之智则有严格的等级之别。

作者还在这篇博士论文中分析了魏晋"道体论""心体论"对魏晋"审美论"的深刻影响，并论析了魏晋"审美论"的基本特征，如对魏晋玄佛心有至乐、心体至善、崇尚直觉的心体论与魏晋士人的情感审美、山水审美、音乐审美的内在关系，并对魏晋以本末论和自然论为主要内容的道体论与魏晋士人的山水审美、形式审美、"言意之辩"的内在关系，都一一做了相当深入的论述。

这篇论文不仅议论常能言人之所未曾言，几乎每一章都提出了新的见解，而且这些新解都建立在比较充分的材料论据和相当严谨的逻辑论证之上，上中下三编并非平面的罗列，编与编之间具有紧密的逻辑联系，论证过程层层深入，因而上中下三编浑然一体。

由于这篇博士论文成文比较仓促，答辩后又很快付梓成书，有些观点还不太成熟，有些文字仍嫌冗沓，少数论证尚不周全。好在国良具备扎实的文献学功底，又有良好的学术敏感和思辨能力，这些缺陷假以时日都能避免或改正。深信他会以此书为起点，在自己未来的学术道路上走得更远，登得更高。

　　是所愿，是为序。

2008年奥运会前夕

枫雅居

《道体·心体·审美——魏晋玄佛

及其对魏晋审美风尚的影响》

中华书局2009年版

青少年为什么要读古诗？

——《古诗精读》序

这套分为上下两册的古典诗词选本，是江汉学堂中国传统文化与语文教育研究中心特地为中小学生编写的。编者请我为该选本写序，我没有片刻的犹豫、迟疑，一是选诗既贴近今天中小学生的"口味"，注释也充分考虑到他们的接受水平；二是我想借这一难得的机会，与青少年朋友及其家长聊聊为什么要读古诗。

在如此快速的生活节奏中奔波，在如此沉重的生活压力下挣扎，谁都可能变得浮躁功利，难怪干任何事情人们都先得问"有什么好处"，而且还要"好处"能"立竿见影"。今天，不可能像唐人那样凭诗赋中举求官，甚至也不可能像民国徐志摩那样因诗才圈来粉丝无数，大家口头上虽然常说，生活不只是票子和房子，还得有诗和远方，可是眼前的票子和房子把人压得喘不过气来，哪还有心思去关心诗和远方呢？连成人也无心或无暇读诗，要青少年去学那些老掉牙的古诗，岂不是让他们白白浪费青春？

看来，要想让小孩坐下来读古诗，除非你能把诗歌讲得非常有趣；要想让父母送自己的小孩来读诗，除非你让他们明白读古诗十分有益。

英国那位老奸巨猾的培根，劝人们读书的诀窍就是"诱之以利"："读史使人明智，读诗使人灵秀，数学使人周密，科学使人深刻，伦理学使人庄重，逻辑修辞之学使人善辩：凡有所学，皆成性格。"这段名言可惜过于胶柱鼓瑟，它们看上去言之凿凿，其实大多似是而非——读史难道只能使人明智而不能使人庄重？读诗只能使人灵秀而不能使人明智？培根先生只知其一不知其二，还不如我们老祖宗孔子说得精彩："兴于诗，立于礼，成于乐"（《论语·泰伯》）。

孔子将"兴于诗"作为成才和成人的起点，孔子多次告诫儿子和学生要认真学诗："子曰：'小子何莫学乎诗？诗，可以兴，可以观，可以群，可以怨。迩之事父，远之事君；多识于鸟兽草木之名'"（《论语·阳货》）。小孩为何要好好学诗呢？可以用诗启发想象，可以用诗感发意志，可以借诗观察社会，可以借诗领略自然，可以用诗乐群交友，可以用诗抒写哀怨，近可以用来侍奉父母，远可以用来服务国家，还可以借诗来识记各种鸟兽草木的名字。总之，读诗不仅仅能使小孩越来越"灵秀"，它还能让小孩的想象越来越丰富，让小孩的观察越来越细致，让小孩的情感越来越细腻，让小孩的谈吐越来越文雅，让小孩的体验越来越深刻，让小孩的精神越来越和谐，让小孩的人格越来越健全……

先看看诗"可以兴"吧。"兴"原是《诗经》一种常用的修辞手法，诗开头先说一件别的事物或景物，以引起自己所要歌咏的东西。"可以兴"的"兴"是做动词用，汉人说"兴"是"引譬连类"——由此物联想起彼物，是指学诗可以培养读者的想象力；宋人说"兴"是"感发志意"——激起人们的情感意志，是指诗能激发人们的生命活力。

人的智力主要涉及想象、直觉、逻辑、记忆、语言等层面，其中想象是才华的主要标识，没有想象就没有发明创造。遗憾的是，今天的家庭和学校教育，不是引发小孩丰富的联想和想象，而是在残酷地窒息青少年的想象力。各种无聊且无用的培训，不断重复同一类型的习题，小孩所有时间和空间全被大人填满，他们失去了任何学习的乐趣，甚至失去了生活的勇气，还哪有去天马行空想象的心境和精力？刺激想象力最好的方法，是先让小孩有宽松的成长环境，有快乐的学习心情，再去精读古代优美的诗词，这样，他们对"远方"才会有美好的憧憬，他们的思绪才会浮想联翩，他们的精神才会超越尘世进入美好的诗境，"遥望齐州九点烟，一泓海水杯中泻""西岳峥嵘何壮哉！黄河如丝天际来"……

如果说，想象、直觉、逻辑等智力的因素是创造的前提，那么生命的激情和冲动则是一切创造的原动力。没有了生命的激情和冲动，所有才智都将休眠乃至休克，任何创造活动都无从谈起。要想点燃生命的火花，要想刺激生命的冲动，古代那些壮美的诗词是最好的"兴奋剂"。朗诵一下王之涣的《登鹳雀楼》："白日依山尽，黄河入海流。欲穷千里目，更上一层楼。"一个傻瓜也会领略到那种极目千里的眼界，那种无比开阔的胸襟，还有那"更上一层楼"的追求冲劲。读一读李白的"天生我材必有用，千金散尽还复来""长风破浪会有时，直挂云帆济沧海"，再自卑的人也会乐观进取，再胆怯的人也会变得奔放豪迈；读读岑参的"四边伐鼓雪海涌，三军大呼阴山动"，高适的"男儿本自重横行，天子非常赐颜色"，王昌龄的"黄沙百战穿金甲，不破楼兰终不还"，谁都能明白什么叫雄强，谁都会豪情万丈、血脉偾张。从前家教都强调要诵读盛唐诗，古人认为这样的诗篇能帮小孩拓胸养气。当然，正如人们向往黄河泰山，同时也喜爱小桥流水一样，我们赞美苏轼的"大江东去，浪淘尽，千古风流人物"，赞美辛弃疾的"醉里挑灯看剑，梦回吹角连营"，同时也痴迷"杨柳岸，晓风残月"，醉心于"夜月一帘幽梦，春风十里柔情"。即便是李商隐的"夕阳无限好，只是近黄昏"，晏殊的"无可奈何花落去，似曾相识燕归来"，李清照的"旧时天气旧时衣，只有情怀，不似旧家时"，也能使学生珍惜易逝的青春，热爱自己宝贵的生命。

诗歌还能使小孩深刻地认识社会，深入地观察自然，这就是孔子所谓"诗可以观"。古人只把"观"解释为"观风俗之盛衰"，其实，"观"还应包括观察自然，通过"观"来提升小孩对大自然的审美能力。如同样是描写下雨，杜甫《春夜喜雨》"随风潜入夜，润物细无声"，把成都春天夜雨描写得绘声绘影，让我们知道什么叫细腻入微，而苏轼《六月二十七日望湖楼醉书》"黑云翻墨未遮山，白雨跳珠乱入船。卷地风来忽吹散，望湖楼下水如天"，又把人们带入杭州夏日的骤雨中，好像我们也身临其境。"润物细无声"的夜雨可爱，"卷地风来忽吹散"的骤雨刺激，它们无形中培养了小孩对自然的亲近和美感。读罢王维的"江流天地外，山色有无中"，孟浩然的"气蒸云梦泽，波撼岳阳城"，黄庭坚的"落木千山天远大，澄江一道月分明""可惜不当湖水面，银山堆里看青山"，小孩谁不想"到此一游"呢？

孔子还说"诗可以群"，这里的"群"字同样做动词用，相当于现在"合群"的意思。孔子告诫儿子"不学诗，无以言"（《论语·季氏》），曾子要求"君子以文会友，以友辅仁"（《论语·颜渊》），可见，学诗可以帮助小孩提高交际能力，让他们在与同伴的相互讨论中，学会相互体谅，相互友爱，有效地消除小孩的孤独，使他们在爱同伴中也感受到同伴的温暖，从小便养成良好的团队精神和协调能力。看看《左传》和《国语》就不难发现，从春秋开始，我国贵族之间的谈话常常引诗，士大夫引《诗经》诗句无不脱口而出。那时如果不熟读《诗经》，绅士根本就无法开口说话。文明初启之际，我们先人就把读诗、用诗作为有教养的标识，这和今天以语言的粗俗来张扬个性大不相同。汉语是世界上最优美的语言之一，书面语言极尽典雅，日常语言极为灵动。如今我们把汉语糟蹋得不成样子，无论是网络上还是现实中，不是疯狂的叫嚣，便是下流的谩骂，"他妈的"成了许多人的口头禅，偶尔听到有人出言高雅，大家反而觉得他是在"装"。

苏轼曾说"腹有诗书气自华",一举手就暴露了你的出身,一张口就亮明了你的修养。

单音节加上象形文的汉语,天然就是写诗的好材料。用不同的语言表现相同的诗意,就呈现出不同的诗味,如雪莱《西风颂》(*Ode to the West Wind*)中那句"如果冬天来了,春天还会远吗?"(If Winter comes, can Spring be far behind?),已经成了中国家喻户晓的名言。盛唐王湾《次北固山下》中"海日生残夜,江春入旧年",也是我们盛传千古的佳句,当时宰相张说就把它写成对联挂在宰相政事堂,晚唐诗人郑谷还对这两句赞不绝口:"何如海日生残夜,一句能令万古传。"我们不妨将它们稍作比较。这两句的诗意大体相近——从黑暗中看到了光明,从困境中看到了前景,但两者的诗味可就差远了。雪莱直接把意思赤裸裸地"说"出来,无论是英语原文,还是中文译文,全都没有任何意象,因而这两句诗也就没有半点意境,形式上也是散文句式,要是谁用中文这样写诗,那我国的读者谁还会把它当诗?再看看王湾的名句,在这一联对偶工整的诗句之中,"海日""残夜""江春""旧年"四个意象并列,诗人酷似高明的魔术师,只用两个平常的动词"生"和"入",便使两句诗活色生香,真是"着一字而境界全出"。诗境阔大而又宽远,诗情乐观而又欢快,诗语别致而又自然。不怕不识货,只怕货比货,只需将雪莱和王湾的名句并读,它们便高下立见。

几千年来我们的先人为人类创作了无数诗歌的艺术瑰宝,为世界贡献了许多伟大的诗人:屈原、陶渊明、李白、杜甫、王维、白居易、苏轼、周邦彦、李清照、辛弃疾、陆游……古代流传下来的那些诗词,历经漫长无情岁月的淘汰洗练,它们都是"吹尽狂沙始到金"后的精品。这两本《古诗精读》,上册以诗歌题材分类,下册以诗史时代分类,从《诗经》楚辞汉乐府,到唐诗宋词元曲,基本涵盖了各个时代、各种体裁的代表作,也包括了教育部规定中小学生要学习背诵的篇章，包括了以后中考、高考涉及的作品。编者试图将青少年的兴趣，与学校课堂教学内容，及今后各层次考试结合起来，以达到一举数得的目的。

古人不管学什么技艺，都强调"入门要正"。南宋严羽在其《沧浪诗话》中论学诗说："学其上，仅得其中；学其中，斯为下矣。"经典诗词是各类文学作品中最纯粹的艺术品，它们能养成小孩细腻、敏锐的语感，纯正高雅的审美品位，更能提高他们表达和写作的能力。假如小孩认真品读和背诵了《古诗精读》中的诗词，定能感受古典诗词的美妙，欣赏古典诗词的技巧，那些天天望子成龙、望女成凤的父母，你们还用得着担心自己的孩子谈吐不够文雅，还用得着担心他们下笔不能生花？

好了，就聊到这里。

2017年8月15日夜

枫雅居

洒脱
——阮延俊《苏轼的人生境界及其文化底蕴》序

本书的作者曾是我的博士生，是一位才华横溢的越南留学生，即将出版的《苏轼的人生境界及其文化底蕴》是他博士论文的修订本。

我带过的研究生中，有的已经是跨世纪人才，有的已经是教授、博导，有的已经是学术带头人，有的是单位里的业务骨干，但没有一个能像阮延俊这样多才多艺，没有一个能像阮延俊这样善于交游，没有一个能像阮延俊这样活得轻松洒脱，自然也没有一个能像阮延俊这样在人生的道路上独辟蹊径。

七八年前，他考入我校跟随林岩教授攻读硕士研究生，三年以后又转入我门下读博。他的硕士论文是写苏轼，在林岩教授悉心指导下，论文获得我们教研室一致好评，毕业时被评为我校优秀留学生。读博期间他又想继续做苏轼研究，开始我对这一选题比较犹豫。主要考虑到研究苏轼难度太大，博士论文比硕士论文要求更高。写苏轼虽然是个案研究，但苏轼一人留下的文章和诗词，比历史上有些短命朝代一代还多。苏轼思想上奉儒家而出入佛老，诗文艺术上更如行云流水初无定质，要阐释他的思想信仰及精神渊源，把握他的审美趣味和艺术特点，谈何容易！何况苏轼一直为我国读者所喜爱，一直是我国古代文学和思想研究中的显学，一般大众对苏轼相当熟悉，学者对他的研究更是十分深入，对苏轼的每一个层面都反复耕耘，想再谈出点新意需要深厚的功力。国内的博士生写学位论文通常都选一些二三流甚至末流作家，对苏轼这样的大家尚且"敬而远之"，何况阮延俊是一个海外留学生，他能否在三四年内通读苏轼？能否读懂苏轼？能否写出几十万字的论文？说实话，很长一段时间我都很怀疑。

和他一起相互学习的时间长了，我才知道他对儒家、道家、禅宗都有一定了解，尤其对禅宗有较深的体悟，这可能与他在越南时出家为僧的经历有关。通过几次讨论后，他给我交来一份提纲，看了提纲我对他写苏轼就心中有底。

延俊对中国传统文化的喜爱，可以说达到了迷狂的程度。他不管干什么事都十分投入，读苏轼可谓"废寝忘食"，写苏轼更是通宵达旦。二年级下学期就写成了前两章，到三年级上学期他突然中断了论文写作，在外地给我打电话说他正在学中国古琴。我一听他放下论文去学古琴，在电话中便对他大发雷霆，并指责他干事"虎头蛇尾"。他在电话那头笑嘻嘻地说："等我学会了古琴后，保证回校完成学业。"对这位博士生中的异类，对这位越南留学生，他的生活态度，我完全无法理解，对他的人生选择，当然也无能为力。

一年后，他抱一张古琴来见我，称自己现在不仅会弹中国古琴，而且会制作中国古琴，并说将来一定要把古琴琴艺带到越南，要让越南大地上响彻这种优雅的琴声。原以为这是他为了逃避我的批评，随便找的一个托词，我对他只是一笑了之，根本没有把他弹琴、制琴当一回事，警告他要尽快写出论文。

延俊向来是文章快手，一经动笔便一气呵成，几个月后就给我交出了几十万字的论文初稿。我对这份初稿大体上还算满意，修改几次后提交盲审和答辩。答辩会上他不仅回答明晰流畅，还为答辩委员演奏了一曲《高山流水》，答辩和演奏都赢得了满堂喝彩。

该著从儒、释、道思想的视角，论述苏轼执着而又旷达的生命境界，坦荡而又超然的人生态度，并揭示建构这一生命境界和人生态度的文化底蕴。全书五章围绕该中心论旨层层展开，首先阐述苏轼思想嬗变的内外因缘，分析儒、释、道对苏轼心灵的陶冶，接下来论述苏轼对儒、释、道思想的超越，再探讨苏轼对生的安顿和对死的超越，最后解析苏轼的梦幻意识和对人际的关怀。这篇博士论文是从域外视角，写出了一个外国青年眼中的苏轼，国人忽视之处常是他着墨的重点，国人以为寻常之处常是他兴趣之所在。由于他能见人之所不曾见，所以文章时有出人意表的新颖之论。作为一个外国留学生的第一部专著，论证偶尔不够周全，语言时或不太规范，但这些小瑕疵无损于全书的学术价值。时间相去上千年，地域相隔上万里，阮延俊能与伟大的苏轼心心相印，并能成为苏轼的千年知音，东坡地下有知当掀髯而笑。

获得博士学位后阮延俊没有从事本行，没有回国教中国古代文学，而是选择留在中国弹琴和制琴。他对文学和音乐的悟性极高，没有花太大力气就能阅读中国古代诗文，稍加点拨就能识中国古代乐谱。对他的演奏技艺我无从评价，但他几次个人古琴演奏会都好评如潮，他还特地请我欣赏过一场演奏会，连我这个音乐盲也听得如醉如痴。现在很多电视台请他演奏，各地隆重庆祝会请他登台，文士艺人雅集请他助兴，他成了个分身乏术的大忙人。攻读博士学位时中国古代文学是他的专业，中国古琴是他的业余兴趣，如今古琴反倒成了他的专业，而中国古代文学却成了他的"副业"。可能是怕我这位导师或有失落感，他说中国古代文学还是他的看家本领，古琴有助于自己对中国古代文学的理解，中国古代文学能加深自己对古代音乐的体悟。但不可否认，古琴不仅是他的个人兴趣，也是他的谋生手段。

他制作古琴的娴熟技艺真让人惊叹。他花一年多时间就学会了弹奏古琴，还学会了如何制作古琴。学习弹奏古琴尚有人指点，学习制作古琴只能凭自己琢磨，他的制琴技艺要不是无师自通，就肯定是来自天授。从审材到挑弦，从制作到调音，无一不靠自己细心揣摸体会。起初，他弹琴、制琴是自娱自乐，不久以后便以琴会友，后来才以弹琴、制琴谋生。他的古琴演奏广受听众欢迎，他斫制的古琴更是供不应求，不少古琴演奏家只有弹他制作的古琴才得心应手，用其他琴行出售的古琴就很不习惯。去年他在武汉成立了一家演奏和斫制古琴的"南天坊"，招聘了中国工人为他打工。他是中国的文学博士、古琴演奏家、古琴制作师。

我只到越南讲课一个星期，对那里的教育情况不太了解，但阮延俊反衬出我国自身教育的缺陷。从家庭到学校，我们的教育过于功利，儿童从小就懂得"无利不起早"，急功近利扼杀了小孩所有学习兴趣。为利而学是理性的强制，为兴趣而学才会有内在动力，孔夫子早就说过"好之者不如乐之者"。我们的人生观更过于俗气，我们对成功的定义就是金钱的多少和权力的大小，钱和权影响到考生的专业选择，左右了男女伴侣的挑选，有权丑八怪也可以二奶成群，有钱驼背老头也可以娶到明星。追求如此琐屑庸俗，人生自然沉闷乏味，有利时再讨厌的东西也两眼放光，无利时对所有事物都一脸漠然。无论是课内的学习，还是课外的补习；无论是写作文、做数学，还是弹琴、绘画、练字、打球，无一不是为了眼前或将来"有利"，从小都只盯着学了以后的"好处"，怎么可能对学习对象十分痴迷？

阮延俊中止一年博士学业去学习古琴，并不是他事先就预判古琴可以挣大钱，是因为他太喜欢听古琴这种优美琴声，每一听到古琴就遏止不住内心的冲动。学习制作古琴也没有想到将来卖钱，是由于他这个穷光蛋买不起昂贵的古琴，这才不得不自己动手。他学习弹琴和制琴从没有考虑过将来的"利益"，完全是着眼于个人的"兴趣"，后来才无心插柳柳成荫。

无功利则无往而不利，无目的才能完全合目的——阮延俊的生活态度实践了康德的审美人生，并实现了海德格尔所谓"诗意地栖居"。

他在读研期间踏遍了中国的名山大川，他的朋友遍及南北各地，这让那些只知枯坐窗前寻行数墨的中国书呆子无地自容。这小子的出家生涯不得而知，估计多半属于"醉中往往爱逃禅"一类僧人。他在中国大口吃肉，大碗喝酒，下巴美髯飘飘，口中吞云吐雾，完全是一副名士派头。他的朋友涵盖三教九流，他们的交往全出于趣味相投。他有一扬州铁哥们，一天下午乘动车来武汉，彻夜清谈后清晨又乘动车回去，大有王子猷访戴"乘兴而来，兴尽而返"的雅韵。

假如不能摆脱功利的生活态度，无权无钱固然活得很累，有权有钱又何尝活得不累？我的学生中没人活得像阮延俊这般洒脱，没有人能像阮延俊这样豁达。没有对利益的超越，没有对功名的淡然，就没有真正的洒脱，也不可能有高远的情致。

几年前他恭维我说：遇到我这样的老师他三生有幸。其实，这句话应该倒过来说：碰到了他这样的学生是我前生修来的福气。他的生活像一首优美的诗歌，而我的生活则是一篇又臭又长的散文。孔夫子说"礼失而求诸野"，从阮延俊身上，我们还能依稀见到旷远的境界、超然的心态、洒脱的风范。每一看到他我就会想起东坡那首适性任情的词作："莫听穿林打叶声，何妨吟啸且徐行。竹杖芒鞋轻胜马，谁怕？一蓑烟雨任平生……"

2014年3月30日
枫雅居
《苏轼的人生境界及其文化底蕴》
世界图书出版公司2014年版

蚌病成珠

——老芨《往事那片云》序

在我省的作家中，也许只有老芨算是"大器晚成"——五十多岁才发表作品，此后便"一发而不可收"；也许要数老芨最多才多艺——既长于小说、散文，也精于诗词、书法。他的长篇小说《雷池》，长篇系列散文《活殇》，还有诗集《爱的轮回》和《堵河等我归去》等，不少作品出版后都好评如潮。如今老芨先生在古稀之年又将出版散文随笔自选集《往事那片云》，能成为这部自选集付梓前的最早读者，对我来说既十分偶然也非常幸运。

"九死一生"远不足以形容老芨一生的磨难与坎坷，用德国思想家海德格尔的话来说，他五十岁以前几乎一直处在人生的"边缘状态"，他一直都是"向死而在"。孔老夫子说"未知生，焉知死"，这句话何尝不能倒过来说成"未知死，焉知生"呢？生与死是人生一个铜板的两面，彼此构成了人生"阐释的循环"：不知生固然不能知死，不知死又如何知生？只有向死而在，人生才得以澄明；也只有向死而在，人生才能走进存在的深度。

有一次老芨回答记者采访时说："你问我喜欢哪些人生格言？日本电影《砂器》中的一个老者诠释人生意义的话，让我感受至深，记忆犹新：

生下来，活下去。生下来不容易，活下去更艰难。谁都不愿意选择苦难，可是苦难偏偏选择了我，我的出路只能是与命运抗争。"生下来，活下去"这句话，比王绩《自撰墓志铭》中那句"王绩者，有父母，无朋友"还要沉痛，"生下来不容易，活下去更艰难"，与陶渊明《自祭文》中"人生实难，死如之何"异曲同工。只有一生与命运抗争、与苦难为伴、与死神较劲的人，才能体验到"生下来，活下去"这句话的艰难与分量。

老茷的父亲年轻时既有天赋也有抱负，很早就进了黄埔军校，抗战时期在重庆工作了一段时间，由于工作出色和成绩优异，又被保送到国民党中央军政大学深造。人生往往十分吊诡的是，"无用"有时能成为"大用"，"有才"有时却偏偏成为"大害"。生逢时代更迭的乱世，他父亲的聪明才智和勤奋努力，不仅没有给他带来远大前程，反而让自己因此丢掉了性命，更让儿子因他而饱受摧残。老茷五岁以后就没有见过父亲，没过多久母亲又被饿死，临死前母亲还将他的两个妹妹送人。失去双亲后有几年时间他靠在乡间乞讨度日，他流浪到外婆家待了一年，又因外婆家太穷不得不离开，后来他又被堂叔收养。老茷说："叔叔家比外婆家更穷，我每晚睡在一只破柜上，垫的是他的裤子，盖的是他的袄子。穷得连一条裤头也没有。"小学毕业因门门成绩优秀，上初中时享受特等助学金，初中毕业时虽然成绩在全校名列前茅，但在那个荒唐的岁月里，他被排斥在高中大门之外。后来他先后干过建筑、木工、砍树、烧炭、放排等活，还当过锻工、钳工、翻砂工、模型工。这一切都是为了能够"活下去"，并希望能够穿过黑暗见到光明，没有想到等来了"文化大革命"。不久，他就被关进了黑屋，要不是有正直的人出来作证，他险些遭人政治陷害而被判处极刑。"文化大革命"结束时，他已是一个无业游民。因生活无着，他抛妻别子只身流浪到昆仑山下的戈壁滩上，谁知他在戈壁滩上喘息未定，又被当作"盲流"抓了起来，放出来那天正好是他三十九岁的生日。"望着戈壁滩上连绵起伏的风蚀坟，一丛一丛的骆驼刺，还有那没有绿叶的芨芨草，我心绪难平。这里常年不下雨，没有水分，缺乏营养，更没有人呵护，可是芨芨草却顽强地活了下来，活在一望无际的戈壁滩上……"他的生命也像芨芨草一样顽强，不知是芨芨草像老芨，还是老芨像芨芨草，芨芨草引起了他深深的共鸣，他甚至将这种草视为自己生命的象征，"老芨"后来成了他所有作品的笔名。

好像是法国一位思想家曾经说过，"父母还没有和自己商量就把我给生下来了，不管我喜不喜欢这一对男女，他们命定就成了我的父母"。因此，人一生下来就被"偶然"所摆布，被"荒谬"所玩弄，被"命运"所主宰。不过，"命好"和"命坏"虽然都由不得自己选择，如何对待"好命"和"坏命"却完全可以自己做主。这就是西方人所说的，不能改变风的方向，但能调整帆的朝向。对待命运积极或消极的人生态度，决定了命运肯定或否定的人生价值——好命最终可能结出恶果，苦命最后也许成为佳音，此中关键就在于你敢不敢"与命运抗争"。

像老芨这样大半辈子在死亡线上挣扎的人，与自己的命运搏斗既要能"韧"也要能"忍"，在无数苦难和无尽凌辱面前，没有韧性便易断，没有忍劲则易亡。老芨年长我十四五岁，过去我一直觉得自己的青少年时期非常不幸，读了老芨《往事那片云》后，才明白什么才算得上是真正的"厄运"，我怀疑自己有没有韧性和忍劲来承受他那样的苦难。且不说小时候的饥饿乞讨，单是不惑之年还一无所有，还在戈壁滩上四处流浪，很多男人就可能被这种失败感击垮，甚至走向人生的末路——自杀。当他在新疆被当作"盲流"关起来的时候，谁能想到十几年后老芨会成为一名多产作家？熬过这一人生苦难，战胜自己的人生厄运，不仅要有韧性和忍劲，更要有生命力的强悍，否则就可能在厄运面前"认命"。一旦"认命"就失去了振作的勇气，也失去了奋斗的动力和激情。既然相信"万般皆是命，半点不由人"，那一定会觉得任何振作都是枉然，任何奋斗都是徒劳，任何挣扎都非常可笑。老芠命苦却从不认命，身在暗夜却向往黎明，他的随笔平坦处有波澜，简易里藏奇崛，随和中呈傲兀，从他的文字很容易看出他的为人——既是人生的"忍者"，也是生命的"强者"。

只有生活中的"忍者"和"强者"，才可能成为人生真正的"智者"。人们常说苦难是人生的宝贵财富，但苦难也可能是人生的沉重累赘：饱受苦难可能使人奋进，也可能使人颓唐；屡遭凌辱可能使人坚强反抗，也可能使人更加卑微屈从；见惯了黑暗腐败可能使人渴望光明正义，也可能使人变得更加阴暗邪恶——既然别人都又黑又坏，我为什么不能更黑更坏？强者总能欺凌我这个弱者，我为什么不可以欺凌更弱者？我受了一辈子侮辱、磨难，有机会为什么不能补偿、放纵？古代有些诗人一生潦倒穷困，他们的诗歌也仅仅是表现颓废苦闷，人世的穷愁把他们扭曲成社会的"诗囚"。苏轼在《读孟郊诗二首》之一中说："人生如朝露，日夜火消膏。何苦将两耳，听此寒虫号？"因诗歌风格和审美趣味的差异，苏轼对孟郊的评价当然有失公平，但他说的这种现象却是普遍存在，很多文学作品只能给人带来晦暗和绝望。老芠说由于"苦难偏偏选择了我"，所以"我的大部分作品都与苦难分不开"。但是，我读老芠的作品不仅没有"听此寒虫号"的痛苦，反而从他的苦难中看到了社会底层的善良，从他的屈辱中体验到了亲情、友情、师生情的温暖，从他的生死交战中看到了人性的高贵与坚强——

《"甜"的记忆》一文写自己童年时代的"甜蜜"回忆。他小时候的命运"比小猪差多了。死并不可怕，因为饥饿比死更难受，更漫长"，他在大雪天饿得已经无法睁开双眼，"抬眼皮也是需要消耗能量的，而我已经没有这种能量了"。没有想到正当他饿得快要咽气时，一个喂猪的农妇把她主人家吃剩的玉米糊扔到了他的手上。"良久，我慢慢地慢慢地伸出舌头，用舌尖轻轻地轻轻地，把那个像坟茔又像金字塔似的玉米糊尖尖舔了一下，仅仅是一下呵，我的天！好甜啦！"他说这种关于甜的记忆，"一直到现在还照样鲜亮，照样具有权威性，任何办法都不可能消除我对它永久的怀念"。正是在苦涩的人生中能永久保留着甜蜜的记忆，老茇才有勇气熬到"苦尽甘来"。《"盐"的记忆》更让人感动。在大雪纷飞的数九寒天，在大家都一命如丝的危急时刻，"一点点儿盐可是救命的东西"，那一点点儿盐到底先给谁吃，成了审视一个人崇高与卑劣的试金石。从这"一点点儿盐"中，老茇体认到了母爱的博大，他在文章结尾情不自禁地说："可怜的母亲呵，儿子因为有您这样一位世界上最伟大的母亲，才会感到骄傲，才会更加珍惜生命，才会更加堂堂正正、认认真真地活着！其实，生命并不是世界上最珍贵的东西，世界上还有比生命更珍贵、更神圣的东西，那就是——仁爱和孝道！"

《往事那片云》第四辑是一辑专栏文章精选，其中一组"襄江夜话"分别谈"幸福"、谈"诚信"、谈"友情"、谈"爱情"、谈"婚姻"、谈"家庭"、谈"超脱"，这是一生坎坷的古稀老人对人生的回味和咀嚼，篇篇都情趣俱佳而又词意兼美。一生历尽辛酸的人来谈幸福，饱经世态炎凉的人来谈友情，一直在失意潦倒中徘徊的人来谈超脱，的确能见人之所未曾见，能言人之所不能言，从文风到文境无一不让人耳目一新。《先生韩》记他的启蒙老师韩世杰先生，把韩先生学识的渊博、为人的正直、个性的怪僻、心地的善良和处世的孤傲写得活灵活现，表达了他对老师由衷的感激和真挚的怀念。

我想特别谈谈《往事那片云》中的散文《阿兰》，这篇文章收入湖北郧县中小学自主开发教材，写的是农村姑娘与城里小伙的爱情故事，文字别致清新，爱情纯朴甜美。文章一起笔就说"村庄很小，只是一个院落"。我想如今大概只有这样的小村庄，才会出现老茇笔下那种纯情姑娘。"那年的正月初四，雪下得很大很大，把整个村庄和通向村庄的路都掩埋了。那条弯弯的小河也消瘦成了一条细细的黑线；这样细细的黑线是缠绵的，将阿兰的村庄绕成了那个男孩永远也解不开的情结。""此刻，阿兰正站在远离村庄的山口，翘望着远方被大雪掩埋的那条小路。她穿着一身白色的绒衣，像有意要和这白色的世界融为一体；她头上戴着一顶用红毛线织成的风雪帽，这顶风雪帽像一把燃烧的火炬，将寒冷的冬天映得一片灿烂。"人们很难想到如此清丽缠绵的文字出自一个老人之手。"阿兰专拣像玛瑙一样的红色石子，她说，这像男孩晶莹火红的心；男孩专拣釉黑发亮的石子，他说，这像阿兰美丽明亮的眸子。"读到这里人们还以为，这是一个美丽的爱情童话。可是，文章结尾处突然笔锋一转："许多年，许多年过去了。早有孩子把阿兰喊妈，也早有孩子把当初的那个男孩喊爹。不过，他俩在各自新婚时所面对的，却是另一个男人和另一个女人。"正当我们要为阿兰与小伙爱情结局感叹唏嘘时，作者又意外地转折腾挪："少年弟子江湖老，红粉佳人两鬓斑。我想：阿兰和那个城里的男孩虽然老了，但他们共同编织的故事却没有老，并且依旧年轻。——有桂花树作证。"老苃很擅长经营文章结构，在平缓处陡转形成波澜，使此文柔婉而不庸弱，峭拔又富于情韵。当然更让人叫绝的是他对人生和爱情的新奇体验：人生难免有许多遗憾，爱情却永远常新。爱情的美丽不在于它那大团圆的结局，而在于它那纯洁销魂的过程。"日午画船桥下过，衣香人影太匆匆"，正是有很多遗憾很多偶然，爱情才显得那样动人美丽、那样值得珍惜。一个青年作家也许能将爱情写得像老苃一样美，但很难把爱情写得像老苃一样深。

　　还有那篇《病房散记：当生命进入"声嘶"之秋》，写他面对疾病和死亡时的从容淡定。要一个人看轻名利已经很难，要让他看轻生死就更难。古人说"俗网易脱，死关难避"，能够超脱富贵利禄的人，未必能够超脱个人的生死。老芨在切除肿瘤时还轻松谈笑，手术后一个朋友发来短信问候："现在伤口还疼不疼？瘤子到底有多大？"你听听老芨回复的短信是怎么说的："术后也不怎么疼，可能令你很失望，瘤子不大，切成片还凑不够一盘下酒菜。"达到了老芨这种人生境界才算是真正的潇洒。

"世路如今已惯，此心到处悠然。"这份从容潇洒不是得之于书本学习，这是苦难的人生赋予他的觉解与智慧，这是长期"向死而在"给他的回报。

最后我想和老芨谈一点自己大惑不解的地方：他在这本随笔集中几次引用余秋雨的话，我认为余秋雨那些话不应该拿出来见人。余秋雨先生的人品我不能妄下断语，但他的文品实在不敢恭维。我曾在一篇文章中谈到自己对余先生文章的感受，这里引出来与老芨商讨："前些年，余秋雨被热炒的时候，我翻过他的《文化苦旅》和《山居笔记》，至今还没有读过比他更矫揉造作的文字。余先生文章中的夸张，就像女孩经过整容后的眼睛大得极不自然；文中每一个比喻的年龄都至少有八百岁，全都老掉了牙；文中那些时髦的新词，就像一个土气的家伙穿时装、赶新潮，又俗气、又好笑。我特别怕他在文章中故作高深状，时不时发出'千年一叹'。幸好余秋雨像时装一样早已过时，否则，不知要败坏多少人的阅读趣味。"我建议老芨将所有有关余秋雨的引言全部删掉，这些引文在老芨的优美文字中像一个个丑陋的补丁。不知老芨以为然否？

我和老芨一直缘悭一面，但他在博客上断断续续读过我一些杂文，我们之间可以说神交已久，他与我的老同学杨爱华又是知交。我很少给别人的著作写序，即使我的博士生出书也是能推则推，但老芨向我索序哪敢敷衍推脱，一是与他本人及老同学的友情，一是他的作品给了我审美上的无穷快感，一是我从他的人生中学到许多宝贵的东西。他年过古稀仍然"闻鸡起舞"，我一个五十多岁的中年人却满身暮气。再到十堰我一定要和他饮酒三杯，向他讨教如何永葆自己旺盛的创造力。

　　《文心雕龙·才略》论及冯衍时说："敬通雅好辞说，而坎壈盛世，《显志》《自序》亦蚌病成珠矣。"读着老苪这本即将付梓的《往事那片云》，我想起了陈衍《宋诗精华录》中对陆游《沈园》的诗评："无此绝等伤心之事，亦无此绝等伤心之诗。就百年论，谁愿有此事？就千秋论，不可无此诗。"就其人生所达到的境界而论，就其一生创作上的成就来看，我觉得老苪配得上他所遭受的苦难，他更对得起不断给他施加苦难的浊世。

　　刘勰"蚌病成珠"这句话，移来论老苪也许更合适些。

　　是为序。

2012年9月10日

枫雅居

《往事那片云》

作家出版社2012年版

韩伟书序

　　韩伟是我三十年前的学生，他的教学论文将要结集出版，托我帮他联系一家出版社，并郑重请我为之作序。平时有人出书请我写序，我常常是能推则推，为韩伟作序是我答应得最爽快的一次，而且也是我动笔最迅速的一次——他的书稿还没有给我，我的书序便开始动笔了。在高中繁忙的教学之余能写出几百篇论文，他的才华固然让人称道，他的勤奋更叫我吃惊，看着眼前成熟自信的韩伟，我的思绪又回到了三十多年前——

　　韩伟大学期间给我留下的印象是，读书很有灵气但不下力气，很有潜力却不够努力。虽然他毕业时的总成绩在班里属中上等，但我给他写的毕业鉴定中肯定没有"刻苦认真"这一类好评。我当他班主任期间，韩伟把很多精力用于球场和情场，不仅在球场上常能看到他奔跑的身影，而且他同时还要忙于与同班美女蒋芝芸遮遮掩掩的爱情。后来听说，这小子读书时拖拖拉拉，谈恋爱倒是雷厉风行。那时大学里对恋爱还没有"解禁"，要么是他俩很善于对老师保密，要么是他俩人缘好没人向我"告密"，离校多年后我才知道他俩的"秘密"。估计韩伟是在结婚以后才真正"玩醒"，我怎么也没有料到从前的"懒学生"，走出校门后会变得如此勤奋，毕业二十多年来他写出了七百多篇文章，从他课堂里走出了许许多多名牌大学生，他在成就自己的同时也成就了他人。韩伟属于那种既会讲也会写的多面手，现在是恩施州名牌高中里的名牌老师，同时也是我们湖北省的语文名师。他太太蒋芝芸当年是我班里成绩优异的好学生，现在是湖北民族学院中文系教授，已是一位在学术上颇有造诣的学者。他们的儿子也很有出息，华中科技大学本科毕业后拿到了美国大学提供的全额奖学金，目前正在美国的名牌大学攻读博士学位。看来，只要能处理好二者的关系，念书时学习和爱情既可相互促进，工作以后事业和家庭也并不矛盾——谁说鱼和熊掌不可得兼呢？

　　韩伟的语文教学论文，最近我在网上断断续续地读过多篇，无论课文名篇的文本细读，还是对课文的字词解读，抑或语文教学的心得体会，议论既有新意，文笔也简洁活泼。作为韩伟大学时的班主任，我既为他论文集的出版感到高兴，也为他们小两口的成就感到骄傲，更为他们幸福美满的生活感到欣慰。

　　是为序。

2016年4月18日

湖北民族学院

附注：

刚才整理电脑文档，发现了前年为韩伟书稿所作的序文，此时此刻，韩伟离开人世已近一年！读着眼前的序文，想起他念书时的身影，黯然神伤！韩伟的语文教学论文集不知何时面世，将拙序收入我的随笔集中，一以表达对韩伟的思念，一以纪念我们的师生情缘。

2018年12月14日

《文献考辨与文学阐释》自序

　　由于文学院要出一套"教授文库"，我将先后发表在《文艺研究》《文学评论》《中华文史论丛》《读书》《图书情报知识》《中国韵文学刊》《中国文学研究》和我校《华中师范大学学报》等刊物上的文章汇拢在一起，那些已经收入专著中的文章基本不选，那些文化随笔、社会评论和翻译文章一概不选，只选那些至今看上去还不太丢人的"学术论文"，其中最长的一篇有四万多字，最短的文章也有八九千字。感谢我所在的文学院和我校出版社，让这些专著以外的单篇文章有了"大团圆"的机会。

　　正如书名所标示的那样，本选集中二十多篇文章大致可分为两大类：文献考辨和文学阐释。研究生毕业回到母校华中师范大学后，我读书、教书和写书，基本是围绕这两个方面打转。

一

　　我曾在《张舜徽学术论著阐释》编后记中说："读硕士研究生时我的专

业方向虽是唐宋文学，导师曹慕樊先生在入学伊始最先给我们开的课却是文献学（又称目录学或校雠学），当时是用他自编的油印教材，即后来由西南师范大学出版社出版的《目录学纲要》。从向歆父子的《别录》《七略》讲到纪昀等的《四库全书总目》及《提要》，从版本、校勘讲到辨伪与辑佚，先生言之侃侃，而我听之昏昏。那时既觉得它毫无用处，又对它毫无兴趣，尽管先生讲得十分精彩，我自己仍然所得无多。后来才知道，先生早年在金陵大学师从刘国钧先生受文献学，这种学术渊源决定了他对文献学的重视；也是后来才懂得，文献学是'学问之眉目，著述之门户'，先生一开始就给我们讲文献学，是要将我们领进学术的大门，而且是要让我们'入门须正'，可惜我辜负了先生的一片苦心。"

自己从事教学工作以后，才更深地体会到文献学的重要性，研究古代文学如果没有扎实的文献根基，阐释可能就会"凌空蹈虚"，议论可能就是"自言自语"。不过，我写文献学论文是自己招博士生以后的事情，当时准备要给博士生开文献学课程。原先我打算像曹老师那样写成概论性的教案，阅读了大量文献学典籍后，我发现我国古典文献学著作，其实是一种别具一格的学术史，也就是章学诚所谓"辨章学术，考镜源流"；同时无论是国家馆藏目录或史志目录，还是私家目录或专科目录，其实又都是一种独特的知识论著作，它们都在图书分类中凸显了知识分类和学术分类，这就是郑樵所谓"类例既分，学术自明"。因此，我试图将古代的文献学与古人的学术路数结合起来，并从古代典籍的分类来探讨古代知识系统的建构。这些文章发表后，没想到"无心插柳柳成荫"，意外获得学界专家和朋友们的好评。《别忘了祖传秘方——读张舜徽〈清人文集别录〉〈清人笔记条辨〉》，寄给北京的《读书》后，很快就收到杂志主编的录用通知，主编在电邮中对拙文赞赏有加，这篇文章也许是《读书》发表的最长文章。人民文学出版社素未谋面的葛云波先生，读到拙文后特地给我来信说："今见先生妙文，发微梁、钱、张之殊途，张皇舜徽先生之学术地位，鼓吹传统治学方法，皆中肯之言，发人深省。先生高识，吾辈服膺，故略草数言以致敬意。"我校文学研究所所长张三夕兄，还因此文主持过一次张舜徽先生学术个性的讨论会。文学院博士生导师孙文宪老师，也因此文在他们文艺理论教研室开过小组讨论会，孙老师不同意我文中的观点，我到场进行了交流和答辩。正是这些热情的鼓励，正是这些善意的批评，给了我客串文献学的勇气，我陆陆续续地写了《汉书·艺文志》《隋书·经籍志》《通志二十略》《国史经籍志》《四库全书总目提要》方面的文章，并与我校图书情报专业的教授共同申请到了教育部一个重点课题，除共同完成课题的专著外，我自己也将写一本文献学专著。本选集中已经发表的部分论文，是我学习文献学的一得之见，未发表的版本考证文章这次没有收入选集。

二

我读研究生和刚参加工作的时候，正赶上了中国学术界的"方法热"。西方"历时性"的学术进程，在中国"共时性"地全面铺开，存在主义、结构主义、形式主义、精神分析、符号学、解释学、传播学、接受美学、后现代主义、后殖民主义、西方马克思主义……一个新流派还没有混到眼熟，另一个新流派就挤到前排；一种新方法还没有学会，另一种新方法就取而代之。学者们在这些新学派、新方法、新概念面前目迷五色，论文几乎就是新概念的堆砌和轰炸。我和很多青年学者一样早先也是新方法的"赶潮人"，很快便发现一味"穷力追新"容易让人心浮气躁。思想敏锐却失之空泛，观点新颖但疏于论证，是那时大多数论著、论文的共同特点。

我读本科时去旁听过刘纲纪先生讲美学，很快又读到李泽厚先生的《美的历程》《批判哲学的批判——康德述评》。现在的研究生很难想象二十世纪八九十年代李泽厚在学界的巨大影响，很难想象青年学子对他崇拜到什么程度，套用梁武帝的话来说，几乎是"三日不读李泽厚便觉口臭"。由于李泽厚称自己的学术是从康德入手的，我又糊里糊涂地找康德的《纯粹理性批判》和《判断力批判》来读，读不懂便找我校老校长韦卓民先生翻译的《康德〈纯粹理性批判〉解义》《康德哲学讲解》学习，老实说我至今对康德的理解仍未达到"一知半解"的水平。接下来便读朱光潜先生翻译的黑格尔《美学》，这时候我明白必须向哲学专业的朋友请教。行家告诉我说，要想读懂黑格尔《美学》，先得进入黑格尔的哲学框架；要进入黑格尔的哲学框架，最好的钥匙便是他的《小逻辑》。起初读《小逻辑》像读天书，朋友又推荐我读张世英先生的《论黑格尔的逻辑学》和《黑格尔〈小逻辑〉绎注》，前者是对黑格尔逻辑学的综论，后者是对《小逻辑》一节一节的注释和阐释，这两本书真帮了我的大忙。读完了这几本后再读黑格尔的《美学》就明白多了。朱光潜先生的译文清通畅达，很多段落译得雅洁可诵，这使我尝到了读理论书的甜头，而且我很快发现李泽厚的《美的历程》与黑格尔的《美学》一脉相承，如李氏评宋元小品画与黑格尔评荷兰小品画在思路上毫无二致。那时候对理论有极高的兴趣，收入选集中的《论庄子"逍遥游"的心灵历程及其归宿》一文，就有较浓的理论思辨色彩，我在文章中试图阐述"逍遥游"的本质特征，并辩驳将"逍遥游"比附成审美的流行观点。

对我影响最大的一本书可能是海德格尔的《存在与时间》，这本书才让我明白什么叫"论证"。我的一个年轻同事，在职攻读张三夕兄博士期间，因要参加小组讨论，曾找我借阅过这本著作，她发现这本书被我画得密密麻麻，到处批写得星星点点。不仅原著我反复读过了好几遍，而且我翻阅了当时能够找到的所有参考资料。相比于海德格尔对"此在"擘肌分理的严谨论析,很多著名思想家的论著、论文只能算一些"思想火花"。我被这位德国哲人的推理能力所折服,尽其所能学习海氏的论证技巧,尽其所能师其意而不师其词,但我学到的可能连皮毛都算不上,如《存在与时间》论述此在的沉沦与澄明,我的拙著也以《澄明之境》名其书,足见仅猎得其词句而未得其精髓,拙著中各章的论证仍然十分粗糙。

读大学时喜欢背诵贾谊《过秦论》和韩愈《原毁》一类文章,读研究生时看了章太炎的《国故论衡》才幡然醒悟,《过秦论》这种文章不过是以辞赋作论文,徒有排比波澜和雄词壮彩,"千言之论,略其意不过百名"(章太炎《论式》)。晚周以后最善持论的作家首推王弼、嵇康,而嵇文尤能"体物研几,衡铢剖粒"(钱锺书《管锥编》)。《玄学的兴盛与论说文的繁荣——正始论说文的文化学阐释》,便是自己学习魏晋文章的一点心得体会。

我最感兴趣的是六朝文学,最喜欢读的文学体裁是诗歌,因此,选集中分析六朝诗人诗作的论文比例较大。研究老子的专著,阐释庄子的论文,都是我为了研究六朝文学做准备工作时的副产品。我一直想通过古典诗歌的论析,探究我国诗人情感体验的方式和生命境界的特征。十几年前我在《澄明之境:陶渊明新论》后记中说:"古代文学研究的真正突破应当表现为:对伟大的作家、伟大的作品、重要的文学现象、著名的文学流派和社团,提供了比过去更全面的认识,更深刻的理解,并作出了更周详的阐释,更缜密的论述。从伟大的作家身上不仅能见出我们民族文学艺术的承传,而且还可看到我们民族审美趣味的新变;他们不仅创造了永恒的艺术典范,而且表现了某一历史时期精神生活的主流,更体现了我们民族在那一历史时期对生命体验的深度。"这一看法我至今还没有多大变化。我将在这条路上一直走下去,等我完成了一个重大项目的子课题——"中国古典诗学中的语言批评"后,我还会回来阐述中国古代诗人的情感体验与生命境界。

选集中还收录了两三篇研究现当代学者和诗人的文章。研究闻一多是由于当时我们教研室承担了一个教育部的课题，我分写这位现代学者和诗人，我想写出闻先生的学术个性。写余光中先生是因为当时参加一个学术会议，更因为我对余先生的诗歌和翻译都很喜欢，我自己过去也写点新诗和旧体诗，也弄点英国小品文和小说翻译，写诗固然需要天才灵气，译诗同样非常艰难。可能是我对余先生有较深的体认与理解，听说余先生对拙文评价很好。有一篇论述"诸子还原系列"学术理路的文章，是杨义先生邀请我赴京参加他的新书发布会和学术讨论会提交的论文。

《"人民性"在中国古代诗歌研究中的命运——对一种批评尺度及其运用的回顾与反思》一文写于二十世纪末，当时正值"世纪反思"热的时候，我那时想对二十世纪后半期大陆文学批评的主要范畴进行一次梳理，反思这些批评范畴在中国古代文学研究中的是非得失。记得当时列出的范畴有"现实主义""浪漫主义""人民性""阶级性"等，我想一个个梳理，写成一本小册子。论"人民性"这篇文章投了几个杂志，所有编辑都给我泼冷水，说现在反思这种东西有点敏感，冷水把我的热情也浇凉了。我一直认为这件工作很有意义。到现在还有许多学者习惯性地套用"现实主义""浪漫主义"等范畴，如"浪漫主义诗人李白""现实主义诗人杜甫"等，这种简单贴标签的"学术研究"贻害无穷。李白何曾知道什么"浪漫主义"，又何曾用"浪漫主义手法"写诗？为什么要给杜甫诗歌戴上"现实主义"的帽子？我们有什么理由说杜甫是"现实主义诗人"？拿西方的理论准绳来套中国古代诗人，其结果必然是削足以适履，杀头以便冠。如果追溯一下那些舶来范畴的来龙去脉，就知道我们古代文学研究中的许多提法何等可笑！假如当时能及时发表这篇文章，假如能得到刊物和学界的鼓励，我肯定写出了反思理论范畴的系列论文。

最后两篇论文分析文化认同、文化选择与价值重构，一篇发表于十几年以前，一篇为澳门大学2009年"'冲突对话与文明建设'国际学术研讨会"发言论文（后发表于《华中人文论丛》2010年第2期）。可能是看到我这个教古代文学的人批判传统文化，《否定与新生——文化选择与价值重构论略》曾招致指责，《文化认同与文化转型》在大会上宣读后，引起与会者和听众的热烈反响。这两篇文章都是从不同角度阐述同一个论点：仅从传统文化中"开"不出现代文明，文化上的抱残守缺绝无出路，躺在祖辈留下的老屋中吃喝屙睡更无前途，我们应有大格局和大胸襟来汲取和容纳各种异质文化，让中西文化实现多元互补，在祖辈留下的地基上重建民族新的文化价值大厦，借鉴人类的文化精华来重塑中华民族的"民族魂"。

回首这几十年的求学历程，自己不过是受风气影响和兴趣驱使读了点中外书籍，在比较熟悉的几个点上写了些论学文章，既无可夸耀，也无须遮掩。

三

虽然喜欢伏案读书，喜欢在电脑上敲字，也喜欢在课堂上授课，但敲出来的这些论著、论文，到底有多大的社会意义我一直深表怀疑。我们这个苦难的民族，大家都在忙着为自己的肚子操劳，哪有工夫为自己的灵魂操心？今天神州大地上那些翻云覆雨的强人，谁还想去弄明白"道可道，非常道"？谁还有心思去体验存在的澄明？有多少人在翻阅我们这些乏味的学术论文？有多少人愿意掏钱购买这些枯燥的学术著作？即使大家佩服得五体投地的乾嘉学者，他们那些艰深的皇皇大著今天到底又有多少读者？此时此刻有多少人在看《皇清经解》及其续编？我现在能够体认古人"百无一用是书生"的喟叹，能够理解鲁迅先生教儿子"别做空头文学家"的遗言。

如果老天爷允许我这一生从头再来，我一定会去选择一个实用专业，为社会干点实实在在的事情。我读高中时最喜欢的是数学，后来却阴差阳错选择了文学。我觉得一个男人选哪个专业作为自己的谋生手段，和选哪个女孩做自己的太太一样，都有极大的盲目性和偶然性。茫茫人海中为什么要与这个女孩共度一生？三百六十行中为什么要选这个行当作为终生职业？当我们还不知道要找什么样的女孩时，就糊里糊涂地结了婚；当知道应找什么样的女孩时，又不太可能再去结婚了——有勇气去追求"人生第二春"的人毕竟是少数，大多数人都是从慢慢适应到逐渐习惯。同样，中国人向来认为"三十不学艺"，开辟"事业第二战场"的勇士终归不多。

这倒不是轻视人文社会科学，相反，我觉得自己从事的专业对人的生活非常重要，只是在我们这里此类专业问津者既少，从事者的境况也不太妙。从识字的时候起，我所看到的文人不管什么情况下都在唱赞歌，所读到的论文在大多数时候都是在做辩护。我们学校一位政治经济学教授，当年在课堂上给我们大讲计划经济的优越性，国家从计划经济转轨为市场经济之后，他又到我们文学院给老师大讲市场经济的优越性。明朝张溥感叹"文人何常，唯所用之"，现在又何尝不是如此？一个稍有道德感的人一旦撒谎，一定会长期受到良心的折磨，而一个学者一生都言不由衷，大家居然都自我感觉良好。今天的某些教授和专家成了人们轻蔑嘲讽的对象，我在另一篇文章中沉痛地说："要是能看到大学里评职称时，教书先生们的卑微态度；要是了解每年评奖时，教授们到处求人的样子；要是得知为了争取到重大课题，很多斯文教授到处行贿的丑态；要是清楚教授和专家的许多论文，只是在为长官意志进行论证和辩护，我想社会大众更要向专家们脸上吐口水，更要朝教授们头上撒尿。包括我本人在内的很多'教授''专家'，真的不值得社会大众尊敬，甚至我自己也瞧不起自己！"

我不知道这是大家在自甘堕落，还是环境使然，但有一点可以肯定，现在大学这种不断折腾的管理方式很难让人静下心来，去细细地品读自己喜欢的书籍，去从容地写自己深思熟虑的文章。学者要不断地报课题，不断地发文章，不断地出专著，不断地争奖项，不断地招研究生……学校要不断地报硕士点，不断地报博士点，不断地报一级学科，不断地报重点一级学科，还要组建什么团队，要搭建什么平台，要建什么中心，要争什么基地，不能让"一个人单打独斗"，要让"大家抱成一团"……如果没有课题，没有项目，没有经费，没有奖项，你就没有职称，没有钞票，没有地位，甚至没有老婆……二十多年前在读专业书籍和写专业文章之外，我还喜欢读点英国小品，遇上特别喜欢的文章就把它们译成中文。我译的小品文在《散文》等杂志发表后，有的还被几家出版社收在《世界散文精选》中，被上海《中外书摘》转载，有时候还写点旧体诗和新诗。现在多年没有翻译英国小品和写诗了，没有阅读小品的悠闲与恬淡，没有写诗的冲动和心境，更重要的是我们的生活根本就没有"诗意"。

今年暑假实在憋得慌，我在家连续写了两三个月社会评论和文化随笔，平均每天写一篇几千字的杂文，最敏捷的一天写了一万多字，从早上的六点多写到第二天凌晨两点多，有两次我写着写着眼泪流出来了。这是我平生第一次阐述自己的真实思想，真有一种"兴酣笔落摇五岳"的快意，两三个月的时间我写了二十多万字。有些文章被日本、美国媒体翻译转载，《行己有耻与社会自净——小议日本首相菅直人辞职》，先是被译为日文后发布在日本雅虎头版，接着又出现了一个中日文对照的译本刊于日本报纸，仅雅虎上日本人对拙文的评论就有十几万字之多。我的很多杂文在读书人中广为传诵，可见，我道出了很多人的心声。虽然多了点凌厉峻急，少了点安详温润，但从文章学的角度看这些杂文值得一读，至少比那些言不及义的文章好得多，如《瞧，这世道！》(之一至之十七)《怎样使自己学习"上瘾"？》《人生难道只是一场赛跑？》《权力脸上的脂粉》《谈微博》《再谈微博》《何必给苦涩的现实裹一层糖衣？》《校长，别在毕业典礼上发嗲》《故乡无此好湖山》《假如有人欺骗了我》《奇妙的文化逻辑》等一百多篇文章，有些被国内外报纸杂志转载和连载。和那些清高的学者不同，我很看重这些文章。港澳和武汉几所大学的朋友，都说读了我的文章后十分痛快，感谢一些朋友的善意提醒，感谢另一些朋友的激励肯定。港澳热心的兄长最近在帮我张罗，正准备将这些文章在港澳结集出版。

四

在自己读书、教书的几十年里，我得到了许多师友的教诲和帮助。我忘不了导师曹慕樊先生，他老人家年过七十还在啃抽象晦涩的现象学著作，还说"一是想把西方的现代修辞学引进唐宋诗词研究中来，一是想把西方现象学引进研究中来"（《杜诗杂说续编·自序》，三联书店）。先生的学问并不囿于集部，于儒、释、道都有极深的造诣，中华人民共和国成立后几十年他的教学和写作不能正常进行，所有著述都是在他七八十岁高龄时完成的。他在《庄子新义·自序》中说："茶余客散，平人所谓无聊。借此一书，亦复可以送老"（《庄子新义·自序》，重庆出版社）。谁读了这样的文字能不心酸？记得毕业时他送我一套四部备要本《后汉书》《三国志》，在书的扉页上附言说："陈寿、范晔书，皆文史高文典册，建业熟读勤求之，涵泳数年，必有所得无疑。"并反复告诫我说："前四史和《资治通鉴》读毕，才能开口说话。"这些书我至今大多没有好好通读，但早已张口胡说，游谈无根，真是愧对先师。

忘不了我所在教研室师长对我的指导，尤其感谢丁成泉、李广柏老师对我的关心，感谢教研室兄长和青年同事对我工作的热情支持。

感谢邢福义老师长期对我的指点与鼓励。感念已经逝世的黄曼君、孙子威老师，他们曾在校内外为我"逢人说项"，我研究生刚毕业时黄老师向校外刊物推荐我的论文，孙老师为我翻译的理论文章到处联系杂志发表。

校外有些朋友看了我的社会评论后，以为我正处在"水深火热"之中，事实与他们想象的恰恰相反。虽然有时给学校领导提意见，但我从来没有遭到过打击报复。去年元月全校教师代表大会上，我作为教师代表当着几百名代表和全校领导的面，激烈直率地批评了学校领导的工作，这大概是我校近六十多年破天荒的第一次，我的发言多次被代表们的掌声打断，事后就有人断言我的日子不会好过。没想到，同年5月经过网上投票，我被全校研究生评为"我心目中的好导师"第一名，同年7月学校同人和领导还把我这样的落后分子评为全校教师标兵。在此，我想给学校领导说句"好话"：华中师范大学管理工作中存在的问题是一种体制性痼疾，比起兄弟院校我们学校即便说不上更好，但也不至于比他们更糟。作为一个普通教师，我在自己供职的学校和文学院感到温暖，这里有我多年的真挚朋友，忘不了他们给我和家人的无私帮助。

在学术上还得向有些师友谨致谢忱。记得二十多年前，研究生刚刚毕业我就给北京《文艺研究》寄去了一篇文章，没有想到方宁兄给我回信说这篇文章写得有分量，但文章涉及的内容不宜在他们刊物上发表。信上的钢笔字工整漂亮，当时我还以为他是位老先生，虽然没有发表拙文，但给了我很多肯定和鼓励，并建议我改投他刊。如今，这样的编辑比清官还难找。拙著《澄明之境：陶渊明新论》出版不久，方宁兄主动向我约稿，为拙著发表了几千字的书评。在《文艺研究》上发表文章尚且很难，发表书评就更不容易，有些名家想在上面发书评都被拒绝。多年来我一直觉得欠方宁兄的人情，今天要在这里表达我对他的谢意。感谢上海古籍出版社总编赵昌平先生，这不只是因为在他主编的《中华文史论丛》上发表长文，而且赵先生的为人为文学术界有口皆碑，他每次寄赠大作都使我获益良多。感谢武汉大学《图书情报知识》常务副主编周黎明教授和编辑李明杰博士，我和周教授只有一面之交，但每次与她电话或电邮交流，都能让我感受到她的热情与敬业，近几年我的文献学文章大多在她主编的刊物上发表，每年一篇，有时每年两篇，每篇文章都是两万多字。武汉大学图书馆专业长期执全国同类专业牛耳，许多专业人士在该刊上发表文章也很不容易，谢谢她给予我许多宝贵的版面。尤其要感谢范军兄，他过去编辑和主编《华中师范大学学报》的十几年里，我每年在该学报上发表一到两篇文章，很长时间我的文章主要都是在他那里发表，无论是学术上还是生活上，他都给我许多真诚的帮助。

感谢本书责编陈良军先生，他认真细致的编校使拙著避免了许多错误。

感谢我教过的历届学生，他们的掌声给了我自信和快乐，他们的质疑更促使我反省与思考。

感谢我的太太，感谢我的弟弟，感谢我的儿子！

感谢生活！

好了，就这些。

2011年12月8日

枫雅居

《文献考辨与文学阐释》

华中师范大学出版社2012年版

医治"现代病"的良方
——《国学经典读本》序

近些年"国学热"在不断升温，全国各地自发地办起了不少青少年"读经班"，国内不少著名学府开办了"国学班"，有的甚至还成立了"国学院"，国务院学位办也正在征求全国相关专业学者的意见，准备把"国学"设为一级学科，将"国学"纳入国家的学科建制。

晚清政府中止科举考试以来，四书五经就不再是学生必须诵读的经典，儒家礼义就不再是人们必须谨守的行为准则。从五四"打倒孔家店"到"文化大革命""狠批封资修"，儒家思想和传统文化一直是许多读书人批判和否定的对象，孔子被说成是我们过去专制落后的罪魁祸首，传统文化似乎是我们积贫积弱的根本原因，在国外感受到的窝藏和在国内见到的乱象都被算在儒家的账上。

一个世纪的轮回，孔夫子为什么从千夫所指到再次被众人推崇呢？国学为什么从被唾弃到再次被人珍惜？我想个中缘由主要有如下四点：

首先，二十世纪六十年代以后儒家文化圈经济的成功，如日本和"亚洲四小龙"经济的腾飞，尤其是近三十年来中国的崛起，使人们看到了以儒家为主干的传统文化不仅不是经济繁荣的障碍，而且还是推动社会经济繁荣的文化动因，它在现代社会仍具有强大的活力。

其次，今天一些人只是一味追逐金钱，只知道满足自己的物欲，造成人与自然的紧张，人与人的隔膜，人与社会的疏离，结果是得到了金钱却失去了幸福，满足了物欲但体验不到快乐，大家这才发现强调人与自然和谐、人与人和睦的传统文化，正是医治"现代病"的良方。

再次，席卷全球的经济化浪潮，严重冲击人们的道德底线，如今没有什么规范能检束人们的身心，也没有什么准则能约束人们的行为。在一部分人眼里，见利忘义好像是理所当然的事情，生活在这个社会中的每一个人都深受其害，大家连饮水、吃饭都没有安全感。喝奶怕添加了三聚氰胺，吃饭怕用的是地沟油，面包和馒头中怕有漂白剂，吃猪肉怕有激素和瘦肉精。此时不只是我们意识到儒家仁爱、礼义、气节、操守、诚信这些传统的道德价值多么重要，就是同属儒家文化圈的日本也是如此。鉴于日本青少年行为失范的现状，最近日本文部省要求小学生增加读《论语》的时间。联合国前年也将孔夫子"己所不欲，勿施于人"作为人与人、国与国交往的准则。

最后，一个民族要是失去了自己文化的根，这个民族就难有很强的凝聚力，这个民族中的个体就可能出现民族认同危机。一个国家要是没有富于特色的主导文化，这个国家就不会有文化软实力。

"国学"就是指我国以儒家思想为主导的传统文化。它是我们一代又一代先人智慧的结晶，它是我们民族对世界文明的重要贡献，我们这些后人有义务更有必要去学习它、继承它、光大它。

我之所以承应华中师范大学出版社的邀约，出面主编这套四本《国学经典读本》，主要是我觉得它对传播和普及传统文化的核心价值，是一件十分有意义的工作。丛书在编排上颇费匠心，一是从小学低年级到高中，内容由浅入深，由易到难，兼顾了不同年龄段学生的接受能力和学习兴趣。如为小学低年级编写的第一本从"讲礼貌""重友爱"谈起，第二本接着讲"守诚信""奉节俭""近自然"，这些内容对于小孩来说具体易懂；到高中的五个单元分别讲儒家的"五常"——仁、义、礼、智、信，这些相对复杂抽象的内容比较适合高中生理解。二是既能抓住要点又生动活泼。每一讲都有四个板块："经典要义"是经典名言摘要，突出该讲的讨论的主旨；"古风楚韵"选录古代一些幽默风趣的故事，阐述"经典要义"的思想，并穿插一两首歌咏楚国的名诗名句；"经典释义"主要选录古代启蒙教材中被人传诵的章节；"知行合一"则是通过与学生互动，让学生在参与活动与游戏时，不知不觉地将国学的核心价值和道德规范化为自己的行动，从他们的举手投足和言谈举止，就能让人感觉到他们受过传统文化的熏陶。丛书中选录和编写的许多故事，谁读后都会捧腹大笑；"知行合一"这个板块设计的不少活动和游戏，谁参与其中都会兴味盎然。

但愿青少年朋友经过"国学启蒙"后，有礼貌但毫不拘谨，讲原则又不失其灵活，文质彬彬而又生龙活虎，仁爱博学而又富于创造力。

是为序。

《国学经典读本》

华中师范大学出版社2011年版

学问之眉目，著述之门户

——《张舜徽学术论著阐释》编后记

我并非张舜徽先生的弟子，由我来主编研究张先生的学术论文集，的确有点偶然；可我酷爱张先生的文章，我今天来编研究张先生的学术论文集，冥冥之中好像又有点必然——

读硕士研究生时我的专业方向虽是唐宋文学，导师曹慕樊先生在入学伊始最先给我们开的课却是文献学（又称目录学或校雠学），当时是用他自编的油印教材，即后来由西南师范大学出版社出版的《目录学纲要》。从向、歆父子的《别录》《七略》讲到纪昀等的《四库全书总目》及《提要》，从版本、校勘讲到辨伪与辑佚，先生言之侃侃，而我听之昏昏。那时既觉得它毫无用处，又对它毫无兴趣，尽管先生讲得十分精彩，我自己仍然所得无多。后来才知道，先生早年在金陵大学师从刘国钧先生受文献学，这种学术渊源决定了他对文献学的重视；也是后来才懂得，文献学是"学问之眉目，著述之门户"，先生一开始就给我们讲文献学，是要将我们领进学术的大门，而且是要让我们"入门须正"，可惜我辜负了先生的一片苦心。

另一老师谭优学先生以长于考辨享誉学界，他特别推崇张舜徽先生。

记得谭老师一见面就问我哪里上的大学，听说我毕业于华中师范学院后，他马上兴奋地说："是张舜徽先生那所大学吧？"念大学时虽然心不在焉地听过张先生一次讲演，但我从没有到历史系去旁听他的课，更不知道他是驰名海内外的国学大师，真是"有眼不识泰山"！回到母校华中师范大学中文系工作后，我深感自己眼界狭隘，这才主动去学习文献学，慢慢地品尝到了文献学的无穷乐趣，粗读《四库全书总目提要》后，真有一种"独上高楼，望尽天涯路"的敞豁感。曹老师当年的油印讲义早已不知去向，我重新学习文献学是从读张舜徽先生的《中国文献学》开始的，后陆续读了他的《清人文集别录》《清人笔记条辨》《四库提要叙讲疏》及他编的《文献学论著辑要》，并根据张先生文献学著作中所提供的线索，先后读了张先生姑父和老师余嘉锡先生的《目录学发微》《古书通例》，读了《汉书·艺文志》《隋书·经籍志》及张先生的《汉书艺文志通释》、姚振宗的《隋书经籍志考证》、郑樵的《通志二十略》和章学诚的《文史通义》《校雠通义》。经由阅读张先生的文献学论著，我初步打下了文献学的基础，也逐渐喜欢上了张先生的述学文章，特别是他那些用文言文写成的著作。张先生的文言文雅洁清通，亹亹可诵，读来让人流连忘返，不忍释手。

前些年，因要给古代文学博士生开文献学课，我才着手写了一系列的文献学论文。我试图通过文献学课让学生粗知传统的学术路数，明了传统的知识分类与典籍分类。这些文献学论文大多写得有点冗长，其中几篇内容较专且长、两万字以上的文章发表在相关专业杂志上，稍短的一篇万来字的文章《别忘了祖传秘方——读张舜徽〈清人文集别录〉〈清人笔记条辨〉》，在《读书》2006年第1期发表后，意外获得了学术界的好评。朋友和同行来电话或电子邮件表示肯定，人民文学出版社一位素未谋面的编辑也来信谬加赞赏，拙文被海内外多家网站转载，还被一家网站评为优秀刊物上的优秀论文；我们文学院博导孙文宪先生还就此文组织文艺学和部分现当代文学博士生展开了一次讨论，在讨论会上我就同学们的相关质询进行了答辩；文学研究所所长张三夕兄也因此文组织过一次关于张先生学术个性与特色的讨论会，还特邀了历史文献所两任所长周国林先生、刘韶军先生参加。我深知这并非由于拙文是什么值得大家称道的佳作，而是学术界不苛求我这个文献学的业余爱好者，对此我有自知之明。谁都明白，客串演员特别容易博得观众的掌声，只要他们演得"像那么回事"，人们就会"喜出望外"，就会"开怀一笑"，就会"好评如潮"。显然这不是由于他们演技有多高或演得有多好，而是由于观众对客串演员的期望值很低，从来不把他们与专业演员进行比较的缘故。由于自己是因工作需要才"客串"文献学，开始我对拙文也拿不定把握，一脱稿我就将它分别传给了几个朋友，想听听他们的批评意见。华中师范大学出版社社长范军兄，在正式发表前他便将文章挂到他们社里的网站上，朋友们的称许使我对拙文多了点自信。华中师范大学出版社近几年来陆续出版了四辑二十册《张舜徽集》，并荣获第三届中华优秀出版物奖图书奖。一是为了配合这套文集的出版，一是明年是张先生诞辰一百周年，范军兄早在一年前就邀我编一本张舜徽先生学术著作研究论文集。他知道我很喜欢张先生的著作，事实上也是张先生的著作把我领进文献学的大门，我自然很乐意接受范军兄的这项委托，还特地向他推荐了张三夕教授，并愿意与三夕兄共同主编这本论文集。三夕兄是张先生开门弟子，又是文献学专家，比我更熟悉张先生的学术特点，因而也比我更适合主编这本论文集。后因他要到韩国讲学，主编的任务不得不由我一人承担。

由于张舜徽先生博涉四部，论域遍及经、史、子、集，我邀请了多所大学研究文史哲的专家、学者，分别对张先生的各主要学术论著进行阐释。除了像《说文解字约注》这样难读的大部头外，张先生的许多论著往往一书多评。论断的标准不同，论述的视角各异，对同一论著的评价自然各不相袭。恰恰是这种见仁见智的评论，证明张舜徽先生的学术著作具有巨大的学术容量，因而也就具有巨大的阐释空间。

由于这本论文集是阐释张先生的各部论著，在编排时将论述同一论著的论文编在一起，编排以经、史、子、集为序，阐释同一论著的作者则先校外后校内，同一学校的作者则先院外后院内，同为文学院的作者则以齿序为先后。论文集前冠以张三夕兄的《张舜徽先生学述》，综论张先生的学术成就和学术特点，该文刊于张先生生前，并经由张先生过目和首肯。

本论文集的作者大多为各大学的教授、博导，部分是副教授、博士后，其中有张先生的弟子和再传弟子，有我的师长和学长，有我的同学和朋友，有我在华中师范大学的同事。论文集中的论文多为万字以上的长文，有些文章甚至两万多或三万多字，绝大部分是第一次发表，从作者这种严肃认真的态度中不难感受到他们对张舜徽先生的景仰之情。我由衷感谢所有作者的鼎力相助。编这本论文集的过程中，我既学到了很多东西，又交到了很多朋友，用金圣叹的话来说："岂不快哉！"

我原来邀请了我校历史文献所所长董恩林兄，想请他和王玉德、周国林、刘韶军、姚伟钧等先生赐稿，他们都是文献学领域的专家。恩林兄说他们所里也打算编一本纪念论文集，为了避免两本论文集所收论文重复，最好不要邀他们所里的研究人员。尽管他说得非常在理，但我仍觉遗憾多多。

衷心感谢著名历史学家熊铁基先生为本论文集作序。桂子山上治文史哲的学生晚辈们对于熊老，既敬佩其学，又敬重其人。记得几年前他让我和周光庆先生以及历史文化学院多名中青年教师聚在一起给他的一篇长文提意见，大家没有半点客套和敷衍，先生的胸襟、气度和谦和，让每一个提意见的人都非常感动。此前我还没有见过一个学术名家如此真诚地请那么多学生晚辈给自己提意见的动人场面。熊老在几次大会上对拙文称赞有加，先生对我的错爱是对我有力的鞭策，让我十分惭愧，也让我不敢懈怠。感谢华中师范大学出版社社长范军、总编辑段维、副社长董中锋和我的同学程继松等先生的大力支持，尤其要感谢范军兄，没有他的建议、策划和鼓励，就没有这本论文集的面世。感谢周光庆先生、张三夕兄在编这本论文集过程中给予我的良好建议。感谢我所在学科的青年教师王炜博士、安敏博士，她们负责对所有论文进行文字审订和体例统一，两人为本论文集的出版付出了大量心血。感谢责编的细心编辑和校对，使本论文集少了许多错误。

　　谨以这本论文集聊表对张舜徽先生道德文章的敬意，也以这本论文集纪念张舜徽先生的百年诞辰！

2010年11月29日

枫雅居

《张舜徽学术论著阐释》

华中师范大学出版社2011年版

翻译小品

时间、地点与书

[英] 托马斯·伯克

真正的嗜书者不管读哪一本心爱的书，对时间和地点总很讲究，唯有这样，才能在书中探骊得珠。但也有那么一种书虫，随时随地便对随便哪种书都看得下去。有一天我遇到一位老兄，竟在地铁里看起斯摩莱特来。这种人并不真的爱读书，他们不能品味自己手中的读物，只是囫囵吞枣而已，自然也领略不到其中的韵味和风致，因为这种妙境只有在相宜的阅读环境中才会出现。所谓相宜的阅读环境，不过是比照所读书的神韵而言，斯摩莱特与地铁彼此就未免太不相契了。

譬如，在乡间栽有雪松的草坪上，就不大容易从人称的"露天读物"中萃取精华，它们只宜在城市的楼房里阅读。就我本人而言，像如下的诗句：

呵，它传到我耳中

恰如迷人的索斯

在紫罗兰的堤上絮语

送来又带去馥馥的香气

它们在肯林顿的卧室里读来妙不可言，但在萨里的乡间小路上回味时味道就差远了。

我不会在山顶读理查·杰弗里斯。书断不可与绿叶、蓝天、红日共处，否则，眼前的现实将会扼杀读书时产生的幻想。对柯罗相宜的阅读处所是空空如也的房中，而坐在树枝上翻他的作品简直是罪过。

同样，在僻静的农舍读城市文学会情趣盎然；游记属于火炉旁的伴侣，不要在班机上浏览它。在田头地角受宠的作者，写不出精神历险与探幽的大部头。粗汉最爱的作家是纳·古尔德之流，而文人青睐细腻的诗人和闲适的小品文作者。

某些见地不同的人可能会说，"床边读物"只是一种任性的分类，并无事实上的依据。我觉得这种看法有问题。显然，有的书只宜于在床边翻，有的书则须在图书馆里啃；有些书应在火炉旁浏览，有些书适于在茶桌上品尝；有些书让人凌晨朗诵，有些书供人下午解乏，有些书可作夜晚消遣。我的一位朋友还创办了一本杂志，名为《H 与 C》，是专为沐浴时翻阅的。

读那些死里逃生和离奇感人的故事，床上实在是个绝妙的处所，在那儿你与世隔绝，甚至也与你自家住宅套间隔离开来。电话铃响了，就让它响去；邮递员敲门，就让他敲好了。既已脱衣上床，离地板三尺，自然高出于营营攘攘的尘世之上，你像神仙般仰卧白云，心境冲淡超逸，一尘不染，静观人间凡夫俗子困扰与纷争的故事。床上还是读《金银岛》和《诱拐》的所在，浓雾迷天的伦敦之夜，在公共汽车上读沙克尔顿的《南极》会一无所得，你完全被自身的危险处境所占据，因而对这种探险的书失去了敏感，还是让它在床上来陪伴你吧。不过，千万别把斯威夫特带到床上来，他在床上会像刺一样蜇人。马·比尔博姆和安·弗朗斯也太精了点儿，做不得床头的好伙伴。

冬日晚饭后围坐火炉旁，捧一本离奇的流浪汉小说，此刻就别提有多惬意了，如《匹克威克》《兰登》《吉尔布拉斯》《唐·吉诃德》都行。要么选一位闲话专栏作家来聊聊也不坏，像亲切随便的《霍埃利亚尼书简》的作者豪厄就是合适的人选，格拉蒙特、佩皮斯、鲍斯韦尔、伊夫林、格洛劳等作家也同样说得过去。

精微深致之作宜于白天阅读。阳光明媚的早晨或午后，正好把简·奥斯汀、盖斯凯尔夫人和皮科克找到窗前谈心，而《修路工》和《垂钓全书》，以及大部分斯蒂文森的作品也可在此时细嚼慢咽。梅内尔夫人的小品当在下午消受，《拉文格罗》和《圣经在西班牙》则可用于消闲的夜晚。我曾试过深夜翻阅《模仿基督》，随之又不得不把它搁到一边，换一本帕特森的《道路》；至于烈日炎炎的盛夏，我非丢开赫·梅尔维尔不可，转而去亲近《感伤的旅行》。

有些人在海边漫步处和沙堆上打开书，这种场面是我亲眼所见，至于他们读的是哪类书，是否真的读进去了，则不得而知。不过，单是如此尝试已足使我惊诧。我在户外的强光下，甚至连报纸上的章节也弄不懂，小说中密密麻麻的拼写符号就活像字妖。只有极少数优雅的诗人，如洛弗莱斯、赫里克、坎品、丹尼尔、德拉蒙德、德雷顿、考利，允许我们或是在夕阳西下的凉亭上，或是于河边树荫覆盖的孤舟中，分享他们心灵世界的美妙。但是，没有印刷品在晃眼的阳光下，会给人带来精神的快慰。

除了床上以外，阅读描写神话英雄一类的东西，最佳的地方就要数教堂顶上放置风琴的阁楼了。在中学念书的最后一年，我是学校教堂的风琴手。每当布道、演讲、祈祷之际，我总是安静地藏在那儿绿呢窗帘的后面，房中笼罩着一种神秘的气氛，四周是着色的玻璃窗，透过一个窗户上的小孔，眺望远处的青山马路，聆听路上的马嘶。此时此地正合我的心意——这正是捧读哈里森·安斯沃思作品的好时光。

附注：

译自 *Today English Essays*，作者托马斯·伯克（Thomas Burke，1886—1945），英国作家。该译文最先发表在百花文艺出版社1991年第12期《散文》，后被多家出版社选入《世界散文选》《外国散文精选》，被上海人民出版社选入1996年第2期《中外书摘》。

谈对作家的偏爱

[英] 阿伦·蒙克豪斯

　　一个姑娘前不久告诉我，在所有作家中，她认为丁·墨里最棒。我称与这位作家有一面之缘，因而也赢得了她的某种信任。我的一位平生知己，则把贝因哈特列为所有作家之首（我并不觉得这过于离谱）。有如此偏爱的热情是件好事，它使爱者和被爱者都变得高尚起来。世上也许有人把你视为人伦俊杰，并非由于你是她的丈夫，或情人，或上司，而是纯粹出于对你言行的倾倒和激赏，这种推许非常令人鼓舞振奋。可是，我们许多人经常夸耀自己为人如何宽容妥洽，鉴赏如何平正得体，品评如何无专断偏私。一个明辨的批评家，得知自己的观点并无新意，与另一个深刻的批评家所见雷同时，可能感到沮丧。如果你为人足够谦虚诚恳，偶因某事与人争辩，你可能忽然发现：你远不是过去自许的那样随处明达，相反，对于旧观念的忠诚已近于僵硬冥顽；或者，竟已陷于怪僻乖张，一度天真地想象为自己个性标志的东西，如今必须当作毒瘤除掉。

　　不过，要在保守与激进之间，不偏不倚地走钢丝可不容易。对于老顽固来说，装帧精美的古典作品，自有一种凛不可犯的权威，这已成为他扔不掉、摆不脱的东西。华丽厚实的卷轴，成叠地摆在维多利亚式的书桌上，其内容也获得了某种尊严。名字频繁见诸报端的文坛新秀，时人可能将他与已被神化的经典作家并称，对此，那些信而好古的老头总免不了摇头叹气。另外，他也许发现自己正在读的是德拉·梅尔的诗作，而且爱他胜过爱阿诺德。① 为了恢复心理上的平衡，他又读一遍《吉卜赛学者》，可他心里清楚，这两位诗人都是人，绝非一个为天上的神仙，一个只是地上的俗子。我一位过世不久的朋友，最喜欢的诗人也是阿诺德，我想他断不至于和人争论说，阿诺德比华兹华斯和济慈更为伟大，只不过前者更合他的胃口罢了。这没有什么不对，让我们各有自己偏爱的作家吧，大家都不是什么精确的批评机器，假装成这样的东西倒会坏事。诗人们不会十全十美，我们也有——而且应该有——自己的偏好、自己的个性。我相信，某处可能有个不显山不露水的家伙，他最喜欢的诗人是胡德。

当然，把自己的审美趣味弄得狭窄僵化也很危险，这对你所仰慕的作家会有欠公允。休利特先生最近出了本随笔，他在前言中抱怨说，一个作家开始的成功，给读者造成强烈的印象，后来读者惯于把这位作家凝固在先前的印象上。这样，"十之六七的读者，希望我的每本新作，都或多或少是《森林情侣》的回响"。读者对他诗风的变化心灰意冷，他对读者的要求也无可奈何。《犁之歌》允称巨著，但休利特却以其他诗篇走红。哈代的情形也差不多，不管批评家如何苦口婆心地说，他后来的诗剧《列王》和诗歌更有价值（我不认同此说），他却还是以一个小说家的形象活在人们的心中。但无论如何，让我们各人都有自己偏爱的作家吧，只别把他们僵化为化石就行。

话又说回来，坚持旧说也不可一概抹杀。远在情智半开的年龄，我写

① 德拉·梅尔（1873—1956），英国诗人。阿诺德（1822—1888），英国诗人和评论家，名诗《吉卜赛学者》的作者。

过一篇吉本的评论文章，许多年后重读它时，似乎自己的看法仍无二致。假如你写了点什么东西，并把它变成了铅字，它就成了你在日新月异的人世的一个标记。你向一个批评家问一下他对某书的意见，他会重复一下所写的评论标题；过几年再去问他，如果他能回想起来，他又会勾勒出那篇评论的模糊轮廓。我们多少有点固执，不可能那样灵活开放，然而，这比随波逐流、与时俯仰要好得多。不能简单地把它斥为死板，它是对自己早年热情的忠诚。我不大喜欢这种人：昨天把罗斯金捧为圣人，今日则把他打入地狱。如此世故地对待一个作家，我看不出对在何处。你年轻时崇拜的女神，未必就是个丑恶的妖怪。

我想，大多数批评家持论还是慎重的，害怕自己给自己出洋相。他们乐意发现和揄扬天才，可伪天才却是危险之徒。他的自吹自擂，常被当作他的实际才气。夸夸其谈和自命不凡之辈，凭那么点微才小慧便可招摇过市。批评既想大胆又想小心，如果我们不理睬这种四平八稳的批评，直截了当地说出自己的所爱和所以爱来，我想也许更近真一些。不过，在染指文学批评这门学问之前，我们自己也可能早已八面玲珑了。人们总想让自己的赏鉴周全圆通，假如这真的成为事实，那实在是一种灾难。最大的乐趣莫过于有自己偏爱的作家，但他们必须是你私心仰慕的人物——必须是你自己本质的确证。

附注：
译自 *Today English Essays*，该译文原载于1992年10月24日《作家报》。

谈书信

[英] W. R. 英格

最后一卷新版《拜伦书信集》，篇幅不厚，前面附有圣茨伯里教授关于书信历史与艺术的序言，它的出版会重新引起许多读者对书信的注意。书信本是文学中讨人喜欢的一支，显然它有自己走红的日子。据说是现代邮政扼杀了地道的书信艺术。然而，对那些无疑不属于文学的书信来说，一两个便士的邮费既不能提高它们的质量，也不至于严重地减少它们的数量。

打字机和电话才是通信的大敌。我们生活中离不开通信，说起来我也和几个朋友断断续续有书信往来，其中包括三位神学家。他们写信时步趋斯坦利教长，那龙飞凤舞的字迹，连默里先生的排字工人也奈何不得。幸好，这些神学家也操起了打字机，不过大多数情况下，打印字只是手写体冰冷而令人反感的替代品。

拜伦曾说他的字迹像他的脾气一样糟糕，我相信这有点言过其实，因为他的书信早有人辨认过。但就一般而言，优秀书信家的笔迹定当清晰易读。

比电话和明信片更坏的，要数推脱自己的工作太忙。其实，我们的工作并不比我们的祖辈繁重，可我们要是一日不穷忙乎就于心不安，只有那些工联主义者，才怕过于匆忙的指责。出外旅游我们比祖辈快多了，而我们从东到西的奔波，反而相应地虚掷了更多光阴。发明了节省时间的工具，却减少了我们的闲暇时间。

这些变化肯定会煽起写短信的风尚，我手头就有几封绝妙的范文。沃尔顿舰长的一封急件说："西班牙舰队被攻克、摧毁，如图所示。"如果情况属实，这封信倒是简洁可读。西班牙人曾对此予以否认，我倾向于西班牙人的说法。据说一位王室大公传书爱尔兰主教："科克左右：请委斯坦顾普以牧师之职。约克顿首。"对这封信的回复是："约克钧鉴：斯坦顾普已委任。科克谨奉。"又传：大主教坦普尔收到来自官方的两封公函，内附大主教两种明显相互矛盾的言论，要求他予以澄清，他回信说："先生明鉴：两说均对。"

我听说——但对此不大相信——大战期间，外交部被迫雇用了两名临时秘书，他们受的训练是商业而非外交。一位高贵的外国大使收到下面的公函时，惊诧不已："亲爱的先生：大札已转交，内容知悉。我方老板正杂务缠身。"

最后一封堪称短信的杰作。一位父亲告诫在校念书的儿子说，自己忙得没有工夫看冗长的信件，要求这个年轻人写信务必简练。回信可说是文字省净的典范："S. O. S. L. S. D. R. S. V. P."。信中字母是"告急，镑、先令、便士，答复"的缩写。

长信自然并没有绝迹，但就我的所见来看，它只限于那类叫人惊异的怪人，没来由地冒昧给名人写信，用几张纸的书信体散文，详细陈述自己关于神学、政治的高见，没有指望他们的受害者——收信人，会去阅读并回复他们。真正妙趣横生的书信，能令人早餐食欲大开，愁闷全释，这样的东西的确快要绝迹于当今之世了。

圣茨伯里教授将古罗马人尊为优秀书信的开创者。古罗马人确有资格独享这一殊荣，遗憾的是，他没有让我们看两封西塞罗的范文。西塞罗的书信内容丰富而笔致灵动，而塞维尼夫人书信的妙处，却在无话可说时仍能妙语解颐，就像一个法国厨师，没有原料也能做一餐美味可口的宴席。普林尼（小）则是另一种有趣的通信人，一个十分可敬的绅士，他也希望我们作如是观。

不过，十八世纪是书信写作的黄金时代，英法两国都是如此。法国人认为塞维尼夫人无可企及，这种看法也许不错，但就书信的内容和文风而论，我们英国有些作家似乎更有吸引力。蒲柏惊人地机敏，但他的居心不正和吐辞不诚，又远非笔墨所能形容，如在情书中附上这样的要求："当该信由于其俏皮而被付印时，注意下面画线的文字用另一种字体。"对这样的男性，我们还能说什么呢？

正如莫利勋爵所说的那样，斯威夫特这位残酷可怕的天才，一度迷上了两位命运多舛的夫人，而他爱情的态度多少有点病态和怯懦，我们现在还可看到一大摞他给她们的情书。《致斯特拉》尽管才华横溢，但我不敢苟同圣茨伯里的看法，认为他是"世上最伟大的情人"，他并没有把勃发的生命热情奉献给爱情。

诗人柯珀不失为优秀的书信作家。当不在宗教阴影的笼罩下时，他亲切而又细腻，对公共事务的评论，眼光也异常独到敏锐。沃波尔的书信我不感兴趣。他为人自私放纵，靠年金丰厚的闲职自肥。他与人通信为的是显露自己的聪明才智，至于收信人倒不怎么放在心上。

依我看，格雷的书信尤为可爱。他兼诗人、学者、隐士于一身，给通信人送去温情才华，描绘旅行见闻更别具风致——要知道，做到这一点绝非易事。读他的书信就像在和他愉快地谈心，优美的书信就应达到这种境界。因而，不难明白，最好的书信作家往往是些女性。十八世纪蒙塔古夫人的书信十分迷人，十九世纪的两位女性——卡莱尔夫人和布朗宁夫人，都嫁给文坛的天才，而其书信比丈夫更见精彩。卡莱尔夫人虽心有怨恨，但这并未使她的书信减价半分。

雪莱、济慈和拜伦都属于写书信的高手，三人中我最醉心于雪莱。拜伦最后一卷书信集，是这位有严重心理缺陷绅士的自画像。对信中的情人，他送去温柔甜蜜的亲吻，也送去颐指气使的吩咐，而且他喜欢吩咐更胜过喜欢亲吻。那位《鲁拜集》译者菲茨杰拉尔德，算得上书信作家的王子。少数才智之士乐于闲适淡泊，实在是文坛的福音。他们的作品精雕细琢，务求艺术上尽善尽美。如果愿意，他们有的是时间写信，这些信札也必将成为文学中的珍珠。

现代传记充塞着多余的书信，致使篇幅成倍膨胀。出版情书却属于违法行为，像一个年轻旅行家对卢塞恩的第一印象，这种高雅的审美情趣，自然也没有人想去了解。一位传记作家曾向我吐露，传记中所有动人的信件都给剔除了。

我不敢肯定，但仍然希望：优美的书信艺术之花，会在我们手中再度烂漫绽放。

附注：
译自 *Today English Essays*，作者 W. R. 英格（William Ralph Inge，1860—1954），英国作家。英格先生这篇谈书信艺术的随笔，本身也是一篇艺术精品。作者以简洁优雅的文笔，从容纡徐的调子，给我们阐述了西方书信艺术的起源、特点和优秀的书信作家。书信在我国古代同样也是十分繁荣的文学体裁，有的书信不仅用语像诗一样工致精巧，意境也像诗一样清幽可人，如吴均的《与宋元思书》《与顾章书》《与施从事书》等，读来令人心醉；有的书信就像与朋友面对面吐露衷肠，读来无比温馨亲切；有的书信是那些饱经风霜的智者在给我们传授经验，给后人或学生谈人生、谈读书，读来真是如沐春风；有的书信宏伟庄重，有的书信细腻委婉，有的书信机智俏皮……可惜现在的通信方式，特别是当代人的心境、文学修养和艺术品位，让我们无法写出优美的书信，"80后"、"90后"的青年甚至只发"短信"而不写"书信"了。我比英格先生更为悲观："优美的书信艺术之花"，肯定不会在我们手中再度绽放。

搬书

[英] J.C.斯夸尔

我想不起是哪位喜欢沉思冥想的散文家，曾写过一篇有关搬书的小品。要是这篇小品还在手头就好了，我准能从它那儿找到一点同情和安慰。前不久，我将藏书从这一房间搬到另一间，那时我真想一死了之，用阿斯奎斯先生那句俏皮的话来说，"与其苟延时日，宁愿及早归天"。夜夜我都耗在搬书上，书比我想象的要多得多。一趟又一趟地下楼上楼，像火车沿着铁轨运行那样机械单调：上楼，两手空空；下楼，像老朽似的伛偻蠕动，又高又歪又鼓胀的一摞书，摇摇晃晃地揿入我双手和下巴尖之间。这活儿一旦开始了就无法停下来。在搬书过程中，我无时无刻不憎恶书籍，恰如修金字塔的奴隶讨厌砖石一样。对书的强烈憎恶浸透骨髓，埋在沉闷的故纸堆中，束缚于死人的多愁善感里，真叫人羞煞！那些离开这些废品藏书走向外面世界的粗犷强人，岂不是更自由自在，更无拘无束？岂不更加美好，更加勇敢吗？文明！哼！

但这种情绪——我很幸福地说——在我只如流星一闪，只似昙花一现，它兴于乏味的体力劳动，止于这种劳动的结束。然而，搬运只是搬书中麻烦最小的部分。掸灰——即约翰逊博士所谓"殴打书籍"——也可掸可不掸，你可以简单地对自己说，"这些书六个月前折腾过一次"（其实你自己清楚，那是十二个月以前的事情），因而心安理得地把这事搁置起来，一直到别的事情办停当再说，可整理书房的烦琐想躲也躲不开。

当然，要是你连书架也一起搬就再好不过，这样你可以先把书拿下来，按次序一排排放在地板上，然后再依次放回原书架。倘若情况不是那样，你又想让书籍从内容上分门别类，书籍又依大小高矮排列整齐，那等着你的就不会有好日子了。我的情况比这更糟。原先被赶出来的房间低矮见方，被逼进去的房间高而有拐角，已有的靠墙旧书架没有一个适用于新房，我不得不打更多的新书架，形状和摆法也全然不同。保持原样是毫无可能的了，重新摆放书架弄得我满头大汗。如果有人不想把他的书归类，那就可简单地把大开本放在大书架，小开本放在小书架，然后走到就近的墙角，悠闲地吸几口可意的香烟。而想要知道每本书的摆放处所，尤其是喜欢每本书安置得所，对于这种事事较真的人，就别想享受这份悠闲了。哪怕不讲什么条理的人，在按书籍大小强行分类中，也得顾及按书籍内容分类。就我而言，想按年代顺序排列的愿望十分强烈，没有比这种摆法更便于查阅的了，正是这样使摆书变得更加烦难。如果清楚《贝奥武甫》就摆在适于它的书架左端，尤利亚·沃德——密歇根甜蜜的歌手——的书就摆在右端，找书就会省去许多时间。

当新书房不宜于过去书架排列，当因沉闷的大部头太多不得不插进纯文学的书架，当外国诗的大开本压在关于贸易、伦理学和古生物学的小册子下，当恰好想要找到某一本书，偏偏又"上穷碧落下黄泉，两处茫茫皆不见"时，你就可能被逼到绝望的边缘——此时此刻我正落到了这份田地。地板上散乱地盖着锯屑、白涂料、钉子、擦过的火柴杆及世上最伟大作家的最伟大著作，我呆若木鸡地坐在地板中央。幸好，用罗斯金的话来说，"我想我再也不会干这种苦差事了"。

附注：

译自 *Today English Essays*，作者 J. C. 斯夸尔（Sir John Collings Squire，1884—1958），英国现代派诗人、记者。

谈重返

[英] 杰拉尔德·古尔德

"总有一天我将重返牛津——"

我认为这是一行诗句——一行新诗的诗句。由于它似乎不合任何格律的要求，也不能指望像其他诗那样叶韵，又好像只表达了一种十分简单而平凡的情思，批评家——假如他自己不是牛津人——会对它轻蔑地皱眉，宣称它根本就不能叫诗。只有我认为它是诗，至少对我是如此。

"总有一天我将重返牛津——"

只要有一个人称它为诗就行！

当然，我是在比喻的意义上使用"牛津"一词。你的"牛津"也许是剑桥，也许是巴黎，也许是伦敦，也许是罗马，也许是绍森德，也许是斯让思。任何一个你曾在那儿感到幸福的地方，一个你在那儿还很年轻的地方，一个与你相处的人也很年轻的地方（后一点最要紧），任何一个十分友善的地方，一个充满希望的地方，任何一个你再也无法重返的地方，就是你灵魂中的"牛津"。

人们常用这样的问题戏弄自己：是否愿意再原汁原味地重活一生？其实，这是一个毫无意义的问题，因为人类的想象力不可能原样地重复任何东西。不信你画一幅自己过去的肖像——一个二十多年前的自己，你马上就会发现眼前这幅画中的你，正是此时此地的你自己，只不过穿上了昔日衣服罢了。然而，人并不是一种理性的动物，偏要苦苦强求自己难以实现的东西，甚至强求自己难以想象的东西。

本文开头那句诗的作者是 H. 沃尔夫先生。他的诗作中不乏奇思妙想：称他亲见往昔的自己，想象往昔自己如此这般模样：

当我昔日的容光已经消逝

门房嘲笑我的衣着和举止

他想象时光倒流的"重返"旅程：阿克顿、伊灵、雷丁、狄德科特，最后一站是拉德利……还说自己魂游故地时"心如小鹿"，离开时连坐的什么车子也记不起来：

我将默默地租车离开

车儿在路上颠簸，像一只受伤的螃蟹

对车夫说了声"去沃德汉"

然后又非常平静地坐了下来

可我全身急得快要着火

好像烈焰舔着干柴

他又以开头的诗句结尾——"总有一天我将重返牛津"。

这首诗的优美哀婉，全在于他不能重返"牛津"。无论如何不会像他诗中抒写的那样。当一个人真的亲回原来的"牛津"，他就会成为楼梯上的一个幽灵，眼见满街都是些陌生、怪异、快活的家伙，身着不堪入目的衣服。这让我想起另一个牛津诗人贝洛克先生的诗句——

　　　　我不会独自扬帆远航

　　　　我不想故地重游

　　　　在不起眼的石砌船坞

　　　　泊下已丧亲人的小舟

　　人们不可能重返过去，但无妨去回想它。沃尔夫先生的另一首《丹麦》，把我的追忆拉向更遥远的地方——

　　　　呵，丹麦的小枞树

　　　　打从你身旁走过

　　　　我就猜想以后圣诞节

　　　　何种星星偎在你的胸怀

　　　　玻璃球挂在你哪根枝条

　　　　树枝上的蜡烛火光闪烁

　　　　何处来的小孩正在放歌

　　　　听呵！

　　你的童年可能就像沃尔夫和我的一样，与安徒生的枞树结了不解之缘。读过安徒生这篇童话以后，大家可能早就明白它的含义。小枞树生长的过程中，温暖的阳光和清新的空气，使它小时候的环境温馨甜蜜，可它并不觉得幸福，"它多么盼望能像那些身高的同伴"，它喊叫着说："呵，要是能不断长高变老该多好！除此之外，这个世界什么也不值得关心。"

它那些身高的同伴被砍倒后，都被运到遥远的外地，枞树也盼望着能够这样。

"为你的青春而庆幸吧，"阳光劝它说："你应为拥有属于自己的年轻生命而高兴才是。"

风儿轻吻着小枞树，露珠为小枞树流泪，可小枞树仍无动于衷。

更多同伴被砍倒、运走，那些在城里用来建房的同伴，据麻雀说，"被打扮得光彩照人"。最后轮到不知足的枞树自己了。经受许多痛苦悲伤之后（不知怎的，这一点不曾料到），枞树发现自己身上装饰着纸剪的彩球、镀金的苹果、核桃和几百支红、蓝、白色蜡烛。

大家应该记得它每况愈下的结局：它如何被拖到堆杂物的黑房里，向老鼠述说自己的青年时光；它如何反省说，"那时候真的很幸福呵"；它最后如何被劈碎当作木柴烧掉。"现在枞树的生命已成过去，一切都已成过去，故事自然也就过去了——所有故事必定都要过去。"

如今再来重温这篇童话，它对我们来说似乎是世上最美的童话，从某种意义上来说，它甚至是世上唯一的童话。它的深刻寓意就在于：虽然一个人不能重返过去，无法重获昔日的青春，但应该永葆"重返"的童心。

附注：
译自 *Today English Essays*，作者杰拉尔德·古尔德（Gerald Gould，1885—1936），英国作家，以小品文、诗歌和评论知名。

[全书完]

你听懂了没有

作者 _ 戴建业

编辑 _ 石祎睿　　装帧设计 _ 陆震　　主管 _ 王光裕

技术编辑 _ 顾逸飞　　责任印制 _ 梁拥军　　出品人 _ 王誉

营销团队 _ 毛婷 石敏　　物料设计 _ 文薇

鸣谢

张莉莉　施萍　吴偲靓　贺彦军

果麦
www.goldmye.com

以 微 小 的 力 量 推 动 文 明

图书在版编目（CIP）数据

你听懂了没有 / 戴建业著. — 广州：广东人民出版社，2023.7（2025.8重印）
ISBN 978-7-218-15805-1

Ⅰ. ①你… Ⅱ. ①戴… Ⅲ. ①随笔—作品集—中国—当代 Ⅳ. ①I267.1

中国国家版本馆CIP数据核字（2023）第056995号

NI TINGDONG LE MEIYOU
你听懂了没有

戴建业　著　　　　　　　　　　　　　　　版权所有　翻印必究

出 版 人：肖风华

责任编辑：段太彬
装帧设计：陆　震
责任技编：吴彦斌

出版发行：广东人民出版社
地　　址：广州市越秀区大沙头四马路 10 号（邮政编码：510199）
电　　话：（020）85716809（总编室）
传　　真：（020）83289585
网　　址：https://www.gdpph.com
印　　刷：嘉业印刷（天津）有限公司
开　　本：660 毫米 ×960 毫米　1/16
印　　张：18.25　**字　数：**243 千
版　　次：2023 年 7 月第 1 版
印　　次：2025 年 8 月第 5 次印刷
定　　价：68.00 元